而黎明将至

杨仕芳⊙著

漓江出版社

图书在版编目（CIP）数据

而黎明将至 / 杨仕芳著.--桂林：漓江出版社，2018.8（2022.6重印）
ISBN 978-7-5407-8495-9

Ⅰ.①而… Ⅱ.①杨… Ⅲ.①中篇小说—小说集—中国—当代②短篇小说—小说集—中国—当代 Ⅳ.①I247.7

中国版本图书馆CIP数据核字（2018）第191944号

ER LIMING JIANG ZHI
而黎明将至

作　　者　杨仕芳

出 版 人　刘迪才
策划编辑　黄　圆
责任编辑　黄　圆
助理编辑　黄柳镇　庞　秀
美术编辑　黄绍婷
责任校对　苏子新
责任监印　杨　东

出版发行　漓江出版社有限公司
社　　址　广西桂林市南环路22号
邮　　编　541002
发行电话　010-85893190　　0773-2583322
传　　真　010-85890870-814　0773-2582200
邮购热线　0773-2583322
电子信箱　ljcbs@163.com
网　　址　http://www.lijiangbook.com

印　　刷　河北浩润印刷有限公司
　　　　　河北省沧州市肃宁县河北乡韩村东洼开发区188号　邮政编码：062350
开　　本　889mm × 1230 mm　1/32
印　　张　8.5
字　　数　300千
版　　次　2018年8月第1版
印　　次　2022年6月第3次印刷
书　　号　ISBN 978-7-5407-8495-9
定　　价　59.00元

目　录

和影子赛跑的人

1

我是一个极没耐心和耐性的人，当过小学教员、推销员、广告策划、部门经理、报社记者，没一样干得长久。后来我找了份较为自由的活——写剧本。剧本写出来后就交予别人，不再管剧本的去向，是否投拍、署上谁的名，都与我无关，收入自然马虎了。曾与我交往的几个女孩，无一例外地甩手而去。她们在离开时不无痛心地留下同一句话：别玩了。她们满脸真诚，眼里尽是忧虑，似乎我再不弃笔就会没命。我心里憋着气，暗自发狠一定要写出好作品，把自己的大名写到银幕上，让她们目瞪口呆。我时常沉浸在遐想里，热泪盈眶。那之后，不论在什么场合，我都不忘收集故事，尤其是离奇的故事。这年头人们喜欢的就是离奇，似乎唯有如此才能使平淡的生活激起涟漪。朋友们知晓我患上这个毛病，不时拿虚假的故事调侃我。我从不恼怒。

在友人的婚宴上，一个朋友挤过来拍拍我的肩膀，说："我有个故事，要是你答应把它写成剧本，我就告诉你。"我对他翻起白眼："又调侃我不是？"他连忙摆着手说："好好好，你这什么人啊，就免费告诉你吧，有一个村庄发生火灾，把学校烧掉了，还烧死两个人。”

我没有吭声。这年头意外事件司空见惯。昨天中国泥石流爆发，今天西班牙车站爆炸，明天还有印度、巴西、美国暴乱，总之这个世界从没平静过，每天都发生意外死亡事件。每每读到这样的报道，我心头已不再疼痛，觉得那是离自己遥远的事与世界。很多时候，我不禁对自己产生怀疑，怀疑自己是否还有能力疼痛和放声大哭，哭自己，哭这个世界，以及遭遇苦难的魂灵。

“死的是一个父亲和女儿，那个女儿才八岁，女孩的母亲就是那所学校的老师。”他顿了顿说，“奇怪的是，有记者想去采访她，想把这件事报道出来，这个老师不但不接受采访，还拒绝了政府补偿给她的一套房子。”

“有这事？”

“我还见过那个女的，挺漂亮，叫余淑真。”他吐了口烟又说，“三年前，我无意间读到那篇火灾的报道，报纸找不到了，大体内容还记得，那场火灾发生在星期天，有几个孩子摘野果回来，想拿到学校去送给他们老师。他们刚来到河对面就看到校舍着火了，他们担心老师就奔向校舍。她当时真的睡着了根本不知道校舍起了火，多亏那几个孩子及时赶到把她叫醒。她醒来时走廊里塞满浓烟，他们冲不出去了。烟越来越浓，连眼睛都睁不开。孩子们哇哇哭着，那老师也没了主意。找不到出路就意味着死亡。她丈夫踢破墙板，钻进来把他们解救了出去。村里人纷纷赶来往火里泼水和泥巴，却不起什么作用，就放弃了努力，站在不远处观望着。那时从火堆里传来一阵哭喊。那是余淑真的女儿在叫。谁也不知道那孩子怎么跑到火堆里的。她丈夫往身上倒了两桶水就往火里冲。人们想拉住他已经来不及了。他刚冲进火堆里，整栋校舍塌了下来。他和女儿再也没有出来。”

“这故事不错。”我来了兴趣说，“你说你见过那女人?”

“是的，见过，她和我老婆在同一家咖啡厅当服务生，她们混得熟，我老婆看到那篇报道，觉得照片上的人和她很像。起初那女的说不是她，直到不久前才承认。”

“她到省城来了?能不能带我去认识一下她?”

几天后的夜晚，朋友和他的老婆带着我走进一条老胡同，灯光映在墙壁上，斑驳摇曳，如同一尾尾被晒干的鱼，散发出呛人的腥臭味。多年之前，这地段异常繁华，人来人往，熙熙攘攘，热闹非凡。现在老住户都搬走了，留下的古旧房子空闲了，多半用于出租。余淑真也在那里租了间房。她的出租屋在一楼，并排过去的有好几间，门前的灯全暗了，不知是坏了还是没拉亮，唯独她门前的灯亮着，显得有些孤独。

朋友老婆敲了敲门说：“淑真，淑真，是我啊。”不一会儿，门吱地开了。余淑真先是怔了怔，眼里飘过一丝忧郁，似乎不确定该不该与我们打招呼。

“淑真，这是阿郎，朋友，靠得住，写剧本的，老厉害了，很多人都想认识他。”朋友老婆转身指着我说，“我不小心把你的事说出去了，不过就我老公和阿郎知道，阿郎他想和你聊聊。”

余淑真的目光落在我脸上，想了想才侧着身子让我们进屋。出租房有十来平方米，摆着一张小床，铺着淡蓝色的床单，被子叠得整整齐齐。窗下搁一张小方桌，桌面上摆放着几只小碗和一把水果刀。水果刀是常见的那种，却异常锃亮，隐隐闪着暗光。墙角摆放一堆书，是文学、经济和宗教等方面的书籍。我随手拿起一本，是《圣经》，封面有些破损了。

“我想把你的故事写成剧本。”我边翻书边说。

她怔怔地看着我，脸上有些慌乱和忧虑，连忙转脸看朋友和他老婆，似乎在向他们求救，又似乎在探究我话的真伪。朋友他们没有说话，只是静静地看着她，屋子里的气氛有些压抑。

“我没有什么可写的，去写别人吧。”她幽幽地说，然后就站起来拉开门。她下逐客令了。我们面面相觑，失望地退出门外。朋友夫妇俩一路喋喋不休，对余淑真极为不解和不满。我一路沉默，回到住处就赖在床上，回想着余淑真那忧郁的眼神，猜测着存留在她记忆里的是什么，如报纸上报道的那样吗？说实话，我对报纸一向持怀疑态度。她不想提起那段往事，难不成只是选择遗忘？我不得而知。

2

我好几回到咖啡厅找余淑真。她连瞅都没多瞅我一下。我只好硬着头皮到出租屋去找她。她看到是我，眼里总会闪过一丝忧郁和惊恐，话也不说就关上了门，怎么敲也敲不开了。她在回避什么呢，难道那段往事隐藏着让她惊恐的什么吗？

“你是不是又犯了职业病，瞧你都在胡思乱想着什么呀！”朋友想了想说，“要不你去乡下看一看，或许会有新的发现，反正你一个无业游民，说不准还有个艳遇来着。”

我决定到乡下走一趟，或许真能找到什么，从而解开余淑真的心结。那时已是年底，许多人背上行李候鸟一样逃离城市，繁华的街道日渐冷清。

“你回不回去过年？要是回去，我跟你一起回，我想到乡下看看。”

我来到咖啡厅问余淑真。她抬起头目不转睛地盯着我，眼里竟泛起一丝轻蔑，终究没有说什么，端着托盘转身忙去了。我望着她的背影，心里一阵发虚。

我就一个人走了，先乘坐高铁再转坐班车，倒腾大半天时间抵达林荫镇，次日才来到阳落。阳落坐落在山坳里，百来户人家，四面环山，田地里扎着一捆捆稻草，枯瘦的河水绕过村庄，在寒风中显得沉闷、压抑，了无生气。村里人倒是热情，知晓我的来意便带我去见村长。村长五十来岁，精神，干练，满脸善意。他二话不说就领着我去他家，傍晚时分又领着我走向山冈。那是一片竹林，密密麻麻，安宁，静默，偶尔刮来一阵山风，呼啦啦地响。余淑真的丈夫与女儿就葬在那里。坟碑在竹林里突兀着，坟碑上刻着：丈夫吴于昆、女儿阿花之墓。我蹲在坟前想，这里埋葬着怎样的父女呢？他们身上到底发生了什么样的故事？

“这对父女真是可怜啊，死了还不能葬在祖坟里，只好葬在这乱坟岗上。这是千百年流传下来的族规，暴病、夭折和因为变故死的人全葬在这里，好在还有毛竹伴着他们。余老师离开了阳落，快三年了。”村长蹲在地上抽着烟说。我举目望去，竹林里鲜见别的坟墓。“别的坟早化成泥土了，只是余老师的家人特殊才立了坟墓。”村长说。

那些天村里人正在杀猪预备过年，谁家看到我都拉我到家里做客，先喝上两碗酒再说。在饭桌上，人们把自己的故事告诉我，似乎我能把他们全写到剧本里。我能理解他们，也愿意理解他们。他们的讲述大同小异：打拼，困苦，隐忍……每年还没过完春节就离开村庄，直到年底才回来，有时根本就回不来，即便回来也只不过住上几天又匆匆离开。如此循环。他们都不知道自己到底是生活还是活着。

我似乎触及了他们的灵魂。

初一那天，村里人在村头祭祀萨岁。村长拉着我一起参加。

他告诉我说，萨岁是村里的女祖宗，能驱邪除恶、保寨安民，受到敬仰和崇拜。村里人穿着盛装，吹着芦笙，跟随巫师缓缓地走进歌坪，唱道：

歌坪请萨前头走/萨领前头我跟后/进堂把萨安中央/六畜发来人丁旺/五谷丰登粮满仓/引萨出门进歌堂/萨撑雨伞遮阴雨/保佑村民保安康。

我在人群里没看到一个女人，抬头望去才发现女人们围在歌坪四周，满脸肃穆。怎么把女人撇开呢，都什么年代了！我悄悄地问村长。他含着笑说："作家啊，你就不懂了，萨神是女的，村里人祭拜的是女人嘛，也就是尊敬她们嘛。"我恍然大悟，发现这个村庄的质朴和可爱，他们自古就尊重女性呀。我不禁想起那些离开我的女孩，在萨岁面前双手合十默默为她们祈祷。

"作家你到前面来。"巫师来到我身边拉着我。我不明其意，扭头寻找村长。他微笑示意我跟巫师走。巫师把我拉到人群面前："作家啊，你是秀才，来到我们这地方，该让萨神看看你，让她老人家保佑你顺顺利利，写出更多更好的文章来。"我不由得感到一阵害臊，正想开口解释，看到人们都默默地注视着我，满眼尊敬，那是对有出息的人的尊敬，更是对庇护村庄的神灵的尊敬。我心里一阵震颤，感受到某种神圣在周身漫延，我渐渐地忘了害臊，跟着巫师走到人群前头，给萨神上香、磕头。

萨神处在石块砌成的小屋里，被香熏得黑乎乎的，看不清模样，却散发着逼迫人的威严。我在她面前闭上双眼，脑子里闪过许多过往，也想着未知的未来，内心竟感受到踏实。神灵真的存在吗？那一刻我不禁产生怀疑。祭祀仪式结束后，男人们一路抛撒糖果，女人和孩子们相互争抢，呼叫声嬉笑声充满整个村庄。我感受到某种神秘而古朴的情绪：这个浮躁的年代，还能如此坚守，着实不容易。

诚然，这些发现并不是我的目的，我到此是为余淑真的故事而来，想着把她的故事诠释出来。她不愿让别人写出那个故事，可能是想忘掉它吧，从生活中，从记忆里，从所有存在的角落。我得找到一个折中的办法，既能诠释这个故事，又不让余淑真受到伤害。

3

说起余淑真，村里人无不夸赞，又不无惋惜地说："要是她不走就好了。"人们无比怀念曾经在村庄里教了十余年书的余淑真。在人们的言语间，我感受到他们对她的喜爱，如同她是他们的至亲。

我又来到镇上找派出所，那里必定存有当年那场火灾的笔录。那时正值春节，派出所里冷冷清清，只有一个年轻的干警在值班。他对我想翻看笔录的请求极为不耐烦。我看到他被冷风吹僵的脸，也不愿多说什么，大过年的不想破坏心情，就退出派出所直接回阳落问做过笔录的人。

最先走到我面前的是杨浦，个儿矮小，说话却异常响亮。他说："我念初二了，在班里个子最小，老是被欺负，老师也不管，要是余老师在就好了，她不会让我受欺负，也不让别的同学受欺负。她是一个好老师。那天我对警察说的话我都还记得，警察说话时，老是盯着我的额头，目光很尖，像刀一样，快把我的头皮扎破了。我那时说话都不敢看他们，害怕他们，说话不像现在这样大胆。我对他们说，那天是星期天，我们几个去砍柴火，太阳很大，都把人晒晕了，我们砍了柴还摘了野果，舍不得吃，就想拿去给余老师吃。余老师对我们好，我们也要对她好是吧？我们把柴火扛回家后，就拿着野果去学校找老师。她很辛苦，星期天都给我们改作业。我们还没到学校就被吓傻了，学校起了火。我们没有回到村里叫人，而是跑到学校里叫老师。要是她睡着了呢？那她不被烧死啊？我们在宿舍前大声叫喊。她没回答。她可能被烟熏晕了，或者睡着了没有听到，不管哪一种情况都是危险的。我们就跑到宿舍里去找她。那时我们先看到傻子，他在地上玩火，也不知他哪来的打火机。火是他烧的，真是一个傻子。他见火烧了起来也不跑，还躲在墙角里看着我们傻笑。我们没有理会傻子，只想着余老师，就跑到楼上去。我们叫醒了老师，那时走廊全是火，走不掉了。我很害怕。我不知道他们是不是也一样害怕。后来他们说他们并不怕。那时我都尿了裤子，要不是阿昆叔救我们，我们都完蛋了。”

接着是杨梅怯生生地坐在椅子上，说：“我得再想一想，都快三年了，有些话记不住了，大概的话还记得。那天我告诉警察，我本来是不想跑进校舍的，火已经烧得很大了，我双脚都被吓软了。我跟他们说在外面叫喊就行了，不要冲到校舍里去。他们就是不听，非要冲进去，还说我怕死，不够朋友，不是一个男人。他们这样说我哪受得了。我不想让他们瞧不起，他们敢进我也敢。我们几个是好兄弟，还在山上跪拜结成兄弟的，不求同生但求同死。你说我能不跟着进去吗？兄弟是讲义气的。我们在楼底下看到傻子。他在玩火。他要把我们害死了。我就想去打傻子，这样就不用冲上楼了。他们不理会傻子，我也只好不理会，不然我也成傻子了。那天好险的，我们找不到出路了，害怕得哭成一团。多亏阿昆叔及时出现，否则我们肯定会被烧死的。现在想起来都还害怕。那天我就说了这么多。本来我还想说下去，警察挥了挥手，不耐烦了。我还想告诉警察，阿昆叔和阿花被烧死，我很难过，到现在还难过。余老师又走了，这更让人难过。”

李果急乎乎跑进来，说：“这种事怎么不先找我问呢？听说要写成电影，太好了！一定要把我的话写进去，那天我说得最多的是阿花。作家你知道吗？我阿妈说我长大了要娶阿花的，阿花长得很漂亮，和余老师一样漂亮。我很喜欢阿花，只是不知道她喜欢我不。本来想找个时间问问她，她却被烧死了。我恨死那个傻子了，是他放的火。我做梦都想让警察把他抓走枪毙，留着他只会害人。警察也不知怎么搞的，就是没抓他，说他是个傻子。你想想啊，是个傻子就能做出这种事吗？要是我装傻也能做出这样的事来吗？这都是假设，是没办法的事。我一直想不通阿花为什么跑到火里。火都烧成那个样了，连傻子都懂得跑出来，她跑进去干什么，她想吃我们丢在地上的野果吗？如果她想吃，我可以给她摘呀，怎么傻到跑进火里送命？她那么漂亮，是个好人，却死了。这个世界有很多坏人却活着。这世界太不公平了。你知道吗？我到现在还恨那个傻子。你就把我的话写进电影吧，就说我恨傻子，恨死他了。”

王秋菊含着笑说：“那次问话我还记得，警察态度蛮好的，问得也很仔细，我对警察说傻子挺色的，有一天晚上他从门缝里偷看我洗澡。我用水泼他，他就是不走，还趴在那里偷看，害得我澡都没洗完就穿上了衣服。作家啊，你和那些警察挺像的，只是说不上来到底哪里像，反正在你们身上有不一样的东西。那天我就有那样的感觉，快三年了我还记得比较清楚。当时我说像傻子那样的人就该抓走，即使不放火也应该抓。警察没说抓也没说不抓，只让我说火灾的事。那天我跟许多人跑到学校，看到的全是火，根本没法救。我和许多女人站在那里，不知该做什么，后来我们就守着余老师。她哭成了泪人。她太难过了，换谁不难过呢？那是她的男人和女儿啊。我守了几年寡，最能懂她的心。当年我男人走了丢下我，我连死的心都有了。后来我还是想通了，人活一辈子总会遇到这样那样的苦。我想余老师会迈过这个坎的。我能理解她。女人最了解女人。现在我不敢说这话了，她离开阳落不知去了哪里，但愿好人有好报。”

我在村旁遇到傻子的父亲。他的脚不灵便，蹲在岩石上抽烟，说：“作家啊，我是个罪人，那场火是我孩子放的，他是个傻子，什么也不懂。不懂就能害别人吗？你说我怎么养了那么一个孩子？真是造孽啊。早知道有今日，不如在他出生时就掐死他。养条狗还会摇尾巴看家门，这孩子却是祸害，害了两条人命啊。那天我对派出所说，傻子平时喜欢玩火和玩刀，在家里，我们把火和刀都藏起来，从不让他看到。那天也不知道他从哪弄来的打火机。作家啊，那天我跟警察说，把我和傻子一起抓去吧，抵被害的两条命。那天我就说这么多，警察没再问什么，也没抓走那个孽子。对不起余老师啊，让她受了那么大的苦。”我扶着他站起来。他的身子微微发颤。命运对他是如此残酷。村长告诉我，还有几个做过笔录的村里人在外边打工，没有回家过年，联系不上他们了。村长还把老村长找来。

老村长说：“那天发生的事，你应该都问到了，那几个孩子最清楚那天发生了什么。那回我说了不少。警察是在两天后来到村庄的，说是命案。村里人会害人吗？人们心里就有气了，但不敢发作。要查就查吧，房子烧也烧了，人死也死了。他们在废墟里翻找着什么，还在本子里写着什么，结果什么也没查到。村里人以为就这样过去了。他们却说此事没完。那不明摆着要找一个人来抵命吗？村里人没人愿意跟他们说话，能说什么呢？那时余老师病倒在床，发着高烧，不停地说胡话，说火是她放的，是她害死她丈夫和女儿的。她伤心过度了。她的病还没好利索就跑到小镇去自首。余老师有颗善心，受了那么大的罪，还在为村里人着想。派出所把她关了起来。这事瞒不下去了，村里不得不把傻子押到派出所。警察见状却说我们用傻子来顶罪，想蒙骗过关。这话能听吗？村里人愤怒了，扛着锄头、斧头、木棒冲向派出所，街上的人也聚过来，越聚越多，镇上的干部都劝不了。那天多亏了傻子的父亲，那是他造的孽，他生下那么一个傻子。他在人们面前跪下，呜呜地哭了，村里人才安静下来，警察也才知道余老师为何自首，才把她放了。警察却没有关押傻子。下葬那对父女那天，下着雨，那雨很冷啊。”

村长说：“作家啊，别的话我不想多说了。说心里话，傻子害死了两条人命，我希望他被抓走，又不希望他被抓走。你想啊，他犯了人命，该抓。可他又是一个傻子，要是把他枪毙了倒一了百了，如果只是关着他，谁来照顾他呢？那时警察没回答这个问题，只让我在记录本上签字和摁手印。后来你也知道了，派出所没把傻子关起来。他们可能怕麻烦。傻子能干什么呢？关着他就能让他改过吗？他什么都不懂，也不知道。有时我在想，我们这些人还不如一个傻子，我们为这事那事苦恼着，而他什么都不用想。后来镇上还请余老师去做报告。起初不管镇上怎么劝，她都不愿去，她心里太苦了，后来她实在熬不住劝才去的。她太善良了。她做报告时，我也去听了，台上台下哭成一片。那时县里给她补偿了一套房子，她没有接受就离开了阳落，再也没回来过。”

4

那些天村庄里热热闹闹，鼓楼里挤着大堆年轻人在赌博。他们外出赚钱似乎就是为了回到赌桌上。老人们见了也没说什么。他们常年在外，每年难得回来住几天，谁还有心去责怪他们呢？我也走进鼓楼，看着年轻人玩牌，感受着鼓楼里散发的一股来自久远年代的古朴气息。我不禁想，祖辈们在建造鼓楼时，是否会想到他们的子孙在此聚赌呢？我摇着头自嘲地笑笑，离开了。

村里人邀我去做客，我免不了喝得晕晕乎乎，村长儿子见了就笑话："亏你还是个作家呢，就这点酒量怎么混？告诉你吧，我在东莞喝出名了，老板就叫我去当酒保，喝的都是叫不出名的洋酒，可惜喝多了会吐掉。"

我看着他一脸傲横，心里很不是滋味。他却满不在乎，似乎生活原本就是那样，也该是那样。我想，他是因为还没成家，自然不会顾及什么。没想到才过几天他就结婚了，婚事来得突然，连他自己都没料到。媒婆上门来给他介绍姑娘，他就到姑娘家见了个面，当天就把婚事定下了。我为如此匆忙的婚事而担忧：他们这样组合的家庭没有一丁点感情基础，能幸福吗？

"你这是书读多了，现在哪有时间给你去恋爱，大家春节回家就这么几天时间，不结那就得等着明年，明年还不知道能不能回来呢，再不结就等着做光棍吧，别说男人，就是女人也是一样。"

他笑着说。我果真想多了。他的婚礼办得隆重，全村人都来吃喜酒，晚上闹洞房更是疯狂，后生们闹得只差没把婚床给拆了。那几天有好几对年轻人如此闪婚。他们不用什么爱情经验、海誓山盟，一样欢欢喜喜，在鞭炮齐鸣中成为夫妻。我望着一对对仓促组合的新人，心里感到有些不对劲，又觉得所见的并不真实，似乎整个村庄都处在虚假里，又似乎被什么绑架着前行。可谁人又不是被生活绑架呢？村长的儿子结婚后没几天就带着新娘赶往遥远的都市。那里车水马龙、人流如潮，能否存放他们的生活和理想呢？他们有理想吗？活着就是他们的理想吧。我望着他们远去的背影，发觉背后的村庄反倒成了他们临时的栖息之地。那应该是他们疲惫灵魂的最后归处吧，我想。

还没到初六，年轻人就少了，村庄陷入了寂静。初十刚过，村庄里只剩下一个年轻人阿成。我在河边见到他。我问他："你怎么不外出打工？"他笑了笑说："今年轮到我守萨神，初一和十五都要上香。"我不解。他说："不是什么人都有这个资格的，上了年纪的不行，古怪的人也不行，光棍就更不行了，那样会得罪神灵的。"他脸上有了羞涩与自豪，想必守萨神是一种荣耀吧。"你不外出挣钱那不是很吃亏呀？"我问。他没有回答，深深地吸着烟，抬头望向田野，目光如水。我不由得自嘲起来——问得多傻呀，守护萨神就是守护内心的归途啊。

我不禁想起余淑真，她的归途在哪儿呢？她背井离乡远赴都市，面对繁华与喧嚣，是否会想起这个叫阳落的村庄，想起埋葬着她亲人的那片竹林？她逃离这座村庄是要寻找归途吗？她又能回归何处？我望着眼前的村庄——冷清，孤寂，在寒风里瑟瑟发抖——心里塞满了阴霾。我不也是在逃离吗？逃离糟糕的生活和无望的前景，逃离内心里的那个自己。我忽然明白，不管是余淑真还是我自己，都在追索着心灵的后撤之路，从尘世撤回内心。我再次望向那片竹林，没有风，没有鸟叫，太阳被阴云遮掩，整个山冈陷入沉寂。山冈上的灵魂也在注视着我吧？他们都在想着什么呢？在活着和死去的灵魂之间，是否存在一条幽暗的通道呢？

我回答不了。

我在离开阳落之前总觉得少了些什么，想了想又跟村长谈起余淑真。村长点了一支烟，再次把余淑真来到阳落的往事如数家珍地摆出来。他还让我再去问问村里人。人们说起余淑真也仍然眉飞色舞，每每说到那场火灾又不住地唉声叹气，责怪起傻子来。

我听着听着，心头闪出一个邪恶的念头，便在村庄里寻找傻子，半天后看到他蹲在阴沟旁，用木条掏捞着什么，就径直走过去。我从口袋里掏出打火机，装作不小心丢在地上。傻子看到了，歪着头，咧着嘴，瞅了瞅打火机，又瞅了瞅我，猛地抓起打火机，放在手里翻着瞅，忽然往稻草堆奔去。他缩在那里"吱吱"点火。傻子真会玩火！几个村民见状冲去扑倒他，抢走他手里的打火机，扬起拳头把他吓跑。我望着傻子落荒而逃，一个故事在心里渐渐清晰：

年满19岁的余淑真师范毕业就来到阳落，青春，漂亮，整个山野都被她照亮了。她不仅漂亮，脾性也好，工作认真，任劳任怨，在山沟里一教就是十余年，学校里从来都只有她一个老师。村里人都喜欢她。后来，她嫁给了村里人，生下一个和她一样漂亮的女儿，生活很美满。傻子纵火烧了校舍。她丈夫为了救几个学生，连同女儿一起葬身火场。下葬那天下着大雨，全村人都哭了。

5

我回到省城把剧本写了出来。这回我没有把剧本交予别人，晚上，我带着稿子来到余淑真家门外，举起手却不敢敲下去，生怕把什么敲破了。我对着紧闭的房门摇了摇头，转身往楼下走去。

“来都来了，就走了呀？”

我回过头，看到她立在门旁，灯光从背后映来，看不清她的脸。“我从窗口里就看到你了。”她轻轻地说，“听说你去了阳落，真是有心。剧本写好了吧？给我看看，反正睡不着。”她伸过手来。我竟有些犹豫。

“剧本我看了。”隔天余淑真给我打电话，“写的确实是我的故事，只是我觉得这个故事不够精彩。”

我一下怔住了。她对我的剧本感到失望。她居然感到失望！居然说剧本不精彩！我心里竟渐渐地凉了。

“要是这话伤到你就当我没说吧。”她说。

我连喝三杯冷水，压住心里的气，说：“我们见面谈谈吧。”

她沉默了一会儿才应允。我约她到望江茶馆见面。茶馆处在邕江边，门前有几棵小叶榕、桂花树和毛南竹，招引些许鸟雀出没枝头，几束阳光从叶丛中落到地面，推开窗便可望见悠悠流淌的江面——优雅，安逸。我心烦时便来到这里喝喝茶，静静心，剧本也大多在这里完成。

“我想听听你的想法。”

余淑真刚落座，我便迫不及待地开口了。她挑了一下眉，脸上竟露出一丝淡淡的忧郁。

“那我就说我的感受了哈，文学创作我不懂，可作品来源于生活而高于生活的道理，我还是懂的。要是按这个道理讲，剧本只做到了前部分而没做到后部分。”她压低声音说，生怕会扎疼人似的，“你写了看到的和听到的，对吧？既然只写了能看到的和听到的，要是换了别人来写也一样能写得出来。那样的话就没多少看头了，对吧？我没有写作经验，只是觉得你写的让人看了开头就能猜到结尾。”

我默默地点头。

“故事不是可以虚构吗？你就想象着我的生活不是那个样子嘛，人们看到和听到的只是一个假象，如果加一部分别人想不到的情节，不是更有意思吗？”

“你说说。”

“人们都觉得剧本里的死者是好人，如果你告诉人们说那不是好人，整个故事不就颠覆了吗？”

“往下说。”

“我想这样可不可以，既然剧本里的余淑真是个好老师，她丈夫是好男人，那么就从他们那里找突破口。”她抿了抿茶说，“现在剧本里的余淑真是一个好老师，那么最简单的办法，就写她不是人们想象中那样，人们就猜不到结果了，对吧？剧本里的余淑真和她的丈夫相亲相爱，同样的道理，可以写他们并不相爱。余淑真年轻、温柔、漂亮、聪慧，这是你写的，你说她十九岁师范毕业，还是一个小姑娘，她真的愿意来到阳落那样偏远、封闭、穷苦的村庄吗？写她为了理想奉献青春，那不是骗人的吗？其实大家都知道，却又都喜欢那样自欺欺人。出事后，她被请到小镇上做报告，说她在阳落那里无怨无悔地工作，你觉得真实吗？”

我说：“她觉悟高嘛。”

她说：“问题是说服力不强，说服力不强那等于瞎编。瞎编的东西有几个人愿意看呢？”

我说：“你真不像一个山村教师。”

“别夸我了，我在那里住久了，比你更熟悉那里的环境和那里的人而已，也更能理解剧本里的余淑真在想什么。”她盯着我的眼睛说，“你看这样写行不行，当时阳落没有老师，村长为此往小镇上跑了十几次，每次都无功而返，后来就蹲在教委办墙角里，怎么劝都不走。他要赖了。恰好被到小镇去报到的余淑真看到了。她从师范学校毕业分配到林荫镇。她想到条件相对好的学校任教，比如交通方便的沿河一带的学校，可是那里全部满员了，只有深山里需要老师。她不愿去。那里只有山、野兽和粗野乡人，以及没完没了的孤独和寂寞。她怕自己受不了。后来她竟然答应了。应该写连她自己都说不清为什么会答应。或许是因为村长的目光里有惶恐、胆怯，还有蛮横和不屑。她不知是同情村长，还是被村长的目光刺中，竟然答应了。这种事不难理解，有时我们不也常常做一些连自己都感到莫名其妙的决定吗？她答应了，心里不免后悔，却又不好说什么了。村长很高兴，当着教委办主任的面拍着胸口说会好好爱护她，不会让她受到半点委屈。她就那样来到阳落。在来之前她虽然做好了心理准备，但是那里的环境还是吓坏她了……”

我说：“那里环境艰苦，到现在都还没通公路，从镇上到村里要走大半天。”

她说：“是呀，真难以想象那里的生活。接下来写阳落人对她好，头天晚上杀了猪，在村口祭萨岁摆百家宴。你见过祭神的吧！写人们尊敬她，向她敬酒，她心里很受用，发现自己如此重要。她就想教育好孩子们，送他们到山外念书。村里人每天都给她送来青菜，还给她送来在山里捕捉到的山鸡。她的心被村里人焐得暖暖的，周末时还带着孩子们去爬山。她喜欢上了那里的树林、河流和田野，尤其是漫山遍野的芒草，风刮来，如同一阵阵浪涛。她感受到了人生的另一种意义。”

“可是这样写下去不行的，对吧？”她歪着脑袋接着说，“必须让她的快乐断裂，这样故事才发生转折呀。”

我想了想，说：“是这个道理。”

“能不能这样写，写她被村里人侮辱了——这个断裂快乐的方式最为猛烈。村里人从山上抬回一头野猪，晚上聚在村口吃野猪肉。人们生起篝火，围着火堆载歌载舞。她被人们的情绪感染了，也喝了一碗米酒，头晕乎乎的，没等宴会结束就回学校休息。半夜里，她感到胸口沉闷，睁开眼发现身上压着一个人，借着月色认出那人是吴于昆。她想反抗却使不出力气……”

6

我再次细细地端详她，发现她眼里弥漫着雾气，如同山野里的清晨。“你不写作真是浪费。”我由衷地说。她笑了笑，脸上有些苦，像朵缺水分的花，开是开了，却不妖艳。

她说：“你取笑我了，说些想法而已，要是对你有所帮助就好。”停了停，“你说剧本里的余淑真遇到这事后会怎么办？”

“报案。她是一个师范毕业生，这个基本常识不会不懂，也应该那样做，才符合事件发展逻辑。”

“我也是那么想，如此屈辱怎能不报案？只是觉得这样写似乎太直接了，没两下故事就没了。我想应该有另外的可能。她才十九岁，遇到这种事很可能就被吓傻了。第一时间没有想到应该去报案，而是走出房间，都不知要干什么。她的魂掉了。可以写她在黑暗里走着，似乎被什么召唤。她踉踉跄跄地走到河边。那是一座废弃的水电站。你见过那个水坝的吧？现在不发电了，用来灌溉庄稼。往日里她不让孩子们来玩水，怕出意外。她不知道自己为什么来到这，来到这干什么。她就那样走上大坝。这个形象应该很孤独。要是拍成电影，最好天边挂钩缺月，显得凄凉。她往坝里迈了一步，整个人没入水中，什么也看不到了。世界死了，她的心也死了。”

“她自杀，被人救起。”我想了想说，“这样的桥段太多了。”

“当然不能让她就这样死了，不然就没有后边什么事了，可以写她想起家人和朋友，或许别的什么人和事。那时她什么也不在乎，只想结束，从此沉寂。但是那时她还有意识，脑子里出现河水啊，山梁啊，山梁上的芒草啊。她忽然觉得自己就是一根芒草。其实所有人都是一根芒草吧。我是，你也是。这个发现让她难过。最让她难过的不是她觉得自己是一根芒草，而是她发现自己还有感觉，有感觉就说明她的心还没有彻底死掉。这使她沉寂于水底的理由渐渐站不住脚。她无法做到纯粹地死去。死亡原来离她还是那么遥远。她还是一个有牵挂的人。河水就这样把她推出水面。她又望见天边那钩冷月。她对着夜空发出号叫。村里人在梦中听到那声呼喊却没人醒来。她浸泡在水里，想让河水冲掉身上的污秽。她的身体和灵魂都污秽了。她渴望爱情。她什么都不懂，世界却在一夜之间裸露出狰狞的本性。她看到了隐藏在生活里的昏暗和罪恶。她觉得不能就这么结束，不能这么放弃自己。她没有罪，应该让有罪的人得到应有的惩罚。她被某种力量推上了岸，又被推回了家。她回到宿舍瘫坐在门槛上才发现自己没有穿鞋，脚底被割破了。破就破吧。她呆呆地望着夜色。”

我给她续了茶。

她对我点了点头说：“天刚蒙蒙亮，她就往村里赶去，光着脚，浑身湿透。她顾不及这些了，心里太悲伤了，她只想找村长。村长曾在教委办领导面前承诺不会让她受到伤害。她相信这个男人的承诺，那也是整个村庄的承诺。她跑到村长家门前，一条黑狗蹿过来使劲地摇着尾巴。她用力拍门，黑狗跟着叫。村长在楼上探出脑袋见到她那副模样，已然猜出发生了什么。她哭着说出发生了什么。村长胸口堵着气，找不到出口，猛地踢翻凳子，又抬脚踢向身旁的黑狗。黑狗缩到角落里，满脸委屈。村长脸色铁青，想着那不仅是余淑真的耻辱，也是他这个村长的耻辱。他抓起柴刀叫喊着冲出家门。不久，人们就把吴于昆拖来了，他光着上身，背着一把荆棘——他在负荆请罪。村长把村里人挡在门外，只允许几个村干部和老人进屋。门外的人也想进去凑热闹。村长把吴于昆拉到余淑真面前，让他跪下。村长对余淑真说人已抓到，你说怎么做吧。”

“又设置了一个悬念。”

我笑着说。她没接我的话，举起杯喝了口茶，似乎有些累了。她抬头望向窗外，河两岸亮起了灯光，另一种光亮改变着夜晚。这是都市与乡村的区别。我猜不出她喜欢哪一种夜晚。

她似乎发现我在注视她，回过头对我笑了笑，说：“是的，这个地方应该让剧本里的余淑真选择，她望着村长，又望着人们，不知该怎么办。人们就给她出主意，要把吴于昆困笼沉塘。那规矩是千百年流传下来的规矩。人们不想坏这规矩。余淑真知道那种规矩。那规矩惩罚犯重罪的人，把人关进铁笼里沉到水底，从此世上再无此人。村长见她不吭声就说余老师你说吧。人们也鼓励着说你就说吧。吴于昆磕头叫喊请求着不要让他死，他不想死，让他做牛做马都行！他还说他是真心喜欢她的。村长更生气了，踢了他一脚，他翻滚在地，背上的荆棘刺破皮肉，鲜血直流，疼得他啊啊地哀号。人们都没理会他，默默地望着她，等待她最后的决定。”

“她决定不了什么。”

“是的，她无法决断一个人的生死，那太沉重了，她哭着逃出门外。”

7

她沉默了。我也不说话。故事里的余淑真让我们为难。

我们默默地喝着茶。“你说余淑真会怎么样呢？”她望着我问，眼里飘着淡淡的忧伤。“她会去报警，她也应该报警，村里人帮不了她。”我说。“还有没有别的走向呢？”她歪着头问。我摇摇头说：“除非她从此忍辱偷生。”

“嗯。应该写她去报警，也必须去报警，那样才符合逻辑。在写她去报警之前，也得写写村庄里的氛围，有不安，有压抑，有惶恐，连孩子们都被感染了，垂头丧气。他们太喜欢她了。他们恨透了伤害她的人。她走上通往小镇的山路时，孩子们在她身后唱歌，歌声夹带着哭腔。她听得泪流满面，但始终没有回头。她喜欢那群孩子，可出事后一切都变了，太阳不再是太阳，月亮不再是月亮，村庄也不再是村庄了。她什么也不愿想了。她来到小镇的派出所门前，却犹豫了。她肯定会犹豫，心里肯定会矛盾，这不是报案就可以解决的事。你想啊，报案就等于把这件事公之于众，很可能成为这个小镇茶前饭后的谈资。那样的话她能把脸搁在哪呢？她又不想就这么让事情过去。她想等到派出所里没人了再进去。可到派出所办事的人有增无减。”

我说：“这样安排不错，符合少女的心理特征。”

她说：“她气馁了。她拿不定主意。她想到了家人，想让家人帮她拿主意。她就买些糖果回家。她母亲看到她就大声叫喊她父亲。她父亲满脸微笑走出来。她暗自一惊，父母亲脸上的笑容使她认识到自己肩上的责任。她望着父母亲兴奋地招呼左邻右舍到家里吃糖果，心里一阵比一阵难受。她想，是不是父母老了，拗不过命运了，连几包糖果都让他们如此满足。她终究没敢把事情说出来。她实在不忍心伤害他们。”

我说：“她报不了警的话，定然陷入另一个困境。”

她说：“是的，她放弃报警就会想日后该何去何从，她是没脸面再待在阳落了，那么只有离开这里。她一个中专生，到外边打工养活自己是不成问题的。问题在于，该如何向父母交代。她不仅是他们的骄傲，还是他们建立生活信心的资本，她抽身而去自然远离流言蜚语了，万一那些流言流传到父母亲的耳朵里呢？她不敢想了。她不能这样无声无息地离开。她得想个更好的办法，让父母亲放心，让那件事不再发酵。”

我说：“有什么办法？”

她说：“我也想不出什么办法。想不出来那就只好让她回阳落，再做下一步打算。这应该是合情理的。这里就可以做文章，对吧？可以想象她回到阳落，看到全村人都站在村口等待她的到来。村里人都担心她再也不回来了。她知道人们喜欢她，但她不喜欢那样子，那是在用她的善良胁迫她。她难受，想哭，却欲哭无泪。她没说什么话就扭头走向学校。在那一刻，她决定离开阳落了，不管离开后会发生什么。”

我说：“嗯。这么安排情节比较合理，她内心里犹豫，被外界刺激一下就做出决定，那是情理之中的。”

她说：“这里应该交代村里人的反应，他们从她的表情看得出她将离开这里，再也不会回来。村里人便感到慌张。她走了谁来教孩子？人们就把气撒到吴于昆身上，是他逼迫余淑真离开。人们把吴于昆抓起来，拖着他到水坝上，把他关进铁笼里。这里可以写一下环境，是吧？要么写太阳很大，要么写下着大雨，总之人们站满河岸，没人为吴于昆求情，包括他的家人。巫师端着一碗水仰着头向苍穹念着咒语，最后问他还有什么话要说。他叫喊着‘余淑真我喜欢你！’巫师摇了摇头，让人们把铁笼投进河里……”

我说：“这个情节是不是过了？现在是文明社会，不能私设刑堂，这和法律条文相违背。”

她说：“在深山老林里谁知道呢。再说了，不这样设计故事就没那么刺激了。当然，要是真让这个人死去就犯了法。这时候应该出现某个人救起他。这个人最好是余淑真。矛盾都集中在她身上。当时余淑真并不知道村里发生这种事，是几个孩子跑来告诉她的。她被震住了。那是在杀人！他们兴高采烈地说着话，以为处死了侵害她的人她就出了气，他们的老师就不会离开村庄了。她拔腿往水坝上跑。她说不清为什么要那样做，她理解不了她自己。她恨他，为什么还要去救他？她跑到河岸边。人们看到了她，没人说话，静静地看着她，不知她要干什么。她没有看人们，目光落在河面上。她叫人把他捞上来。人们望着她，没人动手。她转身去找村长。村长不见人影。她一头扎入水里。村长从人群里冒出来，让人把她捞上岸。她边挣扎边叫喊：你们这是在杀人！人们望着村长。村长不耐烦地说捞吧捞吧。一伙人才沉到水底把铁笼捞上来。吴于昆直直地躺着，像死人一般。余淑真把人们推开，让人挤压吴于昆的胸口，水不住地从他嘴角冒出来，可他仍旧没有呼吸。余淑真看了看人们，用手捏住吴于昆的腮帮，深吸一口气对着他的嘴吹进去。人们看呆了。那不是接吻吗？村长最先反应过来说那是人工呼吸。余淑真对着吴于昆的嘴不停吹气，把吴于昆吹活了。余淑真站起身来，在吴于昆脸上狠狠甩了两巴掌，愤而离去。人们也纷纷离去，剩下他长久地跪在河岸上。”

“这个情节不错。”我说，“既让他死了，又让他死不成，故事就起死回生了。”

“那件事肯定影响着她，对吧？她肯定不想在那待了，又不能突然离开，她还得考虑自己的家人。她最后想等那个学期结束就申请调离，如果镇上不同意她就辞职，那样她父母也能理解了。从那之后，她每天都带着一个包，包里藏着一把刀，结婚后仍然那样。那已成了她的心病。她很难相信别人。”

“那故事往下该怎么发展好？”

“是个问题。”她说，而后陷入沉思，好半晌忽然开口说，“这样好不好，写她怀孕了，那件事就接连下去了。”

“真是不错。”

“怀孕会让她感到绝望。她当然想到打掉孩子。”

“打掉了，故事似乎又中断了。”

“嗯。不能让她打掉，应该写她的煎熬，写她的犹豫。就说她家有遗传，女人只能生养一个孩子。当然要写出村里人也知晓这件事——她怀孕的事，应该写村长老婆关心她，无意间发现她怀孕，进而全村人都知晓了。再写吴于昆向她认罪，保证会好好对待她和孩子。你想啊，当全村人都知晓了，就不能再打掉孩子了吧。她感到无路可退了。她应该想到冥冥中的命运。她被命运控制着。其实这种感受我们都有过的，你说在这个尘世间谁不被命运控制着？就写村长老婆来劝她，给她出主意，让她先把孩子生下来，生孩子只需要扯一张结婚证而已，等孩子生下来后再离婚。她是一个国家干部，年轻漂亮，带个孩子再找个男人不是什么问题。剧情这样安排是不错的。应该说，还有另一种可能，天生的母性也在起作用，最终才让她下决心生下孩子。这样余淑真就嫁给了吴于昆。他们在阳落生活了十余年，直到傻子烧了校舍。真是个不错的故事。”

8

我愣愣地望着她。她面无表情。我却能感受到她内心里的波澜，不禁怀疑她讲述的就是她自己的故事——真实的故事，不然怎么如此熟练呢？

“放心吧，这不是真的，是虚构。”她含着笑说，轻轻抿一下茶，神情淡然，居然有了些许都市女人的味道。人会跟随着环境的改变而改变吧，我想。她在阳落又有什么样的改变呢？我胡思乱想着，直到她往街边走去，思想还没收拢回来。

我想了想决定再去一趟阳落。我从省城买了一些特产，转车到小镇上又请人挑到阳落。我刚来到村口，人们就叫喊：“作家回来啦，作家回来啦！”他们满脸兴奋与激动，使我产生了错觉，似乎自己是出游归来。我连忙掏出糖果和香烟分散给人们。村长笑嘻嘻地把我领回家，晚上杀了一只鸡和一只鸭，叫来老村长、村干部、年轻人阿成，以及几个村里人陪我喝酒。

“剧本写好了？”

“有没有写我们呀？”

“电影什么时候拿来村里放映呀？”

……

大伙关心起剧本来了。我也喝了几杯酒，说：“这回来就是因为剧本的，剧本的初稿写好了，还有几个问题没弄清楚就特意回来了。”

“有什么就尽管问嘛。”村长说，“今晚老村长也在，村里什么事他都懂。”

我举杯敬老村长。老村长站起来举杯与我相碰，咧着嘴，嘴里没剩几颗牙，嘴角的皱纹却泛着光。他老了，却精神着。

我说："老村长，以前是你请余老师来阳落的吧？"

"是的，那年我记得我跑到了镇上的教委办里请求，记得都跑了十四趟，结果没一个老师愿来。这里太不方便了。后来就遇到了余老师。她愿意来这里。"老村长说，"我还当着教委办主任的面担保不让她受到委屈，却不料发生火灾。这件事一直压在我心头，难受啊。"

"老村长，在火灾之前，在阳落，余老师是不是遇到过什么事？"我问。老村长看了看我，又看了看大伙。大伙面面相觑。"余淑真老师在阳落是不是受过人欺负？"我又问。老村长摆了摆手，大伙跟着摇头。

"哪有这样的事，没有的事，你从哪听来的？"村长有些着急。大伙的目光全落在我脸上。我感受到一阵紧张和沉重。

我说："是余淑真说的。"

村长说："你见到余老师了？你在哪见到她的？"

我说："我在省城见到了她，我把剧本拿给她看，她就跟我说起被人欺负的故事。"

村长说："哎，她说的是故事吧，我还说呢，怎么会有这样的事。"

老村长说："余老师会这么说，应该有原因的吧！她走后村里就没什么老师来了，来的都只是临时代课的，哪里能跟余老师比啊，今年开学一个月了，连代课老师都没来。"

"学校没老师上课？"我惊讶地问，"怎么能这样，那些孩子怎么办？"

他们沉默了，默默地喝酒，脸上爬满失望，我才发觉自己的问题有多傻。深山老林里条件艰苦，有能耐的年轻人谁还愿意待在这里呢？要是让我在这教书我能行吗？能熬过那些孤独与寂寞的白天与黑夜吗？我似乎理解了余淑真离开的原因，也好像明白了她为什么如此虚构故事。

第二天，我来到村尾的学校，那里空荡荡的，校舍墙壁上落着灰白的尘土，屋檐下挂满大大小小的蜘蛛网，每张网里静卧着一只蜘蛛。地面上到处是散乱的废纸、枯叶和石块，几只母鸡和狗在觅食。

“你是老师吗，是来给我们上课的吗？”

几个孩子从角落里蹿出来。他们在捉迷藏，看到我就围过来问。我望着他们满眼急迫和渴望的样子，不由得心里一酸，慌忙地摇了摇头离开了学校，生怕再不走就被强行留下来当老师似的。

我带上一些香和纸钱，爬上村庄对面的竹林，来到吴于昆父女的坟前，坟头上悄悄地探出许多草叶的芽尖，不久的将来，野草定然会淹没坟堆。凄凉。孤寂。无声无息。埋在地下的灵魂将被人遗忘。我蹲在坟前烧纸，心绪迷乱，如同飘起的灰烬。

我离开阳落回到省城，又约余淑真到望江茶馆见面。我告诉她我又回了一趟阳落，把见到的人和事告诉她，唯独没说学校里至今没有老师。

“你回阳落是去证实我讲的故事吧？”她微笑地望着我说，“瞧你这作家当的，哪有虚构的故事能得到证实的？”

“想写好这个故事嘛。”

“剧本写好了？”她盯着我说，“这些天我也在想这个剧本，觉得还有几个问题还没有解决。”

“你说。”

“就是剧本中的余淑真结婚之后怎么样，她嫁给吴于昆是权宜之计，她是不愿面对他的，这就是一个矛盾呀。我觉得这里应该加上一个情节来说明，她答应与吴于昆结婚，但必须签下一个协议，就是他们不住在一起，也不能相互打扰。”

“对，这个办法能解决那段意外婚姻。”我说，“问题是，发生火灾时他们在一起，连坟碑上也写着丈夫的称呼呀！”

“我也在想这个问题，如果是我的话，什么样的事情会让我想到两个人最后要一起生活呢？如果仅仅是因为孩子的存在，是没有说服力的，余淑真完全可以离婚，带着孩子生活，还可以另找一个男人。”

“可不可以这样，写吴于昆真的改变了，并在一次意外事件中救了人，成了村庄里的英雄，余淑真看到了他的改变，这种改变促使她接受眼前的日子。”

“嗯，在那之后，余淑真发现吴于昆是爱她的，想要保护她，年长月久吧，她内心的那份固执也就没了，开始接受生活的平淡。生活原本就是如此，总会被日常的平淡所淹没。她明白这些，也明白生活要继续。她就静下心来让自己跟他过了。那不是爱，只是活着。”她顿了顿说，“她继续这种生活直到傻子纵火烧掉一切。剧本里安排傻子纵火是合情理的，只是这样安排对剧本发展没多大意义。”

“你有什么想法？”

我静静地望着她。她也抬头望来，眼神与我不期而遇，她摇了摇头，眼里闪出一丝虚光。我看到那丝虚光，心里咯噔一下，似乎被什么东西冲撞到了。我迎着她的目光望去，看到她虚空的内心。我似乎明白了从自己内心传来的是什么声响。

9

几天后的半夜，余淑真打来电话。这是少有的，她从没在半夜里给我打过电话。我没多想就接了。

“作家，睡了吗?”

“精神着呢。”

“我睡不着，能跟你说说话吗?”

“说吧。”

“我又不知该说什么了。”

“那就说说那个剧本吧，你有什么新的想法吗?”

“不要写傻子纵火。”电话那头沉寂了一会儿说，“应该是剧本里的余淑真纵火。”

“这倒是个办法，我也想到过，她在山里生活十余年，定然习惯了那里的生活，当初所有的梦想都被淹没了。岁月是无情的，摧毁人的容颜，也摧毁人的内心。她发现自己不过是一根枯草而已，从来都是那么微不足道，没人关心和在意。我们又何尝不是这样呢？世界这么大，谁会在乎你呢？从这个角度去考虑，写她接受了命运是符合逻辑的。她在日常里选择遗忘也是正常的。问题在于，接受命运的她怎么还会去放火呢?”

“我是女人，我比你更了解女人，我想如果我是剧本里的余淑真，我会努力生活，努力配合那个男人，爱情是一回事，生活是另一回事，很多时候是不能混在一起的。我活了这么些年才悟出来的。我丈夫和女儿死后，我想了许多，爱情呀，生活啊，都是遥远的事情。剧本里的余淑真想好好生活，可那件毁灭她的往事，时不时从记忆里跳出来。如果没发生那件事，她的生活将是另一番景象。人总是这样，总以为没发生的生活将会是美好的，而不是另一种灾难。我觉得可以写余淑真想换个环境换种生活。这是应该的，也是合情理的。她就到镇上要求调离阳落。教委办主任换了人，见到她楚楚可怜，心便乱了，答应把她调走。中午她请主任吃饭以表谢意。那餐饭只有他们两个人，主任喝了几杯酒胆子就大了，目不转睛地盯着她。她装作没看到，把目光别向窗口——看不到外边，窗户拉上了窗帘。主任试探地抓住她的手臂。她一把甩开。主任猛地把她拉到怀里。她肯定惊恐，肯定会想到多年前的那个夜晚，对吧？她让主任尊重她。主任反而更来劲了。她抓起包掏出水果刀。她是随时都带着刀的。她刺了过去。主任避不及，手背被划破了，鲜血直流。他们都清醒了，都惊呆了。主任抱住手臂往医院跑。她瘫坐在椅子上，内心的梦也给刺破了。她难过的不是她伤了人，而是发现自己心里装着魔鬼，和毁灭她的吴于昆一样。她感到绝望。她回到阳落后什么都不想做了，心也凉了，看什么都不顺眼，眼前都变得陌生了，树不再是树，人不再是人，连女儿都不那么可爱了。在一个周末，村里人都到田野里种庄稼去了。她把自己关在校舍里，在绝望和悲伤中把校舍点燃了。”

我沉浸在她的叙述里。她是一个精灵！是上天派她来拯救我呀。我情不自禁地说：“余老师，谢谢你。”

“你不用怀疑，剧本里的余淑真和我是两个人。我爱我的丈夫和女儿，他们死后，我的世界塌了。我日夜背负着疼痛，快要承受不起了，时常想，苟活于世还有什么意义？直到后来你把我的故事写进剧本。现在我还活着，还能思想。我只是不想让别人以为我那么好，明白我为什么会这么想了吧？”

“你也因此拒绝政府给的房子？”

她没有回答。

我说："这样的结局冷了些。"

"那就再写一段爱情故事吧，这是你擅长的。"她淡淡地说，"比如写一个像你这样的人来到阳落，遇到剧本中的余淑真，与她有了交集，相识、相知、相爱，这是合情合理的，最后他们的婚礼在电影开拍那天举行。"

"这主意不错。"

"你在阳落还看到别的什么事了吗？"她深思了一会儿说，"你是不是有什么事情瞒着我？"

"是，有件事本来不想告诉你，怕你心里难受，既然你都问了，我知道你真的想听。阳落没有老师，连代课老师都没有。"

"那天我从你的表情就猜出来了，只是不愿那么想，想听你亲口说。"

她挂断了电话。我抓着电话，若有所失，掏出一支烟点上，吸着，烟雾飘出窗外，街道上行人寥寥，地上的身影越拉越长，在街灯下摇曳着。余淑真的形象浮现出来，满面凄婉，眼里充满怨气，欲言又止。我不由得打个冷战，手指被烟头烫着才惊醒。我坐在椅子上，夜色慢慢笼罩下来，阳落在昏暗里徐徐展开。我又打了一个冷战，忽然明白了什么，披上外衣就奔出门去。

我赶到余淑真门外，深吸一口气，定了定神，才轻轻地敲门。敲门声并不响，我担心她睡着了没听见，想再敲一敲，门吱地开了。她看到是我，脸上露出一丝惊讶。她没想到我会出现。她没想到我会出现却问都没问就开门，难道不担心遇到什么人？她显然在等我。我又看了她一眼，她脸上恢复了往日的冷淡，不喜不悲，似乎我来与不来世界照样运转。我注意到她漫不经心的表情下，掩映着内心的慌乱。她为何慌乱？因为我在半夜里敲她的门？

我敲她的门是因为洞悉她的内心，她放下电话就知晓我会到来——唯有我会在此时到来。她从开始就在等待，等待某个人的到来——那个人是我？那个人不是我？我胡乱猜测着。她看透了我的心思，连忙把脸别开，望向窗外的几棵树木，树叶闪着光芒。我在她的眼里望见一条暗河，透过雾气奔向前方。似曾相识。当雾气散尽，她眼里只剩恐慌。她从未如此恐慌，像是面临灭顶之灾。我几乎认不出她。她是我所不认识的人。然而，此时的她剥下伪装，才是真实的她。

我心里一酸，走过去把她揽在怀里。她挣扎一下，便放弃了。我受到了鼓励，低下头吻着她。她浑身一颤，我也跟着颤了，猛地松开她。我们面面相觑，陷入尴尬里，面前的空气是一道铁丝网，硬生生地把我们隔开。我没来由地慌张，转身奔逃而去。我跑到巷子口回过头，望见她依偎在门框边，灯光把她映成一棵孤独的树。我的心倏地疼了，拔腿向她奔去。她呜呜地哭了，哭声压抑，像迷路的孩子。我把她抱在怀里，紧紧地，让她心安，也让我心安。我们都是被自己丢失的人。

那之后，我天天去找余淑真，理由是为了写好剧本，事实上与她待在一起让我感到身心愉悦。我们谈工作、电影和人生，看法常常惊人地一致。这是一种心灵的相遇吧。遇到如此女人，无疑是上天的恩赐。不久，我就完成了剧本，那是我最为满意的作品，当晚我们便在出租屋里庆祝。值得庆祝。余淑真喝多了，边喝边哭，边哭边喝，最后又笑了。我连忙拥着她，也泪流满面。那晚我们住在一起，屋外月色温柔，世界陷入沉寂。

“淑真，我们结婚吧，就如你在故事里讲的那样，我去找投资商，这些年一直混着也认识不少投资商，就让这部电影作为我们的结婚礼物吧。”

醒来天已放亮，我抚摸着她的脸说。她静静地躺在我身旁，睁着眼望着我，眼里充满爱意。她笑了，笑得那么灿烂，如同窗外的朝阳。此时，我看到她双乳间的黑痣闪着幽暗的光芒。那不是上帝赐予我的指路明灯吗？我轻轻地吻着那颗痣，泪水再度夺眶而出。

10

余淑真辞去咖啡厅的工作回到阳落。她不让我送她回去，让我留在省城里找投资商。她也盼着那部电影能尽快投拍。我们说好了电影投拍之日，便是我们结婚之时。我在省城找到一个对剧本感兴趣的投资商。我担心他反悔，就说："只要能投拍，剧本就当作赞助。"投资商盯了我半晌，担心剧本是陷阱似的。我忙解释说："我是为一个女人写的故事。"投资商哈哈大笑着，把粗大的雪茄叼在嘴里，说："看你把我当成什么人了，你说女人……我懂，剧本就留下来吧。"

过了几天，投资商请我吃饭，我告诉他阳落的环境，还把手机拍的相片翻出来。他看着大片大片芒草感慨地说："等到芒草花开时节，应该是满山一片灰白，风吹过，阵阵浪涛，的确是好场景。"我发现这部剧本找对了人，心里暗暗高兴，想到电影投拍时我便与余淑真结婚，手牵着手站在山岭上，白茫茫的芒草是我们婚礼的背景，山川低语，河流陶醉，那是让我们记忆一生的时刻呀。

"你过来，马上，见见剧作家，我朋友。"投资商喝晕乎了，对着电话发号施令，又让服务生把陪酒小姐叫来。几个抹着口红穿着暴露满脸假笑的小姐很快就围到我们周围。我一点也不习惯，却不想让投资商扫兴，装着与她们打情骂俏。投资商瞟我一眼，很是得意。我不想招惹他。我太想电影早日投拍了。

不久，一个男人走进来，在投资商面前点头哈腰，目光围着投资商打转。我心里一阵反感。投资商指着我对那男人说："这是作家，剧本是他写的，你们相互认识认识。"我站起来和那男人干了一杯，相互握了握手，算是认识了。我在他手背上看到一道伤疤，心里不由一阵慌乱。他见我盯着他的手背就把手抬起打哈哈地说："这是被一个娘们给伤的，她还以为自己是什么货色呢。"我的心一下揪住了。

他说："那时我是教委办主任，官虽然不大，全镇的老师都得求我，是吧？自然就会发生一些事情，这就是世界了嘛。"我的心隐隐痛了，问："你认识一个叫余淑真的老师？"他瞅我一眼说："你是说阳落小学的那个余淑真？那是一匹烈马，瞧，我这手背就是她伤的。"我心头猛地痛了，似乎刀扎进心窝。他还洋洋得意地说："老弟啊，我告诉你，那个余淑真有一颗黑痣……"

"啊——"

被宰杀的猪一样的嚎叫，从那男人嘴里发出来。他肚子上被扎了一刀，切牛排用的刀——我不知道自己的手怎么就抓起了它，然后就捅向他。这不像是真的，像一个梦境，人高马大的男人，怎么经不起轻轻一捅呢？我不知怎么着，拔出刀又捅了进去，血涌了出来。整个包间一片惊呼，只一会儿投资商和小姐们就不见了踪影。我瘫坐在沙发上，想不明白发生了什么，我怎么就用刀捅人了呢？这一定是酒精在作怪。

警察来了，把我押上警车，我对那男人不大放心，对警察说："先救那个人吧。"警察踢了我一脚，疼痛钻入我的骨髓。

我被判了七年。

我没有上诉。

我认罪。

被我捅的男人没死，他躺在病床上说他压根就不认识余淑真，之所以说他是林荫镇人，是教委办主任，是因为他手背上恰好有一道伤疤，便跟我开了一个玩笑，他所说的话全是从我的剧本上读到的。投资商证实了他的话，说他手背上的伤疤是打群架留下来的，而不是被剧本里的余淑真所伤。那场群架投资商也在场。可是，他又怎么知晓余淑真那颗黑痣呢，这一切纯粹是巧合吗？我迷惑了。我想那是他的宿命，也是我的宿命，与生俱来，没人能逃出来。那余淑真呢，是剧本里的她还是现实里的她更符合宿命？或许剧本里和现实里的她是同一个人？我蹲在牢狱里，没日没夜地想这些问题，终究想不明白，或许思索这些问题本身就是一种宿命吧！我忽然明白，许多晃在眼前的东西，其实无时无刻不在蒙蔽着自己。我时常看不透，如同看不透自己的内心。

剧本没拍成。我对不起余淑真，没能兑现诺言，不知该如何向她解释。我爱她。在牢狱里，我回想着过往，确切地感到余淑真是我一生寻找的女人。我不想她受到伤害，为了她我愿意做任何事，哪怕是蹲在牢狱里。问题是，她希望我这样做吗？她在等我去求婚，带她去拍婚纱照，相亲相爱，让我们疲惫的灵魂找到归宿。我们的婚礼将在山岭上举行，将剪辑到电影里。但是，余淑真会原谅我吗？还愿意等我吗？

我给她写信，不停地写，写好后就寄出去。她没有回信，也没有来探监。她在生我的气吗？她也该生气。那就恳求她的原谅吧。我想，只要坚持总能打动她的。她是一个善良的好女人。那几年每当感到迷茫、彷徨和无望时，她总会像一束灯光出现在暗夜里，照亮我灰暗的心间。

11

光阴很快就过去了。我在狱中表现很好，提前出狱。出狱的时候正赶上过年，几年时间城里发生了很大变化，街道更繁华了，人群更密集了，许多陌生的东西涌到面前，让我手足无措。我的心思不在此，我背着包匆匆赶往阳落。

阳落已面目全非，吊脚楼和鼓楼不复存在，取而代之的是窗明几净的砖房。人们说阳落遭了一场大火，整个村庄在一夜之间化为灰烬，政府拨了些钱，加上农户自筹建起了这些砖房，这样就不再怕火了。人们说这话时满脸的得意和满足，住上砖房是他们梦寐以求的事。我不由得一阵迷茫和失落：在这些砖房面前，祖辈们精湛的技艺已不值得纪念。那不是对祖先的背叛吗？村里没人在意我，他们多年前待人的那份热情已不见了。相隔数年，不知是我变了，还是村里人变了。村长一家人搬离了村庄。村里人说他们在城里买了房子，不再回来了。余淑真也走了。人们说她是在收到我寄给她的信的当天晚上走的。她走的那天晚上，村庄发生了一场大火。有人说那晚余淑真打扮得漂漂亮亮，像一个出嫁的新娘，面带微笑走向大火。警察来查火灾原因，没查出什么结果，至今没人知道她是死是活。村里人都相信她还活着。我寄给她的信被村里人拆着读了。

我不怪他们。

那我该责怪谁呢？余淑真消失了，是我的存在使她消失的吗？是她在我的身上看不到未来吗？

大年初一，村里人又聚到村口祭祀萨岁。村里人不再把我往人群前面推。我是一个阶下囚。被推到前面的是两个老板。他们财大气粗地站在人群里。我缩在人群外，看着几个记者忙碌地拍摄。村里人说那是两个老板出钱请来的，帮村庄做宣传。我笑了笑。除了笑还能怎么样呢？萨岁居住的房屋改建了，是用水泥砌成的，身上镀着金，闪闪发光，尽显富贵。我站在一旁，想连祭祀都是假的了，心头某样坚硬的东西瞬间破败。

我遇到了老村长，他瘫坐在门槛上，嘴里只剩下两颗牙了。他看到我，拄着拐杖抖着双脚站起来，嘴巴张了半天，说："阿郎，真是你呀，你来了啦？"我走过去扶着他坐下。

"你那电影写好了吗？"

我摇摇头。他不知道我已经不写了。我没有告诉他，不想让他失望。

"阿郎啊，有件事，我得告诉你啊，就是余淑真的事，当年你写她，我没有说实话，村里人也没说实话，这事一直压在我心里，太难受了。我老了，知道时日不多了，现在再不告诉你就没机会了。当年你问余淑真有没有被欺负，我们都说没有。那不是实话。她被吴于昆欺负。她告诉你的是真的。那是村里的主意。村里的主意就是我出的主意。我怎么出那样的主意呢？当时我们只是想留住余老师，她要是嫁在这里，孩子们就有老师了。我没想到后来发生了那么多事。她丈夫和女儿都死了，给她带来了一生的灾难。那都是我的主意啊。"

我感到震惊，怎么可能呢？余淑真讲的故事原来是真实存在的，她在向我讲述她的伤痛？她悔恨，愤怒，无处逃脱？她找不到存在于世的理由？她找不到逃离这个尘世的门窗？她被这山村困锁，更被自己困锁，她即是她自己的狱？她一直在自己铸造的内心之狱中煎熬？不会的，是老村长糊涂了。

"那当年囚笼沉塘的事呢？"

“是真的，又不是真的。”老村长满脸羞愧地说，“村里把吴于昆沉到河里，是真的有那回事。以前没说，是不想说，也不能说。主意是我出的，我老了，是将死之人，说了也不招来什么。村里把吴于昆沉到水底并不是真的要沉他，而是在赌，赌余淑真的善良，赌她会被善良打败。她会去救吴于昆。她一个小女孩，还那么小，那么单纯和善良。村里没人告诉她这件事。她一直蒙在鼓里。村里这么做只是想让她嫁给村里的后生，那样她就永远在这当老师了。谁知却给她带来那么大的灾难。造孽啊。”

“她知道吗？”

“多年后，她才知道。”老村长吞了吞口水说，“那天晚上，吴于昆喝多了酒和她争吵，说漏了嘴。”

我直直地盯着他——皮肤枯萎、干瘪，面容憔悴，眼神恍惚——心头一阵疼痛，接着是一阵恶心。恶心的是眼前这个人，这个村庄，以及村里的人。冷漠。荒唐。残酷。我却恨不起来，只感到心里有什么在排山倒海般坍塌。我不由得想念余淑真，怜悯着她。当发现生活只不过是假象，是骗局，她的心也就死了。世界在她面前陷入虚无。我再度想起她讲述的故事，不禁怀疑是她纵火烧毁了校舍，也是她害死了她的丈夫和女儿，最终还把整个村庄点燃。我的心忽地暗了。

我不相信这是事实。不愿相信。太残酷了。我想向村里人求证，没人愿意理会我，被我问得不耐烦了就跟我翻白眼说：“你是不是被关傻了啊？”我被呛住了，知晓人们不会说，这是他们的秘密，也是他们的耻辱。但愿这不是真的，但愿这只是老村长糊涂了。我又去找老村长，想从他嘴里再听到些什么，却怎么也找不见他。

“沉塘啦，有人沉塘啦！”

一个提着菜篮子的妇人边跑边叫喊，几棵白菜从篮子里蹦出来，把路旁觅食的鸡鸡狗狗吓得四下乱窜。人们见到妇人那模样，断定出了事，纷纷往水坝上涌去。我也跟着跑去。人们涌到水坝边，惊慌呼叫，手忙脚乱，有人在岸上生起火，有两个人脱光衣服，各自抓了一根带钩的绳子跳入水底，很快就从水底蹿出来。人们连忙把他们拉上岸，用棉被裹住他们，扶着他们到岸边烤火。那俩人瑟瑟发抖，嘴唇发紫，牙齿吱吱地打战。人们抓着绳子往上拉，一个生锈的铁笼渐渐露出水面。铁笼里囚着老村长，浑身赤裸，脸色乌黑。他是那么瘦小，身上都快没了肉，剩下一张皮裹着几根骨头。触目惊心。人们把老村长抬到岸边。他已断了气。人们在地上铺好凉席和棉被，让老村长静静地躺在那里。他死了。他把自己沉了塘。我知道老村长为何如此。我不明白的是老村长已风烛残年，如何能把铁笼搬到水坝上。没人告诉我。这也是他们的秘密和耻辱吧？村里人默默地为老村长料理后事。原本洋溢着快乐的春节充满了悲伤。我忽然怀疑自己的眼睛，我终究看不透眼前的村庄。善良。邪恶。死亡。我也看不清自己了，到底是真实还是虚假。

我对这个村庄失去了最后的留恋。我准备离开，再也不回来。我再次爬到村庄对面山坡上的竹林里，找到了吴于昆父女的坟。坟头上荒草萋萋。余淑真已多年没有回来。她到底去了哪里呢？我抬头望向苍穹，明晃晃的阳光刺痛我的眼睛。我跪了下去，不知是为自己，还是为余淑真。这个让我日思夜想的女人逃出了我的生命，活在她自己虚构出来的故事里。我们的生活充满虚幻。我们的灵魂都无家可归。我背着包悄悄地离开阳落，没有一个村里人送我。我的存在与消失和这个村庄毫无关系，心间顿然漫上寒水般的冷意。

我回到省城，翻出那部未写完的剧本，回想着叫阳落的村庄，想着在那里活着和死去的人。我不禁想起余淑真，并在剧本里走向她，终于发现她不为人知的一面。温暖。陌生。冷酷。这个复杂的矛盾体才是真正的她吧？在许多次梦中，我望见她面无表情地举着火把走向村庄。她把自己连同村庄一起烧掉了，义无反顾。她要把某种存在于这个世间的东西烧掉。我在火光中看到她心底隐藏着一个魔鬼。我忽然明白自己在寻找什么，又在等待什么，继而明白这世间的幸福与灾祸因何而来。我想该拿起搁置已久的笔，重新书写那段尘封已久的故事，不为别的，只为纪念。纪念那段真实而虚幻的故事。我们都在这样的故事里活着和死去。

不久后的夜晚，我在写作，电话响起，没显示号码，我没有接。可电话再次顽强地响起时，我接通了电话。

“是阿郎吗？”

“你是……”

电话挂断了。那是一个疲惫而熟悉的声音。我想拨回去却办不到，呆呆地抓着电话，思绪乱了，猜想电话那头是余淑真吗？不敢肯定。能肯定的，那是熟悉我和我熟悉的人。我忽然想到了什么，相信电话会再次响起。我把自己抛到床上，睡意夜色一样漫过来，沉入一片潮湿的梦境。

风　刮

人们回忆说，吴全能杀死欧阳那天，阳光特别暖和，适合收割稻谷，捕抓了蚂蚱，爆炒便是一道佳肴。其实，小镇上已没有多少人耕田种地了，那条承载着交通和街道双重功能的马路，养活着这个古老小镇。被杀死的欧阳是一个小老板，在街头开着一家补胎店。小镇上有好几家这样的店铺。杀死欧阳的吴全能也开了一家，处在街尾，人木讷，生意不如意。

“没人相信他会杀人的。”吴老伯摇着头说，“他父亲还在世时，我们哥俩经常在一起喝酒、闲聊，他家的情况我都熟，这孩子怎么会杀人呢?”

吴老伯边抽旱烟边回答一位年轻女警官的询问。女警官在烟雾里微蹙眉头。吴老伯没注意到女警官的表情，沉浸在远去的往事里。他告诉女警官说，小镇上的人都知道吴全能胆很小，还给他起了外号，叫“老鼠胆”。

“这与家庭的变故有关。”吴老伯说。

在吴全能六岁的一个夜晚，他母亲卷了几件衣物便从小镇上消失了。那天晚上屋外风雨交加，其间夹杂着女人的呼喊、孩子的哭叫，以及狗的狂吠，使吴全能陷入一片破碎的睡梦里。醒来时，天已放亮，湿漉漉的街面上晃动着几许行人和狗，却没有他母亲的踪影。他父亲四处寻找，没找到他母亲。那之后，每每追忆那个雨夜，他总觉得他母亲随风而去了。这古怪的想法，使他对风越来越恐慌，从此不愿出门，蜷缩在角落里，没人注意到他的存在，连同他的父亲。而每当刮风的夜晚，他不敢沉入睡眠，生怕醒来后他父亲也已被风刮走了。尽管如此，他仍然时常想起风：为什么他母亲会随风而去，而他父亲也处在被诱惑的危险里？他想象不出风的模样，能做的只是躲在屋里，用棉花塞住双耳，堵住屋外因刮风而起的嘈杂声响。后来，他发现风声无处不在，塞住了耳朵却刮进心里。他越来越想知道风的尽头是一个什么世界。在十三岁那年冬天，他骑上单车冒着北风，顺着盘山公路，穿过几座山来到湖南的一个小镇，看到了山梁、河流和田野，似曾相识，不免一阵茫然和失望。生活如此相似，他母亲要到哪里去呢？他确信了，他母亲只是一棵被裹挟在风中的枯草。在记忆里，他母亲消失后，他父亲慢慢地变了个人，不说话，喝闷酒，喝醉后对他非打即骂。他不哭，不反抗——即使受到别的孩子欺负——因为没人会顾及他的感受和委屈。他父亲不耐烦了就抛下一句："能忍就忍吧，死不了人。"这句话伴随他整个童年，直到他十六岁时他父亲喝醉摔死在阴沟里。

"他没有什么朋友，"一个粉店老板说，"只有小哑巴跟他玩，开店做生意却不吆喝，生意怎么会好呢？"

粉店老板叹着气，满脸同情和惋惜。吴全能在他父亲死后，离开小镇好些年，回来时人们发现，他仍旧胆小如鼠，只是身旁多了一个女人。女人不算漂亮，却耐看，有股说不出的韵味。人们纷纷猜疑，如此女人怎么会跟吴全能呢？莫非上当受骗？人们不禁替女人担忧了。然而，这个叫李雪的女人，却没感到什么委屈，整天跟着吴全能一起忙碌。他们把两间破落的祖房改成店铺，挂上"补胎加水"的招牌，生意就开张了。

“欧阳最喜欢欺负他。”李可叼着香烟说。他说他们是同行，成冤家，这不难理解，只是欧阳做得太过分，有事没事都找吴全能的茬。他默默承受，从不反抗，连向对方瞪眼都不敢。“欧阳欺负他的次数多了，连欧阳自己都觉得没意思。”李可仰头吐着烟雾说。他吐出的烟雾颇显水平，烟雾连成一串，一串比一串宽泛，漫画似的慢慢弥散。“有一回，欧阳喝多了，在半路上遇到他和他老婆，居然摸了他老婆的胸。”

“这件事小镇上的人都知道。”杨东不屑地说，“这是对男人最大的侮辱，谁能忍得住呢？但是吴全能却可以。”

人们回忆说，当时吴全能的老婆哭着跑了，而他扎在那里，目光落在地上。欧阳还向他竖起中指，说：“有种来踢我呀。”他咬着牙，绷紧腮帮，脸上终于挤出一丝笑意。这让欧阳感到索然无味，骂了一句，而后扬长而去。他望着欧阳的背影，心里悲愤交加，不由得怀疑他父亲的处世之道。他父亲是个隐忍者，以退让求平和，一生没和别人冲突。但是，这种处世方式帮不上他，没人理解他，选择隐忍却招来别人更大的欺辱。这多没劲啊！生意也是如此，同行把生意抢走，有时路过的司机到了他的店里，欧阳就到他店里强行借走工具，使他没法工作，赶路的司机只好改换店铺了。久而久之，他的店白天压根没有生意，干脆关起门，等到夜间再开门等生意。他守在店铺里，没事就躺在简陋的木板上，注意着门外的动静，但多数夜晚没人光顾。他很少回家过夜。李雪也没盼他回去。不知何时起，他跟李雪亲热时，眼前总浮现出欧阳的面孔，闭着眼是，睁着眼也是，怎么也挥不掉，渐渐地败坏了他的热情，后来竟然不行了。很多夜晚，他在床上酝酿，当李雪钻进被子里时，却怎么也硬不起来。李雪安慰他，抚摸他，挑逗他，都无济于事。他们被折腾得筋疲力尽，身体的欲望便消散了。

“他杀欧阳和强奸案有关?”王穗怀疑地说，“没人知道那件事是真是假，好像他只想让警察替他出头，这个世界，谁知道呢?”

出事那天夜晚，他做了一个梦，在梦里他把欧阳打趴在地。他从没如此痛快，浑身是力，正想乘胜追击，一阵急促的敲门声把他从梦里拽了出来。他对这种敲门声习以为常——意味着生意上门了。但是，那个夜晚他不想接生意，只想回到梦境里，狠揍时常欺负他的欧阳。他抓起被子蒙住头，想着只要不出声，门外的司机便会离去。敲门的声响却异常顽强。他心烦意乱地爬起来打开门，拉着脸看着门外的小哑巴和小黄狗，没等他反应过来，小哑巴扯着他的手臂往外走，着急地指着家的方向，“咿呀咿呀”叫嚷着。他心慌了，返身锁上门，匆匆往家里赶去。

他们赶到家，看到李雪缩在墙角，衣衫不整，神情恍惚，双手抱着膝盖，面前摆着一把柴刀。他走过去想扶起她。她抓着柴刀忽地站起来，用刀口对准他，双眼直直地盯着他。吴全能说：“你怎么啦?”李雪认出了吴全能，眼里有光闪了一下，瞬间又暗淡了，手里的刀掉落在地，转身走进房间叭地关上门。吴全能追上去，举起手，犹豫了，慢慢地放下来，缩进裤袋里。他扭过头问小哑巴，说：“哑仔，到底是什么事呢?”小哑巴比画着说李雪被欧阳欺负。小哑巴跑到门外，拉上门板，趴在门缝里往里望来。小哑巴这是在说他亲眼所见！吴全能怔住了，茫然地站着：欧阳怎么会跑到家里来欺负人呢?他的身子陡然沉重，慢慢地蹲下去，双眼失了神。屋外洒着月光，霜一样发出寒气。他抓起地上的柴刀，猛地往屋外奔去。

吴全能去找欧阳算账的晚上，街上行人寥寥，街边的店铺都已关门，几盏路灯在风中摇曳，一只猫蹲在电线杆下，细碎的雾气四处飘散，落在脸上粘出一丝冰凉。他顺着街道走去，左顾右盼，手心冒冷汗，柴刀微微发抖。他回头望去，小哑巴没有跟来，拖在地上的身影越拉越长。他心里怦怦直跳：遇到欧阳该说些什么呢？是否什么都不说就砍过去？他拿捏不准了。事情真如小哑巴说的一样吗？要是他看花眼呢？要是他梦游呢？他的信心越来越弱，赶到欧阳家时已经消失殆尽。那里一片漆黑，没有一扇窗有光亮，想必欧阳睡着了。他既失望，又不禁松了一口气。他缩到角落里蹲下来，不知该干什么了，掏出烟默默地抽着，想：这么等着吧。要是欧阳不出来就算了，要是他出来那就是他的命了。他又紧了紧手中的刀。噗——一只猫蹿出来，把他吓得蹦起来，柴刀脱落在地，他拔腿就跑，凌乱的脚步在空旷的街面上飘响。

“他的胆子太小了，欧阳那么欺负他，也没找欧阳算账。”杨东摇着头说，“李雪能不走吗？谁愿意跟这样的男人一起生活？”

李雪是在晚上离开小镇的。

那天晚上吴全能没有回家，坐在店铺门口吸闷烟，想着这些街面，想着河湾，想着湖南小镇，想着摔死在阴沟里的父亲，以及离家出走的母亲。这些人和物，在他的想象里渐行渐远，他猜不出他们都怎么了，究竟是时代在变还是人心在变呢？整个夜晚他陷入一片混乱的思想里。黎明到来了，他仍旧没理清情绪，只抛散了一地的烟蒂。他站起来拍了拍衣服，几许灰尘掉落下来。他再次用力拍着衣物，还是没能拍掉凌乱的心绪。他望向那条狭窄的街道，两边的店铺逐一开张，炊烟在屋顶弥散，几只鸟雀消失在河对岸，榕树和青竹迎光妖娆。他猛地想起什么，扭头往家里奔去。李雪不见了，离开小镇了，留下一张纸条：

我知道你没有胆，也不想为难你，这样的日子过不下去了，你自己保重，不要来找我。

他抓着纸条追出门外，一辆湖南牌照的货车驶过，卷起的尘土淹没了他。当尘土渐渐息落，他的脸又清晰起来，朝阳刺痛他的眼睛。他蹲在电线杆下，望着路上往来的人，再次想起在多年前离家出走的母亲。她的出走究竟是因为耐不住贫困，还是父亲保护不了她，抑或是别的什么原因呢？多年后，李雪以他母亲一样的方式不辞而别。他的生活在重复他父亲的过往。这是偶然巧合，还是冥冥中的命运？他陷在沮丧和伤感里，困惑和迷茫如影随形，从未离开。他看到自己日后的孤独和衰老，将和他父亲一样摔死在某条阴沟里的命运。他摇晃着脑袋，这不是他要的生活啊。可怎么办呢？他没了主意。

小哑巴来到身旁，比画着让他去报警。他往门外瞟一眼，看到明亮的阳光，心里却暗淡着，整个人慢慢蹲下去，摸出烟叼在嘴里：报警有用吗？他见过欧阳和警察在一起喝酒，称兄道弟，勾肩搭背地走过街面。但是，非惩治这个欧阳不可，不然李雪是不敢回来的。他站起来，跺了跺脚，径直向派出所走去。

“那天他找到我，满脸着急，又说不出什么。”派出所所长吴响回忆说，“结巴了半天，才把事情说清楚。”

那天吴全能走过街道，望见派出所的铁门敞开，一个人耷拉着脑袋走出来，背后停放着一辆警车。他犹豫了，莫名的恐慌涌来：真要报警吗？他不敢走进铁门，垂下脑袋装作路过，心里渴望着被警察撞见，却没人注意他。他只好拐个弯蹲到墙角，默默地抽烟，不由得憎恨起自己：连警察都不敢见，李雪怎么会回来呢？他这般想着，双脚却没挪动。好半晌，吴响从铁门里走出来。他慌忙丢掉烟跑过去，来到吴响身旁又犹豫了，想了想，折回身把地上的烟头踩灭。吴响注意到他，站在铁门旁边定定望来。他想躲却来不及了，咬了咬牙挪到吴响跟前。

“所长，我要报案。”

“嗯，报什么案？”

“欧，欧阳欺负我老婆。”

“欺负你老婆？那该到街委会找大妈处理嘛。”

“他，他强奸。”

“强奸？你有证据吗？”

“有一张字条。”

“还有别的证据吗？叫你老婆来吧，把事情说清楚。”

“就这张字条了，我老婆……她走了。”

“你老婆不在，又没有别的证据，就凭这张字条，就告别人强奸？”

“那要怎么做才行？”

“你得找能够证明强奸的证据。”吴响说，“不会又是生意上闹什么矛盾吧？大家在一条街上讨生活，难免有冲突和误会，都是熟人，抬头不见低头见，是吧？忍一忍就过了，是吧？平安是福。”

“你不相信我说的？”

“这不是信不信的问题，我是办案人员，看重的是证据啊。”

“好，我去找证据。”

吴全能回到家翻箱倒柜，没找到什么证据，瘫在门槛上，阳光落下来，几条狗在路边乱跳，使他心头更加堵。他抓起一块石头砸过去。那几条狗跑开了，立在不远处满眼疑虑地望来。他撑着膝盖站起来，那几条狗转身跑远了。他对着天空叹了口气，忽然想起小哑巴，找到他，带着他赶往派出所。

“所长，那件事小哑巴亲眼看到的。”吴全能转身说，“小哑巴，把你那晚看到的都告诉所长吧。”

小哑巴咿咿呀呀比画着。吴响没看明白，说："吴全能，你拿警察当傻子啊？不能找个能说话的来吗？真要报案就把你老婆找来。"

人们回忆说，那天吴全能垂头丧气地走在街上，没人猜到他去报案了。其实，小镇上没几人喜欢欧阳，他是霸王，连警察都让他三分，多数时候人们都敢怒不敢言。吴全能回到家，坐也不是，站也不是，抓起包往外跑，来到街上又收住脚，天大地大，该去哪里找李雪呢？她要是诚心躲藏又怎么找得到呢？就像当年父亲无法找到母亲一样。他回到家把包丢在角落里，祈祷上苍把李雪带回来。他没等到李雪，却把欧阳等来了。欧阳咧着嘴站在他面前，背后闪着一片阳光。他紧闭着双眼，不知是不敢直视欧阳，还是不想看到那片阳光。

"听说你去报案，告老子强奸，谁信呢？看在你有胆去告的份上，我就告诉你吧，这事就是我干的，你就这么去告诉警察吧！"

吴全能紧闭着眼，没有答话。欧阳的话是刀，割他的心，痛着，流血了。他又想起父亲的话：忍一忍，死不了人。这句话使他更痛了。面前没了声响，他悄悄地睁开眼，欧阳已经消失了，剩下一片阳光，静默而孤独。他跳起来往派出所奔去。

"所长，所长，这下好了，欧阳他自己承认强奸的，就在刚才他到我家里去说的。"

"那你录音了没有？"

"录音？没有。"

"那有人证吗？"

"人证？没有。"

"你脑子没问题吧？"

他再次无功而返，郁闷极了，罪犯都认了，怎么还不能抓呢？

他怀疑起警察了，要是找不到别的证据，那么就永远抓不到欧阳了？这怎么可能呢？他犯了罪就是罪犯，不管有没有证据。“这该死的吴响！”他在心里骂着，“你们抓不了，那我自己来吧。”

欧阳被杀之前，吴全能找到杨东、李可和王穗，他们跟他借过钱，知晓他不会催，就一直赖着不还。他请他们喝酒。他们知道他为什么请。几杯酒下肚后，他们的话就多了：“老鼠胆，你的事，我们都听说了，你放心，我们为你讨回公道。”“欧阳也太欺负人了，我看他是活腻了。”“看在朋友的分上，你就直说吧，是要他两只手，还是要他一双眼睛？”吴全能激动地说：“多谢，多谢你们把我当朋友，这事警察办不了，我才来找哥们几个的。不管用什么方法，只要让欧阳承认强奸，让警察抓住他，以前的账就没有了，我还会一人给一千块钱。”他从怀里掏出一叠钱，每人给了五百块，说：“这是定金，事成之后再付剩下的。”他们嚷嚷起来：“五天时间让你满意。”“哪要五天？三天足够。”“拖着干什么？一天办成，后天你准备好钱就是了。”

他们歪歪斜斜地走出饭馆，吼唱着《好汉歌》：路见不平一声吼呀，该出手时就出手啊。他们的歌声和阳光一样温暖。吴全能望着他们远去，心底也在嘶吼着。他想起了梁山好汉。他们路见不平，拔刀相助。他激动之余，想起一句老话：以其人之道还治其人之身。想必就是如此吧，他感慨着。

人们回忆说，那几天吴全能无心做生意，一天到晚坐在家门口等消息。一天，两天，三天过去了，杨东他们没有出现，连只言片语都没传来。他心里犯了疑，把小哑巴叫到身旁说：“哑仔，你去看看他们在哪里，是不是打牌忘了办事？”小哑巴带着小黄狗走了，不久就匆匆赶回来，比画着说他们在饭馆里和欧阳喝酒。吴全能整个人弹起来，僵在那里，接着慢慢蹲下去。怎么可能呢？

拿人钱财就该替人消灾，不然也太没江湖道义了。他不相信小哑巴，心里又放不下，于是往街上走去。

他看到他们在饭馆里喝酒，猜码划拳，不时向欧阳敬酒。他们真是拿钱不办事，这帮赌徒、骗子！他在心里咒骂着。他不愿再看到他们，想转身走开，双脚怎么也挪不动。他们看到他了，满脸不自然。欧阳看到了，说："老鼠胆，你还有胆子找帮手哦，你这事有完没完啊？你老婆可没嫌弃我，你还去告我？"

"你要是去自首就算了，不然我会杀了你。"

吴全能低低地说。他站在门外不知所措，觉得非得说句什么话，憋了半晌吐出这句。欧阳敲打着桌面哈哈大笑，说："就你？一个胆子比老鼠胆还小的人，知道别人为什么叫你老鼠胆吗？要是你能杀我，我就能让太阳从西边出来，你信不？"杨东他们没有笑，面面相觑，而后走出门外，说："我们喝酒不是用你给的钱。"吴全能说："那钱我不要了，回去告诉他，我一定会杀了他。"他说完就转身离去。

他走在街上，背后一片炙热，定然是杨东他们投来的目光。他让别人惊诧了！他心里一阵激动，尽管双脚在发颤。

他装作若无其事的样子，昂着头走回家，闪进门立即闩上，心里怦怦狂跳，自己怎么会说出那样的话呢？那是一枚地雷，埋在了生活里。他感到了危险，想了想，跑去找吴响。

"这事你们管不管？"

"你说我们怎么管？你没有任何证据，让我们怎么去管？回去补你的胎吧，别瞎胡闹了，就凭那一张字条就说别人犯罪？要是你是警察，你会信吗？"

"我信！"吴全能说，"你们不管，我管，我要杀了他。"

"要是连你都有胆量杀人的话，恐怕林荫镇要改名叫作杀人镇了。”吴响拍了拍他的肩膀说，“别瞎胡闹了，快回去吧。”

瞎胡闹？我就杀给你看。他没说出这句话，说了也没人相信，别说是杀人，往日里他连杀只鸡都不忍心，谁相信他会提着屠刀索取人命呢？连他自己都不信。即便在想象里，他也从来没想过要杀人。“放下屠刀，立地成佛。”他用这句佛语慰藉自己。多数时候，他却说服不了自己。虽然手里空空，没有屠刀，但是屠刀却无处不在。你不提，别人提了，向你的生活砍来。谁人的生活不是被砍得千疮百孔呢？

人们回忆说，那些天他坐在店铺前，闷头闷脑，生意彻底荒废了。

他发觉生活不一样了，小镇陌生了，往来的人们也不认识了，有人死了，有人出生了，眼前的人和物都被某种东西包裹着，牵扯着，隐隐存在，又无法说明白。这就是人世的诡秘吧，他想。他开始想如何对付欧阳，几天之后，他来到街上买了五把水果刀，每把都一尺来长，在阳光下晃痛人眼。

“买这么多刀干什么呀？”摊主问，“不补胎了？改行杀猪了？”

“杀人。”

摊主回忆说，他以为吴全能是开玩笑，并不在意，像平常一样，把刀绑好递给顾客。

当时吴全能低垂着脑袋，想抬起头说句感激的话，又觉得不合适，抽了抽嘴角，挤出一丝笑，硬邦邦的。

“吴全能在我这买了五把刀，那是最后剩下的五把刀，要是还有货的话他还会要。”摊主叫嚷着，“他说他买刀杀人，你们信吗？反正我不信，但我希望多遇到这样的傻子，给我带来生意嘛。”

吴全能买刀杀人的消息传遍了整个小镇，人们无不摇头说：“就他还想杀人？况且是杀欧阳，连警察都怕的欧阳。要是他有这个胆，以后我们改叫他‘豹子胆’。”谁都认为他只不过是虚张声势。欧阳更是不屑，光着膀子吆喝着：“来来来，都来看看吴全能杀人啊。”街上的好事者蜂拥而至，跟在欧阳身后来到吴全能的店铺。

“大家都看好了。”

欧阳踏步走进店铺，逼到吴全能的面前。吴全能手里不是刀，而是小铁锤，脑袋低垂着。小哑巴缩在角落里，小黄狗挤在一旁夹着小尾巴。欧阳砰砰拍着胸脯，说：“有种就往这砍！要是老子皱一下眉头，往后你就是我爷爷。”吴全能没有接茬，目光落在铁块上，身子微颤，小铁锤跟着发颤了，发出的叮当声响失去了先前的节奏。欧阳从墙角抽出一把水果刀递过去，说：“往这砍！往这砍！”吴全能没有接过刀，也没有抬头，身子抖得更厉害了。欧阳轻蔑地说：“吓成这个样子，你还想杀人？做梦去吧。”欧阳没了兴趣，摇着脑袋走出店铺。人们也失望了，四下散去，留下那家店铺在夕阳里落寞着。

“没人相信他会杀人。”黄山摇着头说，“但他真的杀了人，作孽啊。”

欧阳死后，八十多岁的黄山告诉警察，他卖给了吴全能一块磨刀石。这块磨刀石使杀死欧阳的刀更加锋利。他是罪人，这让他心里难受。他说，那块磨刀石是他祖上流传下来的，虽不是什么宝物，但也有些年月。吴全能二话也不说，留下一千块钱，提着磨刀石就走。人们回忆说，吴全能每天在店门前霍霍磨刀。他身旁摆放着五把刀，刀口一致向外，阳光映在刀面上，折射出一道道寒光。人们又来了兴趣，期待一场复仇上演。赌徒们为此下注，赌他敢不敢去复仇，多数人都赌他不敢，只有杨东他们赌他敢。这消息在小镇上疯传，吴响听到了就来到吴全能的店铺，见他又在磨刀，不由得一阵恼火，说：“你这是干什么，放着生意不做，磨刀干吗?”

“杀人。”

吴全能低低地说。

吴响怔了一下，递给他一支烟。吴全能没有看他，也没有接过烟。吴响说：“我知道你心里有气，想让我们把欧阳抓起来，可没有证据怎么能乱抓人呢？这是法治社会，不再是什么响马时代。别再整天磨刀磨剑的，再这样就把你的刀收缴了。”吴全能不再说话，也不再理会吴响，闷着头霍霍磨刀。吴响耸了耸肩，转身离去了。吴响没收缴刀，那是水果刀，随处可见。吴全能不由得一阵失落——这么单薄的刀，连警察都不屑。

杀死欧阳的砍刀，是铁拐李铸造的。铁拐李是小镇上的铁匠。他祖父是铁匠，他父亲也是铁匠，据说他祖父给一位将军打过战刀，而他父亲曾为八路军打过军刀。李家铁铺的名声是打出来的。到铁拐李这一代，祖传的铸刀技艺不再是了不起的秘密。从南方来的，从北方来的，那些刀具都比他们李家生产的精致。李家铁铺不知不觉中败落了。铁拐李曾苦苦支撑，无奈世事多变，两年前铁铺关门熄炉了。那天铁拐李躲在角落淌了泪：李家铸铁技艺怕是要在自己手上失传了。

他回忆说，吴全能是在晚上敲开门的，那时天边悬着一弦缺月。吴全能走到屋里，坐在方桌旁，递给他一支烟。他们有一搭没一搭地说话。吴全能掏出一个信封，搁在桌面上推到他面前，说：“李伯，这是两千块，少是少了点，帮我打一把砍刀吧。”铁拐李没有说话，也没有看信封，闷头抽烟，呛人的烟味扑人眼鼻。好半晌，他才在桌脚上敲了敲烟斗，说：“小侄啊，李家这口炉已成灰，铸不了刀，再者你这样的刀也铸不得呀。”吴全能说：“李伯，你就当为李家铸吧。”铁拐李怔住了，沉默了，目光望向窗外，院子里立着两棵松柏，是他祖父种的，历经风霜仍旧挺拔。诸多往事涌上心头，他的眼角慢慢地湿润了。

“吴全能杀人的那把砍刀，是我花了一个礼拜铸造的。”

吴响听了，没说什么，把脸别到一旁。铁拐李知道吴响心里不爽，但他却不在乎，也说不清缘由。其实，吴全能来取刀时，他心情是复杂的，掺杂着激动和沮丧。他祖父和他父亲，手艺都献给了英雄，而他为一个将去犯罪的人铸刀。可是，只有这个人让他记起自己是一个铁匠啊，在这个纷繁的时代，人们都善忘，还有谁记得他的手艺呢？他咽了咽口水，把刀递给吴全能，欲言又止。吴全能抱着刀远去，而他心里留下一片荒芜。

吴全能回到店铺，把刀挂到墙上，立在那里端详着，然后深深地鞠了一躬。他不明白自己为什么鞠躬，但是心里因此踏实了。小哑巴看到墙上的砍刀，兴奋地咿呀咿呀叫着，手舞足蹈地奔出门外，一路比画着告诉人们。不少人前来观看砍刀，说：“当年李家给八路军铸的就是这种刀，上战场一刀一个鬼子，可猛了。”“真用这刀去对付欧阳？”“就他？还杀人？别说是一把破刀，就是一辆坦克也没用。”

吴全能听着这些话，心里忐忑着，有事没事就蹲在门口磨刀。人们时常看到他拔下一根头发，放在刀刃上，轻轻吹一口气，头发就断成了两截。砍刀已锋利无比。人们想，他该找欧阳报仇了，可他每回磨罢刀直起身没往街上走，而是返回门里把刀挂在墙上。人们知道了他终究没有胆量，很快就厌烦了这场虚张声势的闹剧。欧阳也来过几回，每回吴全能都不吭一声，欧阳也便不再理会他了。小镇上没人留意他了。

“哑仔，你相信我会杀了欧阳吗？”

他把小哑巴叫到身边问。小哑巴摇摇头，又点点头。吴全能说："你到底是点头还是摇头？"小哑巴狠劲地点着头。吴全能说："要是李雪回来就算了，不然我会杀了欧阳的。"小哑巴又点头。吴全能说："你不信？我现在就让你瞧瞧这把刀的厉害。"他提着刀来到猪肉摊前，说："给我称那只最粗的猪脚。"摊主称好了，问："要不要砍碎？"吴全能说："不用，我自己来。"说着他从背后亮出砍刀，往猪脚上咔咔砍了几下，猪脚成了一堆碎肉。摊主歪着脑袋说："这刀挺不错，卖给我剁肉吧。"吴全能说："这是杀人刀。"摊主的脸皮抖了一下，说："你别再无聊了，就你这胆，还能干出什么事来？不过唬人罢了。"

"我会杀了他的。"

吴全能提着刀和猪脚走了，摊主轻蔑的笑声从背后传来。他想回过头争辩，却被一股力量推着往前走。他就那样头也不回地走出了摊主的视线。他回到店铺问小哑巴，说："你说欧阳该不该杀？"小哑巴看着他，许久才点头。他又问："这个欧阳真的该杀？"小哑巴认真地点着头。他跟着点着头说："你说我有胆量杀欧阳吗？"小哑巴摇摇头。他又问："连你也不相信我敢杀欧阳？"小哑巴没有点头，也没有摇头。

"好，我要让别人知道我是说真的。你到街上去告诉别人，我给欧阳七天时间，要是他七天之内不去自首，我就会杀了他！"

吴全能站起来，拿刀往一块木板砍去，"哐"——木板破成两半。小哑巴在他脸上看到了仇恨的表情，转身往门外奔去，跑到街上见到人就比画吴全能的七天之约。人们摇着头走开了。没人理会他，也没有人相信他。小哑巴满脸沮丧地回到店铺。吴全能看见小哑巴的表情，已然知晓没人相信他。

"老师，你帮我个忙吧，帮我写死亡倒计时，就像学期末考试一样，就写第七天、第六天、第五天……最后一张写'死期'。"

吴全能抱着笔墨纸张找到一位中学老师。老师望了望他，说："全能啊，你就消停吧，别再给自己找麻烦了，也别给我找麻烦，好吧？"吴全能没有说话，静静地盯着他，老师这般拒绝想必是胆怯吧？他脸上泛上一丝不易觉察的神情。老师看到了，被刺中了，话也不说，铺开纸张，泼墨挥毫。

吴全能抱着写了字的纸张，回到店铺，贴在招牌上。红色的字迹在阳光下散发着一股寒气，逼迫着人们的眼睛。人们议论着："这回又闹哪一出呢？""他的玩笑还没开够吗？""就算他有胆，能打得过欧阳吗？连警察都怕他。"欧阳不仅不屑，而且厌烦了，说："就他还敢杀人？他只不过是在意淫而已。"

吴全能没理会这些话语，每天沉浸在一种自我激动里，早晨起床的第一件事，就是爬到招牌上撕下一张"死亡倒计时"。每撕一张，心里一阵冲动又一阵紧张。他坐在梯子上抽烟，望着马路上往来的人。人们对他已见怪不怪。他也不理会人们。他在等待小哑巴。他要问小哑巴，欧阳去自首了没有。小哑巴每回都摇着头。他望着"死亡倒计时"，心里渐渐地没了底，而手脚又似乎被什么捆绑住了，而后被抛在海面上随波逐流。

他从墙上取下刀，来到门口霍霍磨着，以此压住内心的虚妄和慌张。他的日子变得漫长，好不容易天暗了，好不容易天亮了。他恍惚着，好几回连店铺门都忘了关，奇怪的是却从没遇到盗贼。他心里泛起一阵莫名的失落，小偷怎么没偷走砍刀呢？而警察怎么也没闯进来收缴砍刀呢？要是那样的话，即使他想杀人，也杀不成了。砍刀安然地悬挂在墙上，第三天，第四天，第五天了，砍刀仍然悬挂着，闪着寒光。他的夜晚被寒光映亮。他看到了夜晚里的自己。那是一个他不曾认识的人。此时，他发现了自己的另一面。善良。勇敢。有担当。这是他所不认识的自己。这才是真正的自己呀。他不由得激动了，想了想，从墙上取下砍刀，摸进夜色抛到水潭里。

“就要到七天了，看老鼠胆怎么办？”“他不敢拿欧阳怎么办的。”“这回挺像那么回事的。”“要知结果如何，后天分解，敬请期待。”

刀没了，却没人关心——真想报仇，赤手空拳也不是问题吧？他如梦初醒。人们的议论成了刀，刺中他的怯懦和虚伪。等到晚上，他再次趁着夜色，沉到水潭捞起砍刀，又跑到街上买回纸钱和阴香，把刀摆在店铺门口祭奠。月色落在刀帮上，在刀帮上缩成小亮点，足以刺透人的双眼。他坐在那里喝二锅头。小哑巴和小黄狗挤在身旁。小哑巴兴奋地跟他比画着什么。

“你都在比画什么呀？我告诉你哑仔，我心里害怕是害怕，但是我想好了，再害怕也要把这件事做了。如果他不去自首，我就要杀了他。你信不信？”

小哑巴使劲地点头，抓起酒瓶喝了一口，呛得不停地咳嗽。吴全能笑了，夺过酒瓶仰头咕咕地喝。他喘了好几回，才把酒瓶喝见了底。他喝醉了，小哑巴费了好大的劲才把他扶上床，给他盖好被子，拉门离开。

吴全能醒来时天已大亮。七天之约到了！他猛地一惊，爬起来往窗外望，街上来往的人们各自忙碌。他爬到招牌上，撕到了最后一张——死期！真的到了！身体跟着空了，他似乎感觉不到自己的体重。他想找个地方躲藏。路边有几个小孩在玩耍，不时往店铺望来。他们看到了“死期”，也看到了他，像是被吓坏了，扎立不动。他瞟了他们一眼，想到别人一样对他感到害怕，不由得有了底气。他回到门里，从墙上取下砍刀，搁在门口一只废弃的铁箱上。他从店铺里拿出阴香、纸钱和鞭炮，在门口烧纸，插香，点燃鞭炮。不少过路人围过来，看到他跪拜在地。

纸钱烧完了，鞭炮熄灭了，吴全能抓着砍刀，用衣袖擦拭完刀帮上的灰尘，挺起胸脯往街上走去。人们连忙跟上他，一路叫叫嚷嚷，即将到来的生死对决令人亢奋。吴全能来到街上，拐进米粉店，把砍刀搁在桌面上，说："老板，来一碗汤粉，再来一碗酒。"老板端上汤粉和米酒，望着桌面上的砍刀以及店门外的一群人，说："你真的拿刀去杀人？"吴全能边吃边点头说："是的。"老板说："老弟啊，别去干傻事了，这事做不得的，说说也就过了，哪能当真呢？别把自己赔进去。"吴全能不再说话，一口喝掉那碗米酒，胆子壮了许多。

"所长，你到底抓不抓欧阳？不抓的话，我就去宰了他，到时别怪我没告诉你。"

吴全能在电话里对吴响叫嚷。吴响正开车赶往县城。县里发生一起大案，县公安局把全县的警员全调去了。他心里蹿起一股火，说："你添什么乱？能不能不那么磨磨唧唧？你想让我怎么办？我敬你是梁山好汉，你替天行道，你为民除害，行了吗？"

吴响在骂人，怎么能骂人呢？吴全能挂断电话愤愤地想。看来吴响不打算管这事，别的警员更不会管了，他们怎么能不管呢？他们是警察！他提着刀走出门，人群立即闪开一条道。他顺着那条道走去，感觉背后有一股力量推着他，来不及细想，紧张和兴奋淹没了他。人们跟在他身后，激动不已地大呼小叫。小哑巴从人群里挤出来，紧紧地贴在他身旁，昂首挺胸地往前走。队伍越来越壮，没走多远就浩浩荡荡了。他在队伍里没看到杨东、李可和王穗。他们怎么没出现呢？支持他也罢，阻拦他也罢，都应该出现在这里。

"杨东你不来看看？我现在去宰欧阳。"

他给杨东打电话。杨东正在打牌，嘴里叼着烟，不耐烦地说："你去就去，给我打电话干吗？我又不能帮你，再说了我还真希望你能宰了他，可你有这个胆吗？我都在你身上赌了一千块了。"吴全能说："我真的去宰他，顺便告诉你一声……"他话还没说完，杨东已经挂了电话。他举着手机自嘲地笑了笑。他又拨通王穗的电话。王穗对着电话吼叫："就你这破胆还想杀人？算了吧，回去洗洗睡吧。告诉你，老子正睡觉呢。"吴全能还想说什么，王穗已经挂断电话。他又拨了李可的电话。李可说："我现在外地，你说什么？你又在搞什么鬼？就你还要去杀人？我还想去杀鬼呢。"没等他说话，李可就把电话挂断了。沮丧和失望再次奔涌而来，他们怎么没劝阻一下他呢？这不是去逛街，而是去杀人啊。

他拿着手机，不知该给谁打电话了，想了想，拨了李雪的电话。李雪离家出走，一直联系不上。这个世界有了汽车，有了电话，有了网络，联系越来越方便，然而要找一个人却越来越难。——那是心找不到了。他想，要是心丢了，就什么也找不到了，就像他的母亲。他母亲真的把心丢了吗？他不知道。庆幸的是，他居然拨通了李雪的手机，他说："我现在去把欧阳宰了。"李雪说："你要是真去，我就回家。"李雪说完就挂了电话。吴全能呆呆地望着手机，似乎反应不过来：这些人都怎么了？连李雪也没说一句宽慰的话？她没想到他此行凶吉难料吗？要是他没宰了欧阳反而被欧阳宰了呢？就算是宰了欧阳结果也得坐牢、枪毙，怎么她就一点也不担心呢？要是她不让他去冒险，他会丢下砍刀转身回家。可是，她不相信他，也没人相信他。杀人？笑话！他把手机摔在地上，一刀砍下去，"噗"，腾起一阵尘土，手机身首异处。人们再次见识砍刀的锋利。几个小孩扑过去抢着破碎的手机。他想笑，脸皮却僵硬着。他感到有些累了，想停下来歇一歇，身体却机械地往前移，似乎被一股力量往前推，容不得他细想，也停不下来。

他脑子里有些乱，脚步也有些乱，还没等他理清心绪，已经来到欧阳的门前。欧阳没有站在门口，家门关闭着，听不到半点声响。欧阳害怕了？人总是这样，越忍让越受人欺压，越强硬越没人惹你。吴全能想，要是欧阳懂得忍让，避免这场争斗，日后一定交这个朋友。现在他站在队伍前头，面对着紧闭的门板，却不知该如何是好。

“欧阳出来，欧阳出来!”

队伍里响起嘈杂的叫喊。欧阳始终没有出现。

吴全能心里泛起一丝得意：理亏的欧阳到底心虚了。

叫喊声更响亮了。欧阳仍旧没有出现。

吴全能想，这么回去，不至于丢脸了。他刚想转过身，几个少年跑过去啪啪地拍门，还一脚把门踹开了。

吴全能望着敞开的大门，心也嘭地敞开了，一股冷风灌进来，使他浑身发冷。人们推搡着他，想退也找不到路了。他深吸一口气，紧了紧手里的刀，手心全是汗。他往大门口走去，感受到一股死亡的气息，双脚微微发抖了。

门里边是欧阳，膘肥体壮，力大无比，如何战胜得了他？吴全能几度想折身退回去，却知道背上贴满目光。这些目光是更难战胜的对手。他咬了一下牙，宁可死在欧阳手里，也不愿被人们的目光杀死。吴全能咽了咽口水，深吸一口气，迈步走进门里，想了想又返身闩上门——就算惨败也没人看到——他为自己留下最后一丝颜面。

人们挤在路边，满脸紧张，紧盯着关闭的门板，死亡的气息弥漫开来。“啊——”尖叫声破空而出，“嘣嘣噼噼”的打斗声传来。人们趴在门缝上、墙壁上、窗户上，看不到屋里发生什么。

几个年轻人想翻墙进去，被年长的人制止了，说："刀剑无眼，伤了你们没人负责的。"

"啊——"

一声惊恐的惨叫传来。战争结束了。屋里一阵死寂。人们屏住呼吸，等待着大门再度洞开，揭晓谁从里边走出来。好半晌，大门才慢慢拉开，吴全能拖着砍刀走出来，刀帮上带着血，脸上、手臂上也带着血，额头还被划了一刀，血像几条虫子爬下来。几个年轻人冲进门去，很快就折回来，说："欧阳真的死了。"人们惊呆了，话也说不出来，没人想到是这个结果。怎么可能呢？胆小如鼠的吴全能把欧阳给宰了。人们心里五味杂陈。小镇是安静的，太安静了，人们无聊至极，便想看看稀奇、凑凑热闹，谁料到会有人流血死亡呢？那么人们到底在期待着什么样的事情发生？没人回答。

人们说："你快逃吧。""趁着现在警察还没到快逃吧。""没想到你真的敢杀人，他也该杀，快逃吧。"

吴全能走到门边，双脚发软，使不出力气，一屁股瘫在石阶上，说："今天，我把欧阳宰了，他这是罪有应得。我也不想跑，给派出所报案吧，好汉做事好汉当，我就坐在这里等警察。"

人们回忆说，吴响驾着警车一路狂奔，疯了一样，卷起的尘土覆盖道路两旁的房屋、树木和电线杆，着急万分地赶往案发地。他怎么也想不到吴全能会杀人，真的把欧阳给杀了。怎么说杀就杀呢？该死的！那是一个人啊，活生生的性命啊，怎么说杀就杀呢？糟糕的是，吴全能杀人之前给他打过电话。该死的！怎么能这么干呢？

他赶到欧阳家门外，人群仍然围在那里，吴全能坐在石阶上，砍刀搁在身旁，刀帮上的污血闪着暗光。吴全能看到了吴响，想站起来说话，双脚却仍旧使不出力气，便对吴响挤出一丝笑。吴响拨开人群，扑过去，把吴全能按倒在地。

吴全能被带走了，欧阳也被带走了，不同的是，一个活着，一个死了。小镇上的人们感慨万千，谁曾想到这个结局呢？连吴全能自己都没想到。他对杀人的事供认不讳。他说他从没想过要杀人，买刀、铸刀、磨刀，都只是为自己壮胆，吓唬欧阳而已，让他知罪认罪，哪曾想事情会变成这个结局呢？警察审讯时，他恢复了平静，倒是吴响的眼里透着一丝惊慌。他为吴响担心了，出了命案，所长是逃不了干系的。他顾不上所长了。他已是一个囚犯。杀人偿命，他还能顾得上谁呢？死亡正向他走来。

他并不怕死。他也不知道为什么不怕，这是不正常的，谁不怕未知的死亡呢？他糊涂了。在孤寂的夜里，他不住地问自己，是因为了无牵挂吗？父亲死了，母亲和李雪离家而去，她们还会回来吗？此时，他不想再挂念她们，心里充满了自信。他知道，是欧阳的死改变了他。他想起了活着和死去的尊严。在此之前，他说不清到底是生命重要，还是生命之外的某些东西重要。欧阳死后，他明白了，在尘世里，很多时候，生命远比不上生命之外的某些东西强大而恒久。

每每望着铁门，他心里不再是冰冷，而是轻柔和温暖。他的灵魂会脱窍而出，化成一缕青烟，飘出窗外，越过布满电网的高墙，轻轻袅袅地回到小镇。

这个叫林荫的小镇，坐落在湘桂交界处的深坳里，曾经山高水远、树茂成荫，故而得名。在童年记忆里，小镇街道两旁是起落有致的吊脚楼，年轻姑娘们坐在门前，倚靠在栏杆处，缝缝补补，展露着她们美丽的容貌，使整条街道熠熠生辉。自从修了马路后，这个衔接湘桂节点的小镇，客商颇多往来，生意随之兴隆了，饭店、旅馆、手工艺品店，依着街道次第铺开，圩日里热闹非凡。小镇上的许多东西，好像被一阵风刮走了。街旁的吊脚楼逐渐少了，多了砖房，多了玻璃窗，家用电器随处可见。理发店也跟着多了，只是不再叫理发店，而叫某某发廊。店名多半起得暧昧，让人遐想。不知何时起，他对这个小镇越来越没好感。小镇的人欺负他，连小孩都叫他“老鼠胆”，没人把他放在眼里——除了不会说话的小哑巴。他想，要是小哑巴也会说话，是一个正常人，还会跟自己交往吗？他被自己问住了。他望着小镇安然入睡，万籁俱寂，连风都静止了，似乎不曾发生过命案。他回想起死去的欧阳，心里莫名悲伤。他从没想过要杀死谁，但是欧阳真的被他杀了，死在他的面前，血泊暗了一大片地板。欧阳从此不复存在了。他希望这是一场梦，醒了，生活如故。他要摆脱被人奚落、嘲讽和瞧不起的生活，非要付出生命的代价吗？

他面对死亡，并不感到害怕。他看到死亡是一条河，没有孤独和忧伤。他曾经胆小如鼠，现在却视死如归。他不知道自己怎么了，变得如此豁达，难不成死亡是一种重生？

他开始等待死期的到来。他将离开这个尘世。人们会想起他，会谈起杀人事件，会对他刮目相看，那是他一生中最辉煌的时刻。

李雪也会想念他——那个嫁给他的江苏女人，那年他到江苏打工，假日里到城里闲逛，在河堤上遇见许多人围观什么，吵吵嚷嚷。他挤进去想看个究竟，不料被挤落下河。河岸上响起叫喊声——救人，快救人啊！他才知道是有人落水了。他会水，没费多少劲就把落水者拖到岸边。人们把他们拖上岸。被救的人就是李雪。当时他回头望向河流，心里一阵惊悚，河岸离水面三丈有余，要不是被挤落下去，他断然不敢往下跳的。没有人怀疑他，还把他的事迹刊上晚报，称赞他的勇敢。他没解释，也不知道向谁解释。他和李雪就那样认识了。

现在小镇上的人们每每议论起他，多半同情、理解他，为他惋惜。李雪也回到了小镇，丈夫被抓了，那个原本就破落的家维持起来愈加艰难，但是她却比以往任何时候都感到硬气。她似乎找到了支撑自己和这个家的主心骨。这是付出丈夫而换来的，她觉得自己过分了，但是每每走在街上，她总是昂着头。人们遇见她，都是笑脸相迎。她知道为什么。

一个男人还找上她，说："婶子，大哥出了这事，想必这店铺也荒废了，不如趁早转让。我愿出十万转让费，这个价不低了，我敬佩大哥的为人，说实话，我没有大哥这样的胆气。"

"这事我做不了主，我得先跟我男人说说。"李雪说。

话一出口，她不禁暗自吃惊。她从没在别人面前说过吴全能是她男人之类的话。在此之前，她觉得他配不上这些赞许。她心里温暖着，又湿润了，接着难过起来。他曾告诉她要去杀人。她却不相信他，非但没有劝阻他，反而还刺激他，使他走上了不归路。她感到了自己的罪恶。

吴全能走出拘留所那天，阳光一尘不染，几只灰鸟掠过一条通往省城的公路和生机勃勃的田野，隐没在山间的树丛中。一个多月之后，警察认定他不是凶手，把他释放了。他对这个结果感到失望。他没打算活着，连遗言都想好了，只等李雪来探监就告诉她。在他的想象里，李雪会为他哀伤、哭泣。他会静静地看着她落泪。

"反正还没抓到凶手，就当我是凶手吧，这样你们不就能结案了吗？"

他对警察说。警察瞪他一眼，没有说话，甩手而去。他想顶替杀人犯，赖着不走，让警察枪决。无数个夜晚，他在想象中死去，周身随之冰冷和寂静，整个世界失去声色，这感觉让他无比着迷。他觉得如此死去远比卑微地活着强。吴响来接他出狱，没好气地说："你就是一个胆小鬼。"他说："我不是，虽然人不是我杀的，但是我有杀人动机，我都提刀找上门了，当时如果他活着，结果一样会没命。"吴响说："你就吹吧，你要是真有胆去死，那你怎么连活都不敢？活着比死去艰难。就你这样，还扯什么杀人？笑话！"

"死我都敢，还怕活着不成？"他愤愤地说。

吴响不再说话，推着他走出铁门，阳光刺痛了吴全能的双眼。他挣脱吴响的手，回头望紧闭的铁门，什么也看不到。他猛然向铁门深深地鞠了一躬，似乎在向一位老人告别。他说不清为什么这么做。吴响不理会他，按响喇叭叫他上车。那辆警车很破旧，爬在路上，发出吱吱呀呀的声响。

"所长，你这破车该换新的了。"

吴响不搭话，只顾开车，凶手还没抓着，他心里正烦着。吴全能自讨没趣，也不再说话了。他望着车窗外的山山水水——与以前不一样了，绿的树，青的石，净的水，显得陌生而温柔。他怀疑起以往的日子，怎么忽视了这些美好的东西呢？他想，小镇是可爱的，生活也是美好的，要是李雪回来就完美无缺了。她说他杀了欧阳便会回来的。欧阳死了，她该回来了吧？虽然他不是凶手，但是欧阳真的死了，从尘世间消失了。他想见到李雪，把她抱到床上，把曾经失去的全补回来。他想着就靠在座椅上轻轻地笑了。回到小镇街口，他让吴响停车。停了车，他跳下车回头问："谁是杀死欧阳的凶手呢？"吴响没吱声，驾着车跑了，尘土腾起来，模糊了他的视线。他挺了挺腰，拍了拍衣服，往街头走去。他想让全镇人都看到他。他与以前不一样了，是坐过牢的人了。

而且，他活着回来了。

人们见到他却没感到意外，像平常一样与他打招呼："老鼠胆你回来啦?""你在里边都变白了。""你都没杀人，你怎么说自己杀人呢?""你是不是想到里边骗吃啊?"

他不由得一阵失落，即使在鬼门关走了一圈，人们也只当他出了一趟远门，来也罢，去也罢，人们仍旧轻视他，压根不把他当一回事。他已然明白，他的存在并不重要，与死去的欧阳没有两样。他想，一定是吴响说了他的事。人们感觉被骗了，愤怒之余觉得无聊，谁叫他们相信一个胆小如鼠的人会杀人呢?要怪就怪他们自己。人们的矛盾心理，他看在眼里。他在他们眼里是一个贼，盗取名声，极其下作。

他不想留在街上，不由得加快脚步，想尽快离开人们的嘲讽，却遇见了杨东、王穗和李可。他们从饭馆里走出来，满面通红，想必是打牌赢了钱，又来庆贺的吧。他们收住脚叫嚷着："好你个老鼠胆，人不是你杀的为什么要骗人呢?你骗了警察也就算了，可我们在你身上押注，输了不少钱你知道吗?""你这人就是不厚道，我们赌钱是讲道德的，我们赌你胆子大，是身怀绝技的人，是该出手时就出手的人。""亏我们还把你当成朋友，这朋友是这样当的?没胆杀人还去顶替，以后不要说你认识我们。"

吴全能不想听了，转身离开了他们。他来到自家店铺门前，看到门上、墙壁上沾满灰尘，屋檐下挂着蜘蛛网，几只蜘蛛守在网里。他心里也爬上了一只蜘蛛，守着他那破败的灵魂。他立在门口四处张望，没看到什么人，只见小哑巴立在不远处，小黄狗贴在他身旁，背后是一棵茂盛的柏树。

吴全能没有叫喊，也没有招手。他在小哑巴的眼里看到一只塌陷的黑洞，把他的心吸了进去，一股寒气漫上心来。

小哑巴带着小黄狗走了，默默地走过马路，爬上对面的小土坡，消失在弯曲的小路上。从始至终，周围异常安静，半点嘈杂的声响都没有。

吴全能不禁想起以前跟小哑巴一起看的哑剧。卓别林的哑剧幽默而嘲讽。小哑巴跟着咿呀咿呀叫个不停，就连小黄狗也跟着蹦跳。现在他们哑剧一样消失了，成了那个黄昏的最后记忆。难道这也是一种幽默和嘲讽吗？他答不上来。

天暗下来后，他才拖着脚回家。李雪拉亮了灯，他们在光亮里看着对方，没有意外也没有激动。曾经生死别离，却没有改变什么。

“回来了？”

“回来了。”

屋里陷入一片死寂。他很想打破死寂，随便说些什么都好，即使是拘留所里的事，但是他的嘴巴张不开。他知道说什么都是错的。说是杀人，却是骗人。他把她骗回了家。他希望她能原谅他。他不是蓄意欺骗。他没杀人，是因为欧阳已经被人杀死了。如果欧阳还活着，或许也被他杀了。现在这个人不存在了，不会再欺负他们了。这不是很好吗？可以告别以往，从头再来，回到想要的生活里，真实地活着，直到慢慢老去。他用手一挥，想抓住这个念头。李雪注意到了，盯着他，没有说话。她在嘲笑他没本事，活在虚幻里。

“我听到你出事就赶着回来了。”

“我没事了。”

“我本打算把店铺转让给别人了。我不知道你会不会同意，所以想探监时再问你。我想我一个人是干不了的，与其让它荒废，还不如转让给别人。”

“我同意的，这事不用问。”

“可是，现在不是那样的了。”

“这不好吗?”

“你出来了，没人要那店铺了。”

……

晚饭后，他们相互对望，沉默了，夜色弥漫开来，陌生填充着房屋。

李雪从房间抱出被子，走向另一个房间。她低垂着脑袋，目光躲闪。他心里了然。她不想跟他睡觉。他强迫自己生气：连人都敢去杀，还怕一个女人不成？何况她是自己的妻子，即使态度强硬些又怎么样？他猛地蹿过去，从身后抱住李雪，把她往房间拖去。李雪身子一紧，被子掉在地上，却没有叫喊，只是奋力挣扎。他没有松手，把她拉到床上，褪下她的裤子。她放弃了反抗，不再挣扎，也不叫喊。他慌忙脱掉衣服，压到她身上，却怎么也硬不起来。她盯着他。他盯着她。她在他眼里看到了心虚与软弱。他在她眼里看到了满脸是血的欧阳。他想驱散欧阳的影子，闭着眼睛折腾着，仍然徒劳。李雪不耐烦了，一脚把他踢开，抱着被子走出门去。

李雪再次离开小镇，是在阳光明媚的下午，河面波光粼粼，山坡上立着大片杉木，小镇安静如初。李雪拉着一只半旧的拖箱出门。拖箱里塞着衣服、鞋子和一些女人的玩意儿，没有一件值钱的东西。这让吴全能羞愧不已。多年来，他一直让她活在困顿里。他摸出身上所有的钱递给她。她没有接，拒绝了。他们已是陌路人，她不想再和他扯不清。她上车后始终没回头，直到车子消失在阳光里。她走了，他的世界被掏空了。

他本不想让她离开的，她整日活在沮丧、慌张和恐惧里，他却不知如何安慰她、鼓励她，让她相信生活会越来越好。在生活面前，他们束手无策。他不知道问题出在哪儿。他能做的是，重新打理店铺，清扫墙壁上的灰尘和蜘蛛网，每当夜晚来临就守候在店铺里，等待着生意上门。

“我还是要走。”李雪说，“我并不是叫你去杀人，但是我也说不清……这生活对我们没有意义了。”

那时是傍晚，暮色从天边降下来，山梁和河流渐渐暗了。他看不清她脸上的表情，只在她眼里见到一丝幽光。他不知如何回答她。对于生活的意义，他想不明白，也从没想过这个问题，那是读书人该想的事，与他们的生活有什么关系呢？他却在昏暗里点了点头，失望和绞痛一起涌上心头。李雪离开后的第三天，几个孩子把小哑巴推倒在地，踢他，还往他脸上吐口水。吴全能看到了，甩着膀子呼喊而去。孩子们四下逃窜，钻进路边的草丛里，隐身不见了。他伸手去扶住小哑巴，被小哑巴拨开了，还剜了他一眼，似乎一切是他造成的。还没等他明白过来，小哑巴一瘸一拐地走了，小黄狗紧跟在其后，摇着一条委屈的尾巴，渐行渐远隐没在昏暗里。

他的生活陷在迷茫里了，不知过去，也不知未来，直到遇到欧河的那个下午，方明白迷茫从何而来。欧河是欧阳的弟弟，在欧阳出事后回到小镇，为他哥哥办理后事。他与欧阳一样牛高马大。他们在河边相遇，相互打量着对方。吴全能在欧河身上看到了温和、谦逊，那是欧阳身上所没有的东西，那种东西令他心动。他在欧河的眼里，没看到怨恨和厌恶，看到的是失望。

“你怎么承认自己是凶手呢？”

欧河摇着头说。吴全能一时语塞。欧河也不需要他回答，彼此心知肚明。欧河转身离去，一片阳光在他背上跳跃。吴全能心里一阵绞痛，这种绞痛在李雪离去时出现过。他明白自己生活的困顿与迷茫全是因为欧阳，并未跟随着他的死离去。这个人活着欺负他，死了还阴魂不散，冷不防向他施暗箭，防不胜防。他非战胜这个人不可——即使他死了，不然别想过安静日子。

“我要告欧阳。”

“你没病吧？人都死了，你告他什么呢？开什么玩笑？”

“我没开玩笑。我一定要告他，我可以问律师状子怎么写，也可以请律师帮我做这件事。这个方法是我在拘留所里学到的。再说了，我请得起律师。”

“扯淡！”

吴全能去找吴响，想让他帮忙控告欧阳。他想通过法律来解决这个问题。吴响一口回绝了他。他不想再跟吴响废话，挤上班车到城里找法院。

“你这事我们立不了案，人都死了，你告谁去呢？让谁当被告？总不能像你说的一样把一个亡灵摆到被告席上吧？”

“我有钱。”

“这跟钱无关，再说了，如果说你要是需要他赔礼道歉的话，那更与钱无关了，是吧？人都死了，就不要再折腾了。死的人死了，活着的人要好好活着，对吧？”

“怎么就不能立案呢？我就要告他。”

“那你说说，告他什么，要他赔偿你吗？”

“不要赔偿，要他登报道歉。”

“回去吧，我们不接受这样的案件。”

法院不受理他的案件。他失望地回到小镇，在街口遇到欧河。欧河望了望他，说：“害我哥的凶手都还没抓住，你还有心去告我哥？”他没有说话，只对欧河摇了摇头。他不知自己为什么摇头。

他觉得一点意思也没有。欧河的眼里再次闪出失望。他心里抖了一下，想着自己非告不可，但是到哪去告呢？他苦闷不已，抱起酒瓶猛灌自己。他想起了多年前不时醉酒的父亲，现在他在重复着他父亲的日子。他不想这样，却见酒就喝，在麻醉中才能感到一丝安宁。

“你一个人在喝什么呢？不就是要告那个死人吗？这有什么难的呢？我们有的是办法。”

杨东他们见他如此颓废，便想开导一下他，毕竟他们欠过他。吴全能低垂着脑袋，斜视着他们，慢慢地蹲下去。

“只要你骂欧阳一句，我们就帮你告他。”

沉默。

“骂呀！”

沉默。

“他那么欺负你，你骂他一句都不敢？”

沉默。

“骂不骂？你不骂，我们可不想浪费时间了。”

“我操。”

“大声些！”

“我操！”

“再大声些！”

“我操你妈欧阳！”

杨东他们抱住他的肩膀哈哈笑着，说：“这才是男人嘛！”他跟着他们胡乱骂起来，堵在胸口的那股气消失不见了。他从未如此舒心。他没想到骂人会有此功效，不免后悔以前总是像他父亲一样隐忍。

“怎么告那个死人呢？”

“这有什么难呢？你把我们当法官就行了，我们帮你审判死人欧阳，诉讼费嘛，每人给五百就行了。”

“好！”

几天后，吴全能把店铺改成法庭，正中央摆放一张方桌，杨东坐在中间，王穗和李可分坐两旁。他们挺着腰板，满脸肃穆。方桌右前方是原告席，端坐着一脸苦相的吴全能；左前方是被告席，搁着欧阳的灵位。后边是高矮不一的椅子，坐着看稀奇的人。要审判一个死人，太新鲜了。

“安静，大家安静，这里是法庭，今天原告吴全能要控告被告欧阳。现在，让原告说说为什么要告欧阳。”杨东用小木锤敲了一下桌面说。

人们哄的一声笑了。杨东挺了挺腰，又敲一下小木锤，干咳两下，说：“安静，大家安静，这是法庭，虽然不是正式法庭，但也不比正式法庭差，等审判后还有酒喝，正式法庭都没有这样的待遇。大家安静，让吴全能起来说话，听他说为什么要告欧阳，要告欧阳什么。我们不能冤枉好人，也不能让坏人逍遥法外。大家知道，欧阳已经死了，埋在山坡上了。人死了，埋了，本该就算了。但是应原告的请求，本法庭今天开庭，审判死者欧阳，如果他是好人，活着也是好人，如果他是坏人，死了也是坏人，就要受到审判。”

人们收住笑，屏住气息，精神起来了，眼里闪着光。没人想到平日里吊儿郎当的一个赌徒，居然有几分威严，说的话像念过书的人。

吴全能站起来，说：“法官大人，评审员，乡亲们，我今天告欧阳的原因，是他生前时常欺负我，不但抢我的生意，恐吓到我店里来修理车辆的顾客，使我生意难做，白天都开不了门，更可恨的是，他欺负我老婆，小哑巴可以作证，小镇上的许多人也可以作证。我老婆因为害怕而离家出走。后来他死了，我老婆回来了，但是他阴魂不散，我老婆还是害怕，最终又离开小镇了。他这人不管是活着还是死了，都影响着我的生活。他是个坏人、街霸，死了也不是什么好人。我今天要他向我道歉。”

“被告，你有什么话要说？”

杨东望向被告席。大家跟着望过去，那里只有一块牌位。谁都知道被告将永远缺席。人们却似乎看到欧阳的阴魂附在那里，冷着一双眼睛盯来，使人们不禁感到后背一阵冰凉。杨东清了清嗓门，说：“被告，你对此没有话说，是吧？那就是默认，本法官判你向原告赔礼道歉。”

欧河带着一伙人冲进来，见人就推，见物就掀，店里响起阵阵噼啪声。欧河端起牌位说：“凶手现在还逍遥法外，你们却在这里侮辱死者，折腾他的灵魂，不觉得愧疚吗？你们快给他道歉。现在！马上！不然别怪我不客气。”杨东用小木锤“咚咚”敲着桌面，说：“这是法庭，不是店铺，你们是些什么人？给本法官滚出去。”欧河瞪着眼，蹿过去，揪住杨东衣领扭打起来。旁边的人看到了，跟着扭打在一起。店铺里一片混乱，呼喊声、叫骂声、呻吟声混杂在一起。不久，吴响开着警车赶来，带着两个干警冲进店铺。

混乱中，吴全能被什么击中脑袋，栽倒在墙角晕眩了。好半晌，他才歪歪斜斜地站起来，想走过去告诉吴响，这事与别人无关，全是他的主意。他只想让欧阳道歉，虽然知道他道不了歉，但是心里会得到些许宽慰。吴响忙着拉开人们。他不是来抓人，只是来劝架。吴全能望着他，忽然泄了气，对面前发生的一切失去了兴趣。他攀着墙摸出店门，看到小哑巴蹲在墙角护住一只汽油瓶。他心里抖了一下，绕过人群抓起汽油瓶，想也没想就浇在警车上。他摸出打火机，“吱”，蹿起的火苗烫到了他的手。他的手一抖，打火机掉下去，汽油被点燃了。其实，他还没想清楚该不该点，警车已被烧着了。他心里想把火扑灭，脚下却动也不动，双手插进裤袋，事不关己地望着火势往上爬。人们发现时，大火已吞噬警车。

“快跑，这车要爆炸了。”

吴响大喊。人们纷纷跑掉了，立在远处望来，“嘣”，一声巨响——警车报废了。吴全能浑身一震，身体立起来，充满了力量。他从没干过如此大胆的事。混战结束了。人们跟在吴响身后，围着警车查看失火的原因。吴全能走到吴响面前，自觉地伸出双手说：“所长，不用看了，铐着吧，车是我烧的。”

吴响转过身望着他，人们也跟着望来。吴响说：“就你？既杀人，又烧车？”人们哄地笑了。谁相信是他干的呢？他并不苦恼，没人相信也不要紧，要紧的是他真的干了。他心里一阵畅快。他很想把这种感觉告诉李雪，但她走了，从此不再出现在他的生活里。他们此生从此错过。

吴全能听到身体里传来“吱吱”的声响。他知道那是复苏的声音。他也知道是什么在复苏。他不禁想起出走的李雪和母亲、死去的父亲和欧阳，活着和死去的人都远他而去。他们也会想起他吗？他想仰天长笑，却发不出声音，风拂来，吹落他眼角的泪滴。

而黎明将至

1

每当想起那个土坑，我总不禁怀疑，诸多时候，人的命运并不掌控在自己手里，一些不起眼的事物，已然在不经意间改变人的一生。那个半尺深的土坑便是。那个土坑是杨树枝用柴刀挖出来的，原本用来捉弄我。他喜欢恶作剧，上山砍柴、放牛和采野果时，常趁人不注意，在山路上挖出一个坑，盖上枯草和树叶，隐藏着的危险就不易被发现。许多过路人不小心踩进坑里，要么吓一跳，要么人仰马翻。那个时候他总是躲在树丛里偷着乐。我也上过几回当，每回踩进坑里，总把膝盖戳得疼痛。

那天我跟杨树枝上山放牛，不知何时，他又在山路上挖出一个土坑，不过被我发觉了。“这招对你不管用了。”他坐在路旁幽幽地说。我挨着他坐下，闭着嘴不说话。他沮丧着，我得意着。我们一同望着爬向山林的小路。这时刘婄凤挑着柴火走来。杨树枝立即拉着我躲进树丛里。刘婄凤走到土坑前，收住脚，满脸的汗不住地往下滴。她瞅了瞅地上的枯草，有几只蚂蚁悠然自在地爬行，她担心枯草下藏着蚁窝，想绕开这堆枯草，然而肩上沉重的担子使她不愿多走冤枉路。她咽了咽口水抬脚踩过去。她踩了空，整个人往前跌去。慌乱中她甩掉柴火，跳出坑，脚下一阵踉跄，终站立不住，滚下山坡，传来一阵惊恐的尖叫。

我们被眼前的一幕吓坏了，怎么也没想到她会跌下山坡。太意外了！我无数次踩进坑里也只是磕痛了膝盖，她却滚下了山坡，真是太意外了！当意识到闯了祸时，我们没等刘婄凤爬上来，拔腿就跑。

我们跑到村口才敢回头，山路一片寂寞，没看到刘婄凤追来。我们才稍稍地放了心，坐在田埂上，扯了狗尾草叼在嘴里，撑起眼皮，让眼睛最大限度地睁开，盯着那条通往山野的路。在我们的想象里，刘婄凤将挑着柴火而来，该是灰头土脸的吧？她不知晓吃了谁的暗亏。我们在等待中体验着一种不安的乐趣。

刘婄凤迟迟没有出现，我们心中的乐趣慢慢减少，最后只剩下不安和惊恐。杨树枝站起身，在田埂上走了几个来回，仍旧没有看到刘婄凤的身影。他失去了等待的耐性，猛地拔起几根野草砸到我头上，说："你在这里等着，我先回家，看到她就回家告诉我。"他没等我开口就跑掉了，把我一个人抛弃在田埂上。

2

当时是黄昏，我独自蹲在石阶上，目不转睛地盯着山路，没看到刘婄凤，也没看到一个晚归的人影，只有满天的蜻蜓在夕阳里飞舞，细碎的影子繁乱一地。忽然，传来一阵哭声，我转身看到杨立山在哭。他是刘婄凤的家公。他急冲冲地奔跑，泪水不住往下掉，像两只堵不住的泉眼。我从不知道男人也可以如此流泪，肆无忌惮地。我更加惶恐了，小心翼翼地立在石阶旁，裤角上沾着枯叶和一只小毛虫，也没有心思理会。杨立山边抹泪边向我奔来。

他知晓那个土坑吗?

他会宰了我吗?

他一定会宰了我!

我想逃离，双脚却挪不动，看着他越来越近，恐惧着，绝望着，山野逼仄了，感觉死亡即将来临。父母亲知道吗?他们在哪儿呢?会来救我吗?多希望他们是眼前的树叶、蜻蜓或狗尾草。然而，他们什么都不是。此时，他们在地里锄草吗?在楼下喂猪吗?坐在屋旁谈着庄稼吗?我们即将生离死别了。我想念他们，不舍得他们，眼泪淌了出来。我不想看到自己这样死去，紧闭起双眼，风停止了，脑海里翻滚着一簇簇白云和黑云。我听到一阵慌乱的脚步声由远及近，又由近及远渐渐消失，剩下一片沉寂。没人碰触我。我悄悄地睁开眼，看到杨立山瘦小的背影隐没在村口。他不是来找我的吗?他经过我身旁时望都没望我一眼，那他的哭泣跟我无关吗?

不久，他又出现在村口，身后跟着我父亲。他不哭了，脸阴沉着。我父亲脸上也阴沉着，如同快要下雨的天空。我抬头望向天空，夕阳明亮而温柔，根本不会下雨，心里更为杂乱了。他们往山路上赶去，还奔跑起来，像两块破布越飘越远，很快消失在山腰上。

一定是刘婄凤受了伤!一定是滚下山坡受了伤!对，不然杨立山也不会跑去叫我父亲。我父亲是赤脚医生。我不敢跟上他们，也不敢回家，呆立在石阶旁等待。我想象着刘婄凤受伤的情景:是满脸淌血吗?断了手臂吗?还是失去了眼睛?我越想越害怕，越害怕越孤独，举目四望，看不到一个人出现，空旷的山野和寂寞的村庄似乎都与我无关，陌生了。它们把我抛弃了吗?还是在惩罚我？我脑子里一片纷乱，怎么也理不顺。山路上出现一群人，乱哄哄的，掺杂着悲怆的哭声。杨立山又在哭了。他都七十多岁了，怎么还这么哭呢？他儿媳妇刘婄凤死了吗？此时杨果、杨桃和杨花奔跑而来，也一路放声痛哭。他们是刘婄凤的孩子。他们的父亲杨梅林离家多年，不知身在何处，至今没有归家。他们母亲真的死了吗？他们会成为没爹没娘的孩子吗？他们从我身旁经过，看都没看我一眼，径直地奔向山路，身后刮起一阵风。我想跟他们说句话，不论什么话都行，却什么也吐不出来。我望着他们钻入人群，跟随着人群走向村庄，留下一阵哭声在飘荡，悲伤，嘹亮，整个村庄弥漫着一种惶恐气息。

刘婄凤真的死了吗？

那个土坑害死了刘婄凤吗？

如果她死了，我是不是害她的人呢？坑不是我挖的，但我知晓路上的危险。我没有告诉她，是见死不救，是一个帮凶啊，那她的死能与我无关吗？我蹲在石阶旁，走也不是，不走也不是，整个人瑟瑟发抖。我盼着父亲早点归来，就能知晓刘婄凤是生是死了。父亲一直没出现，太阳落山了，天色渐渐暗下来，几只萤火虫在飞舞，父亲仍然没有出现。我站起来，吸了一口气，向刘婄凤家走去。我来到她家旁，看到几束光从窗口漏出来，摊在路面上，破破碎碎的样子，一股古怪的气息压迫而来。我心里一怵，退到墙角里，看到杨桃、杨果和杨花三兄妹蹲在那里哭泣，他们的泪水把地面打湿了。

“你们为什么哭？”

我怯怯地问。他们停止了哭泣。杨桃抬起头望了望我，没有回答，头也不回地走开了。杨花也没有说话，跟着转身离开，留下一双迷离的泪眼。我看到两条同样悲伤的背影。

“我阿妈快要死了。”

杨果哭着回答。他是他们的弟弟，还小，不会说谎话的吧？我感到寒气直蹿脑门，快把整个人冻住了。我不想让杨果看出什么，慌忙转身走进门去。屋里挤着一大群人，脸上都爬满焦虑和不安。我更加害怕了，心头怦怦乱跳，在人群里找到父亲，把脸贴在他的大腿上，稍稍感到心安。我看到了刘嫔凤，她躺在床上，满脸是血，都看不清面目了。她昏迷不醒，眼睛紧闭，呼吸如缕，似乎一根稻草都能将她压断。

刘嫔凤真的快要死了！

“你是说她真的快要死了？”晚上，杨树枝问我。他蜷缩在被子底下，露出两只惊恐的眼睛。我点点头。他的嘴角哆嗦几下，整个人跟着哆嗦了，话都说不出来。我也找不到什么话。夜色在屋外降临，恐惧像夜色般包裹着我们，我们沉默着，快窒息了，似乎走向刘嫔凤的死亡也向我们走来。

那天晚上，我们彻夜难眠，害怕刘嫔凤在夜里死去，她的阴魂会长久不散，没日没夜地缠着我们，让我们永生不得安宁。我们商量着逃离村庄，逃离刘嫔凤的阴魂，却又不知能逃到哪里去，结果连床铺都没有离开。这种无处逃遁之感，使我们陷入无比沮丧与惶恐之中。

“就是因为你没有踩进坑，要是你踩了，刘嫔凤还有事吗？”

杨树枝掀开被子，双目圆瞪，满脸怒气地指着我说。可是，等等，要是我踩进那个坑的话，那么滚下山坡的是我，满脸是血的是我，昏迷不醒的是我，快要死去的也是我了。他怎么不为他弟弟着想呢？我没敢说出这句话，只在心里骂着：该死的坑！

3

刘婄凤没有死去。她在第二天的上午醒来。她睁开眼看到一片昏暗，感觉自己漂浮在一条暗河里，河水汹涌，没过头顶。她浑身酸痛，难以呼吸，想离开那条暗河，奋力游去，却越游离河岸越远。她感到绝望，放弃了徒劳的努力，让躯体摊在水里，随波逐流。她听到一阵急切的呼喊，举目望去，河岸上站立着一群人，渐渐地能看清他们的脸面，那是她家公和三个孩子惊恐的脸。

“都别哭了，病人需要休息。”

我父亲说。他为刘婄凤把脉，突然冒出这样一句话，屋里的哭声止住了。刘婄凤望着家公和孩子，想笑一下，脸上却露出比哭还难看的表情。她感到身上的气力被一丝丝抽掉，又浑浑噩噩地跌入梦境。

她在梦里再次望见那个土坑。

杨立山站在那个土坑面前，掀掉残留着的枯草和树叶，看到土坑是用柴刀挖的，显然是人为的陷阱。他顿然一阵愤怒：谁如此缺德，如此狠心设下陷阱呢？他最初怀疑是仇家的报复。然而，他一向与人为善，连大声说话都没有过，更别说与人争执了，谁会与自己结下冤仇呢？难道是漂泊在外的杨梅林惹了事，仇家找到深山里来寻仇不成？这个推断也难以成立。他不由得糊涂了。他摇了摇脑袋，放弃了追问，缓缓地跪下去，用手掊着泥土，扒拉进坑里。起初，他慢慢地掊，越掊越疯狂，“啊啊”怪叫，手指都掊出了血，也没停止下来。他感觉不到疼痛，只想填平那个坑。坑填平了，他身上也没了气力，瘫坐在地上，仰头望向天宇，雪白的阳光纷纷扬扬飘落下来。他忽然觉得每天遇见的阳光，竟是那么陌生和遥远，终究看不透了。

杨树枝躲在树丛里，看着杨立山在哭泣，极其压抑的哭声像雾气一般弥散着，树叶静默了，山风消失了，阳光也失去了热度。他心底涌起一阵比死亡更加可怕的恐慌。他没想到恶作剧居然害了人命，心绪像荒坡上的野草一样杂乱无章。他从没想过要伤人，更没想过要杀人。事情怎么就变成这样了呢？不就是一个小小的土坑吗？怎么就几乎要了人的性命呢？杨立山拖着脚下山后，杨树枝发疯般冲出树丛，在填平了的土坑上踩踏，还用石块砸着，累得满头是汗。他发现那个土坑出现在心里，怎么也填不平了。他不由得跪在地上，欲哭无泪。

杨树枝陷入了漫长的恐惧，每天都在心间祈祷，期盼着刘婄凤恢复健康，还偷偷地到土地庙烧香。那些日子，他心神不宁，整天闷在楼上，盯着刘婄凤的家门。我看到他那样子，也不想出门，陪着他待在楼上。我知道他在想什么。我们每每望着刘婄凤家的那扇日渐冷清的门，心里也跟着冷清，荒凉，凄苦，又不敢吐露出来。我们对此都感到无力，盼着父亲早日把刘婄凤的伤病治好。

4

父亲却让我们大失所望。他使出浑身解数，也没能让刘婄凤重新站起来。那时父亲在刘婄凤的病床前显得笨手笨脚，全然没有昔日让人敬畏的派头。他曾经高大的形象在我们心中慢慢矮小下去。

“山叔啊，我看这病，得到医院去治。”

父亲摇着头说。杨立山见父亲没了办法，想了想，把刘婄凤送到小镇上。小镇上的医生打了几天针，也摇着头说：“还是送到县医院吧。”

刘嫔凤就躺进了县医院。这是她第一次来到县城。她没想到自己以这种方式到达县城，心里不禁百感交集。她回想起多年前丈夫杨梅林说要带她到县城看看，至今仍然没有实现诺言，此时他在哪里呢？她很想告诉他，她看到了县城，县城给她的印象是白色的：房子是，墙壁是，来回穿行的人也是，连同家公的脸也苍白无比。这个发现使她沮丧，县城原来不过如此。她不禁想起村里办丧事戴的麻孝，冥冥中感觉某种灾难即将来临。

刘嫔凤在医院里躺了一个多月，手脚依然没有知觉，不能动弹。杨立山望着整天躺在病床上的儿媳妇，心里急了，慌了，跑到门诊室问：“医生啊，我那儿媳妇的病，究竟怎么样啊？”

“这病还需要观察，需要时间，还说不准，可能一个月，可能半年，也可能再也站不起来了，都得有心理准备。”

医生对他说。他愣在那里，傻了似的，眼里慢慢褪色，没了神气，剩下一片痴呆。他像被什么猛撞着，身体晃了晃，扶住墙壁才没摔倒。他盯着医生，只见嘴巴在翕动，却听不到声音，继而发现医生长相古怪，两边脸胖瘦不一。但是，这跟他有关系吗？他儿媳妇恐怕站不起来了，永远也站不起来了。怎么就站不起来了呢？他不敢相信！他很想抽支烟，手却抓着脑袋，还扯下好几根白发，卷曲而枯萎。他不知自己该干什么了。他拖着脚离开门诊室，来到住院部的门口，仰头望着头顶的天空，空荡荡的，像他们那个一贫如洗的家。他卖掉了树木、黄牛，砍倒了留作棺材用的寿木，把所有的钱送到医院里。如若儿媳妇再也站不起来，继续躺在病床上，便是残忍了，对她是，对他们家也是。他想该和儿媳妇商量商量了。他垂着眼走进病房，不安地立在病床前，目光绕过儿媳的头顶，落在对面墙上，嘴巴抽了抽，没说出一句话。

“阿舅（侗族部分地区对家公的称呼），咱们回家吧，回家治。”

刘嫔凤看着家公的神情，已然知晓他的心思，往脸上挤出笑说。杨立山静静地看着刘嫔凤，被她脸上的笑灼伤了，目光耷拉在地，整个人慢慢蹲下来，艰难地点了点头，眼角含着泪花。

刘嫔凤回到村庄，躺在床上，知晓自己再也离不开床铺了。这比死还难受。她不能为这个家做什么，反而像蛀虫一样蚕食这个家。她多么想杨梅林从异乡归来，让她躺在他怀里痛快淋漓大哭一场。她心里太苦了。那些日子，等待丈夫归来成了她活着的最大期盼。她每天都会问孩子们“阿爸回来没有”，孩子们总是一脸惊恐地摇晃着脑袋。她知道丈夫依旧杳无音信，却不住地安慰自己，也许丈夫已经走在归家的路上，不久的将来就推门而入。

她的日子在这种希望和失望交织中度过。

不久后的雨夜，她突然渴望着死亡的到来。那个夜晚风雨交加，电闪雷鸣。她望着黑漆漆的窗外，想象着自己长眠地下，身旁是幽暗的泥土，感受到的不是冰冷，而是宽广和轻柔。就此离去，对她，对这个家，都是一种解脱吧。她这般想着，嘴角浮上了笑意。从那以后，每当夜晚躺在床上，她便把身心卸下沉在昏暗深处，等待着死亡的来临。那种夜晚，她做着同一个梦，梦见自己悄然死去，家人们披麻戴孝，杨梅林也回来了，低低地抽泣着，村里人抬着她上山冈，风吹拂她的脸膛，一阵阵清爽包裹着她。她轻轻地闭上眼睛，让身体慢慢地悬浮在空中。那是多么幸福呀。然而，她总在第二天清晨醒来，窗外闪着耀眼的朝阳，拉门声、脚步声、叫喊声，嘈嘈杂杂地传来，日常的生活在继续。

她无比苦恼和沮丧，怎么还活着呢？这还能叫活着吗？那就寻死吧。

自杀！她竟想到了自杀。她兴奋着，如同在暗夜里看到黎明的曙光。她想叫喊，又突然萎靡，渐渐地失望了。她手脚不能动弹，连自杀都办不到的呀。她太无助了。这都得求助于人？这是多么残忍的一件事。她明白了，活着比死还要难受得多。她思来想去，还是决定要解脱，便寄希望于家公。他活了大半辈子，早看透了尘世和生死的吧。好几回，家公来到病床前，她想说出心里的想法，话溜到嘴边又咽了回去。她不忍心让家公承受这份罪孽。她拖累了整个家，已是罪人，不能再犯罪。她想了想，那就少吃喝吧，减少便溺，也减轻些负担。

“婄凤啊，你要多吃，那样才能把身体养好，这个家需要你，你要站起来。”

杨立山看到儿媳妇的神情，洞悉她心里的想法，生怕她做出傻事，佝偻着背在病床前劝着。刘婄凤没有说话，无助地哭了。杨立山跟着哭了。三个孩子也哭了。那天他们家充满了哭泣。他们家时常充满那样的哭泣。我和杨果的友谊就从那天开始。我看到他从家门里哭着出来，以为他母亲死去了，心里揪着，痛了，不安地走过去问：“你妈妈怎么样了？”他抬眼看我一下，哭得更响亮了，说：“小四哥，我阿妈哭了。”

我的心放了下来。我没有问他母亲为什么哭，害怕听到他母亲的病情愈加严重的消息。我会难过。我会想到更多不开心的东西。我不喜欢这样。

“不要哭了，我带你到河里去摸鱼，把摸到的鱼给你带回家，让你妈吃，那样你妈的病就好得快。”

“那这样我不哭了。”杨果抹掉眼泪。我摸了摸他的脑袋，带着他走向村外的河流。我们来到河岸上，我脱下衣服，让杨果看管，扭扭脖子，伸伸腰，踢踢腿，再用水轻轻点了额头和肚脐眼，然后扑通跳入河底。我在河底摸起几条鲤鱼。每每把鱼抛到岸上，杨果就呼喊奔叫，忘乎所以，似乎他母亲病愈了一般。那天黄昏，他提着一串鱼走向村庄，一路左顾右盼，在人们羡慕的目光里哼着歌，夕阳映在他小小的脸膛上。

5

那年，杨果六岁，我长他好几岁。我们成为一对不关乎年龄的朋友。那段日子，杨果每天早晨都会跑到村口，望向那条通往山外的路径。他在等他父亲归来。他母亲瘫了，他爷爷年迈，哥哥和姐姐又还小，难以支撑这个家。这个家需要他们的父亲。他的等待总是落空，内心的希望逐渐变成一盏油灯，在风中忽明忽暗，随时熄灭。他母亲把他叫到病床前，对他说他们父亲在外地寻找一双能走路的腿，找到了就带回家，那时她将离开床板，健步如飞。她说这话时，眼里闪着憧憬，泪眼涟涟。杨果信以为真，对他父亲无比崇拜了。事实上，杨果不记得他父亲了，在他还小时，他父亲就离开了村庄，没人知晓他去了哪里。那个叫杨梅林的男人，成了一个空洞的名词，在人们的嘴里来回飘荡。我从心底怜悯着杨果，有空了就下河抓鱼，让他带回家。他整天跟在我身后，形影不离，期盼着在傍晚时分提一串鱼回家。

“是小四哥摸到的，小四哥说我妈吃了，病就好得快。”

他每每在路上遇到行人，总是扯着嗓子说，生怕人们没听到。人们就微笑着望来，鼓励他，祝愿他母亲早日康复。杨果骄傲地扬起小脸，蹦跳着远去。那种时候，我时常躲在角落里，望着他没入家门，心里温暖着，却也酸楚了。村里人没有忘记那个土坑，惦记着伤害刘婄凤的凶手，每当谈起总是义愤填膺，说要把人揪出来，吊在鼓楼里任人踢打，再拉到小镇上游街示众。杨立山对凶手更是痛恨，恨不得剥了他的皮。杨树枝害怕听到这些消息，蜷缩在墙角里，像一只吓坏的小老鼠。他担心某天人们知晓真相，那是怎样的后果呀！我对此也害怕，当时我在场，是帮凶。我和杨果成为好朋友，也许就是出于这个原因。不管怎么样，交上杨果这个朋友，我心里头踏实了许多。杨树枝却担心了，怕我把真相告诉杨果。每到晚上，他都挤到我床上，没说两句话就掐着我的脖子，问：

“你跟人家说了什么？”

我摇头。

“你敢发誓吗？”

我点头。

“那你发呀！”

“如果我骗你就被雷劈死！”

“那就好。”他放心似的躺下去，身子刚触及被席，又蹦弹起来，说，“你真的什么都没说吧？”

“真没说。”我拼命摇着头说，他才再次躺下。他心里压着事，连梦里也不轻松，时常梦见事情败露，人们揪着他，脱光他的衣服吊在鼓楼里，踢打他，往他身上泼粪便，父母亲也不认他了。他身败名裂，被赶出村庄，从此成了无家可归的人。他每每从梦中惊醒，浑身虚汗，久久不能入睡。他想做些什么让心安宁下来，又不知该做什么。后来他学着我，想跟杨桃做朋友，以减轻内心的煎熬。他们年纪相仿，但是杨树枝心里有疙瘩，在杨桃面前说话结结巴巴，更别提说什么掏心窝子的话，朋友自然做不成。压在他心头的事，日益发酵，沉了，重了，使他难以承受。不久后的深夜，家人们都睡了，他摸到我的床头，把我从梦中摇醒，捂住我的嘴，把我拖下床，说：

“别出声，跟我走。”

我不知他要干什么，又不敢问，胡乱穿上衣服，缩着脑袋跟他出门。他走在前边，背一只蛇皮袋，鼓鼓的，不知装的什么。我们没有说话，四周很安静，月光在空中流淌，几只萤火虫在飞。我们来到村口，杨树枝跳上一块石板，东张西望，没发现什么人影，说：

“就这里吧。”

他把蛇皮袋放到地上，掏出一把小刀、一壶酒，还有一只大海碗，摆在石板上。他把酒倒进海碗，抓起小刀逼向我，刀片闪着寒光。我连忙倒退好几步。

“胆小鬼！”他瞟我一眼说。我心里不服，谁胆小了？嘴上却没说，刀在他手上，不服不行。他又瞟我一眼，用刀帮拍着手掌，说：“看好了！”他竖起一只手指，用刀划一下，血滴落碗里。他抓着刀盯着我，满脸挑衅。我知道他要干什么——定然是喝血酒盟誓，顿时周身冰冷，双脚微颤，拔腿就想跑。他蹿过来抓住我的手。我挣扎着把手缩到背后。他就用刀抵住我的手背，一阵冰凉漫过来。我的心跟着凉了，不敢再动弹，闭上眼睛任由他把我的手指割破。海碗里有酒，浸着我们的血。杨树枝抓起海碗，咕嘟喝了一口，嘴巴张开，“啊啊”地叹着，似乎喝下的是仙泉甘露。他抹着嘴角，把海碗递到我面前，说：“喝！”

我从来没喝过酒，更没喝过血酒，不敢接。他不耐烦了，捏住我的腮帮，我的嘴便张开了。他把血酒往我嘴里灌，呛得我咳个不停。他一点也不在意，把海碗往地上摔，叭的一声，四分五裂。他指着地面上的碎片，说：

“我们已经喝了血酒，就得永远守住这个秘密，如果谁说了，就像这碗一样！”

他盯着我，目光如炬，足以杀人。我心里一阵震颤，相信如果违背誓言，必定不会有好下场。我点着头，愿意守住秘密，到死都不说。在相当长一段时间里，我都不愿意想起那个秘密，可每当见到无辜的杨果，往事总会浮上心头，内心的罪恶感跟着来了。我想摆脱这些，却不知所措，唯有珍惜着与杨果的友谊。

6

秋天来临的上午，我和杨果的友谊消逝了。多年后，我在县城大街上遇到杨果的哥哥杨桃。他是一名巡警了，带着警棍沿街巡逻，目光炯炯。那天中午，他拉我到一家小酒馆叙旧。酒馆处在街角，窗外是几棵小叶榕，郁郁葱葱，树荫下流淌着一条河，阳光掩映，水波不惊，孕育着这座瘦小山城。我们在靠窗的位置落座，边欣赏窗外风景，边喝着三花酒，有一搭没一搭地说话。

杨桃回忆说，他母亲病倒的那段日子，他们家人六神无主，不知该怎么办，那个破落的家就要倒塌了。他们比任何时候都盼望他们父亲归来，觉得只要他们父亲出现，他们家就能走出困境，头顶的天空仍旧蔚蓝。他们太无助了。然而他们的父亲毫无音讯，他们四处打听，还到派出所报警，都查找不到任何信息。后来听人说他们父亲在浙江，又听说在四川，还听说有人在越南见过他。“看花眼了吧？那肯定不是梅林，中国这么大，随便去哪儿都行，都比越南好，他怎么会去越南呢？”

他爷爷说。他爷爷根本不相信这种传说。

“我阿爸肯定不会去越南，越南，越南，越走越难嘛，我阿爸不会傻到那个地步，怎么会呢？绝对不会！我阿爸不久就要回来了，到时候可以问他，要是他去了越南，我用鼻子来走路。”

杨桃赞同他爷爷的观点，信誓旦旦地说，却没能说服村里人，只有不谙世事的弟弟和妹妹信以为真，相信他们缥缈不定的父亲，将是一束明亮的灯光，映亮他们漫长而孤独的夜晚。那段日子，他们三兄妹每天都来到村口，蹲在那棵桂花树下，对着山路望眼欲穿，期盼他们父亲风尘仆仆而来。他们的父亲却只出现在想象里。久而久之，他们不禁怀疑父亲是否会回来。

“阿爸怎么还不回来呢?”

这句话几乎成了他们的口头禅。当等待遥遥无期，他们渐渐地失去了耐心，不愿再跑到村口，只从窗口里探出脑袋，默默地望向天空，想着要是眼睛长在天上就好了，就能看见他们父亲住在什么地方，在做什么工作，就可以告诉他母亲的病情，那样他就会奔跑回家。

“你们要相信，你们阿爸已经走在回来的路上，也许已经到南宁了，也许到柳州了，总之，他会回到家里，还会带来很多钱，治好你们阿妈的病，你们阿妈就会站起来，和以前一样上山挖田种地。”

他们的爷爷这般安慰他们，还把他自己感动了，眼角溢出泪水。村里人看到他的泪，都知道那是什么原因。父亲也知道。父亲回到家把箱子底的钱全翻出来。母亲紧紧地拉住父亲的手臂，说：“你把钱都拿走了，连买煤油的钱都没了。”父亲望了望母亲，说：“钱没了还能再挣嘛，可命没了就挣不回了。”母亲怔了一下，松开父亲的手臂。他们都是善良的人。父亲揣着一堆散钱送到杨立山面前。他盯着父亲手里的钱，不知所措，屋子里的昏暗迷糊了他的眼睛。父亲就把钱塞到他手里，说：“钱不多，我再想想办法，总会有办法的。”

杨立山想说什么，父亲已转身出门，小跑着去找村长。村长是村里的老人了，按照政策，要叫村主任了，可是村里人叫惯了，还是叫村长。“村长啊，我们该为杨立山一家人想想办法才是，这样下去，这个家可就垮掉了。”“将心比心啊，谁家没个难呢？号召全村捐款吧。”

第二天，村长带上几个年轻人去了镇上，把电影队请到村里来放电影。村庄里有要紧事，都会放电影，人们吃罢饭就聚在鼓楼坪上，既看了电影，要紧事也知晓了。那种夜晚，孩子们最为兴奋，在石板路上奔跑呼喊：“放电影啰！放电影啰！”那天孩子们聚在村口，等待着电影的到来。杨桃三兄妹也夹在其间，满脸焦急。我悄悄地挤到杨果身旁。他没注意到我的存在，即将到来的电影，使他遗忘了我。

“那时，我们把弟弟送到县城，你也知道，我阿妈病了，站不起来了，而我弟弟又是超生，要交不少罚款，我们交不起，我阿公和阿妈商量，就把弟弟过继给别人。其实，村子里这样的事不少的，只不过过继的原因不一样。”

起初，刘娣凤和杨梅林想多生几个孩子，他们长大了，可以相互帮衬，谁知世事难料，生活竟发生他们想象不到的变故。杨梅林不得不背着包到外地做副业，想挣钱回来补贴家用，一去没了踪影。刘娣凤躺在床上，几乎成了活死人，养育不了孩子。

“阿舅啊，把孩子过继吧，兴许能找到好人家。”

刘娣凤淌着泪说。杨立山不敢望她，脑袋耷拉着，什么话也说不出来。那些夜晚，他彻夜难眠，想不出更好的办法来。他只好悄悄地四处托人，终于找到县城里的一户人家，无儿无女，想收养一个男孩。他又想了几个夜晚，召开了一个家庭会议。

“杨果到了上学的年龄，他要是在村里上学，要交一大笔钱，我们家没有那么多钱。”杨立山停了停说，“还有一个办法，就是到县城去上学，不要我们交钱，只是他一去就要很久，愿意他去县城吗?”

杨桃知道是怎么回事，那是把弟弟送走，从此弟弟就成了别人家的孩子。他心里堵得慌，可家里实在没钱，只有闭口不言。杨花的嘴巴也紧闭着，眼里含着愁怨的泪花。

“我愿意去县城，听说那里有很多糖果，也有很多电影，每天都有，太好玩了。”

杨果满不在乎地说。杨桃和杨花心里一惊，扭头望向他们爷爷，等待他说句什么话让弟弟留下来。他们的爷爷耷拉着脑袋，避开他们乞求的目光。他们又回头望向弟弟。弟弟满脸高兴，背着小手在屋子里走来走去，见大伙儿都不说话，觉得没意思，背着手走出家门。屋里的目光跟着走出去，屋外一片寂静，几只萤火虫闪着光。他们觉得杨果也是一只萤火虫，即将消失在暗夜里。

7

没过几天，从县城里来了一对夫妇，把杨果接走了。那天我们又走向河流，我闷在水底，杨果在岸上等待。我在水底抓到一条鲤鱼，巴掌大，钻出水面叫喊：“杨果，杨果，我抓到一条鱼啦。”

杨果听不到叫喊了，他已穿过阳光，走到河对岸的山路上，把手递到他爷爷手里。他爷爷握住他的手，低下头望他一眼，说了些什么，而后牵着他走向山路。他们不再说话，路旁的树木静默着，阳光在他们背上颤动。他们身后是一对陌生夫妇，指指点点着什么。我想起专做坏事的特务，觉得杨果有了危险。

“杨果，杨果，注意身后的特务啊！”

我用力拍打着水面叫喊。杨果听到了叫喊，转过身来，脸上一片喜气洋洋，若隐若现的鼻涕也闪着光芒。他望了望我，又望了望他爷爷，再扭头望了望陌生夫妇，跟他们说着什么，转身向河流奔来。他快跑到岸边时被一块石头绊住脚，往前摔去，脸扎到地上，掀起几根枯草。他爬起来，苦着脸，眼里含泪，忍着没哭出来。

“我要到县城去了，我阿公说那里有很多很多的房子，很多很多的车，还有很多很多的糖和电影，都很好玩的，我阿公说只要我愿意，想住多久就住多久，以后就不能和你一起来摸鱼了。”

他抹着鼻涕说。我明白过来，咽喉慢慢地紧了，痛了，卡着鱼刺一般，想喊又喊不出来，恍惚中，手里的鱼挣扎着掉入水中不见了。我没感到可惜，心酸起来，有些想哭，又不愿哭。我仰起头望向天空，阳光逼迫下来，面前一片昏暗。昏暗中，我看到了县城，耸立着大片房屋，接着海水涌来，把房屋淹没了。我慌忙睁开眼，想把这个发现告诉杨果，见他满脸兴奋，便闭口不言。

“小四哥，我走了。”杨果说着就走了，没几步又折回身来说，“我跌得很疼的，可我不想哭，我都要去县城了，哭了他们就不要我去了。”

“杨果，走啦！”

“你听到了吗？我阿公在叫我了，真不能再和你说话了，不然太阳落了山，就去不了县城，县城好远的，我阿公说要翻过好几座大山。”

杨果走了。他小跑到河对岸，再次把手递到他爷爷手里，一支松松垮垮的队伍往山外开去了。我浮在河面上，目送他们远去，隐没在山林里，剩下一片阳光，孤独、落寞。我扎到水底，静静地待在那里，望着鱼儿游来游去，心里乱糟糟的，想杨果怎么会不来抓鱼了呢？怎么可能在县城里长久地住下去呢？我不由得怀疑他的话。村里人没事是不会去县城的，更不用说长住了，除非生病住院。杨果既没受伤，也没生病，怎么可能想住多久就住多久呢？他在撒谎！我钻出水面，爬到岸上，鞋子也来不及穿，往山路追去，却追不上他们了。我坐在路旁，满心难过，想着杨果是我最好的朋友，我每天为他抓鱼，结果他却对我撒谎。我在心底怨着他了，想再也不理会他了。我望着落在面前的阳光，忽然高兴起来，想杨果在太阳落山前定然跟在他爷爷身后灰溜溜地回家。那时，他定会来找我，叫唤着我，但我再也不会带他去抓鱼，让他一个人孤独。

我靠在松树下，等待着黄昏来临，太阳迟迟没下山，使等待无比漫长，让我心烦意乱。我想了想，起身跑回家，揣起柴刀爬到山梁上，一连砍倒五棵松树，把太阳砍下山了。杨果没有出现。我的心忽地空落下来。我拖着脚回到村口，沮丧地坐在石板上，等着暗夜慢慢笼罩下来。村庄里逐渐亮起灯光。我再次想起杨果的话，难道他真的不再回来？我一阵震颤，恍惚间，遥远的县城像一片森林在暗夜里展开。

杨果不在了，村庄似乎少了什么，走到哪儿都一片空落。我每天坐在家门口，当没人约我出去玩时，就独自一人走向河流。那条河叫伤疤河。我不知道人们怎么取的这个名。我不喜欢这个名，坚硬，难听，让人想起伤心事，但是定会有它的意义吧！我不想知道它有什么意义。杨果走了，还要意义干什么呢？我时常坐在河岸上，望着空中的飞鸟、山崖上的树木和河岸旁的野草，寂寞慢慢地笼罩着我，胸口渐渐发闷了。我一头扎进水底，空荡荡的，连小鱼也看不到，石头和水草散乱着。我对河流失去了兴趣，连忙钻出水面，爬上河岸走向山梁。我站在山梁上眺望，想象着县城里的杨果，他吃什么呢？睡什么样的床呢？他每天都吃糖果吗？我无从知道。

“杨果什么时候回来？”我拉住杨果的爷爷问。他的身子颤了几下，看了看我，嘴巴抖了抖，终究没有开口，而把目光投向天宇。我跟着望去，看到几朵云，静静地悬浮，被遗忘似的。好半晌，他把目光拉回来，不再看我，脑袋晃一下，蹒跚而去。我望着他的背影，想起风中摇曳的芦苇。

我感到奇怪的是，村里人对杨果的离去漠不关心，从没有人说起，似乎他是山坡上的一棵树，消失了，不久后便会长出来，不值得大惊小怪。这让我伤心。他不是一棵树呀，怎么说没了就没了呢！那之后，我在村庄里游荡，见到人们聚在一起，便闷头钻进去说起杨果的事。人们不理会我，总是岔开话题，甚至四下散去。

“阿妈，你说杨果为什么要去县城呢？”我向母亲打听杨果。

“以后别再提起这事了！”母亲白了我一眼，脸色阴沉下来。我不禁感到奇怪，母亲怎么也不愿提杨果呢？母亲却不再开口，目光望出窗外，望见杨果家的窗口。往常杨果的小脑袋总从那里露出来，现在那里无比落寞，连一只小鸟都不愿意栖息。我发现母亲的眼角湿润了，不敢再问杨果的事。我忽然觉得杨果像水蒸气一样消失了。

8

那年杨树枝也消失了。他的消失和支离破碎的夜晚有关。那段日子，当整个村庄沉入睡眠，他总会猛然惊醒，而后悄悄地爬下床，从墙角里抓起一把锄头，穿过夜色走向村外的山路，遇到坑洼就停下来，借着月色往坑里填土。每当填平一个坑，他还会跳上去踩几脚，踩实了，才放心走向下一个坑。最先发现杨树枝怪异行为的是杨立山。那天晚上他又失眠了，躺在床上睁着双眼，看到几只萤火虫钻入窗口，在房间里飞舞，房间弥散着古怪的气息，使他感到压抑。他坐了起来，想驱走萤火虫，又觉得没有必要，想了想，披上外衣走出家门。他来到村外，看到了更多的萤火虫，纷纷扬扬，把夜间点缀成一片梦幻。他多想眼前是场梦，醒来一切如初。但是，疼痛和无处呼喊才是尘世留给他的真实。他的眼角含泪了，模糊中，看到一个身影在挥舞锄头，他以为遇到鬼魂，立即缩在墙角里，许久不吱声。他擦拭着眼睛，发现原来是杨树枝，放心地走过去。杨树枝没看到他，埋着头填坑。

“孩子呀，这大半夜的，你在干什么呢？”

杨树枝没听见他的话，连脑袋都没扭一下。杨立山以为他的话太轻，提高音量重复了那句问话。杨树枝仍旧沉默不语。他们近在咫尺，却如隔两个世界。杨立山这般想，后背不禁飕飕生风，莫非杨树枝鬼附身了？他站着不敢动，也不再吭声，望着杨树枝把土坑填平，跳上去踩几脚，而后头也不回地走开，消失在夜色里，悄无声息。他顿然被恐惧包裹，呼喊而去，鬼哭狼嚎一般。人们惊醒过来。我也被惊醒了，爬起来，望向窗外，看见杨树枝闷着头走来，不声不响。他对杨立山的叫喊无动于衷，轻飘飘地走进屋里，从我身边经过也不吭一声，径直扑倒在床，鼾声立刻起伏了。

第二天清晨，父亲来到杨树枝床前，满脸狐疑地呆立着，在杨树枝的鼾声中觉察不到任何异样。这使父亲对杨立山的惊呼产生怀疑。

“孩子在梦游，没有什么的。”

父亲这般解释。村里人也便信了。之后不久，父亲反而大惊小怪了。那天夜里，父亲吃坏了肚子，爬起来上茅厕，看到杨树枝提着锄头出门，不禁感到奇怪，蹑手蹑脚跟出去。他们一前一后来到村外。父亲看到杨树枝在填着路面上的土坑，心里释然了，原来杨树枝不是在梦游，令他困惑的是，杨树枝为什么偷偷摸摸呢？

“老三，三更半夜的，你跑这来干什么呀？”

杨树枝吓了一跳，锄头抛落在地，压根没想到身后站着一个活人。他回过头看到父亲，气呼呼地说：“你跟着来干什么？”

“你又不是干坏事，干吗半夜跑来做？”

“我喜欢，你管得着吗？”

父亲一时语塞，没想到杨树枝会用这种口气说话。他正想发火，却见自己只穿着一条花短裤，把心头的火强压下去，说：“回去吧，老三，明天还要到学校上课，睡眠不足上课就没精神了。”

“我不读了，还不行吗？”

父亲心头忽地一阵冰冷，觉得作为父亲的威严被损害了。父亲想重新建立起威严，结果不得不放弃这种想法：穿着花短裤能有什么威严呢？父亲抛下杨树枝悻悻地走回家。第二天清晨，父亲走到杨树枝的床头，把他摇醒。杨树枝不理不睬，躺在床上呼呼大睡，发出极有节奏感的鼾声。父亲顿了顿，整一下衣服，再度把他摇醒，说：

“该上学了。”

杨树枝没有睁开眼，往墙里翻转身，鼾声依旧。父亲火了，在床前踱了两个来回，猛地抡起巴掌，甩在杨树枝的屁股上。

“你打我干吗啊你?”

“现在几点了? 太阳都爬到头顶了，你还不去上学?”

“我不读了，读书有屁用，再说了，就你这点破医术，还有脸在这儿大喊大叫?”

“你到底上不上学?”

父亲又抡起了巴掌。杨树枝面无惧色，似乎那不是巴掌，只是一张破纸，轻蔑地说：“有种你就用力甩啊，我这脸是铁做的，只怕损了你的手。”

“你要是不上学，就从这个家门滚出去。”父亲的巴掌没有甩下去，抖着手指着杨树枝说，“现在就给我滚!”

杨树枝倏地跳起来，胡乱穿上衣服，脸也不洗，顶着蓬乱的头发往外走。他走到屋外回过头来，说：“这是你说的，你可记住了，你可别后悔!”

杨树枝走出了村庄，天黑了也没回来。父亲开始慌张了，家里人也慌张了，在村庄里四处打听，没人见到他。父母亲万分着急，拿着手电筒，带上我们三兄妹，一路往山野里呼喊而去。我们听不到回答，山谷回响着我们的呼喊。月亮爬到半空，露水打湿我们的裤脚，也打湿了我的决心。

“我们回去吧，反正找不见了。”

我最先打了退堂鼓。没人应和我的话，他们依旧不知疲惫，对着空旷的山野不住呼喊。所有的呼喊都是徒劳。母亲有些撑不住了，呼喊渐渐成了哭喊，接着就哭出来，似乎她的儿子已经死去。她在为他招魂。姐姐被感染了，跟着哭起来。她们发出悲伤的哭泣，使父亲更加心烦意乱。

“我们回去吧。”

父亲向漆黑的夜空长望一眼说。我们就默默地走下山梁，很多人站在村口等待我们归来。

“找到树枝了吗?”

“还没找到树枝啊?”

“孩子不会有事的。”

……

我们都不说话，只是摇着头。我们都累了。那几天，父亲不去行医，而叫上亲戚四处寻找杨树枝，仍然找不到他的踪影。父亲的信心渐渐没了，恐怕他孩子回不来了，不由得悲从中来。他把自己关在房间里，低低地抽泣。他懊悔说了伤害儿子的话。他想不明白，儿子为何如此叛逆?他怀疑起自己的行当，救了人的性命，却治不了人的心。

一个月后杨树枝托人带回一封信。他在信上说他去了广东，要挣很多很多钱，把父亲治不了的病人全都送到大城市里医治。父亲捧着信，呆若木鸡，想不通杨树枝怎会因为几句打骂而背井离乡。家里人也都想不通，只有我知道他离去的原因，但是我没有说出来。

9

“我弟弟在县城里只待了几个月。”当了巡警的杨桃感叹着说，“那就是他的命啊，谁知道呢?谁也看不见自己的命。”在我的印象里，杨果从县城回来后显得不一样了，到底是什么不一样，又说不清楚，总之他身上有种说不出的味道。杨果回到村庄后，时不时对我讲起遥远的县城。他总是仰起小脸，不无骄傲地说:“你知道吗?县城和我们村是不一样的，那里没人去抓鱼，没人去砍柴，也没人去放牛，真不知道他们的米从哪儿来的。晚上也没人唱山歌。在县城里，我最高兴的是，每天都有糖果吃，有小人书看，还吃上了猪肉，好大一块的，他们还带我去看电影。”

他到县城就去念书了，很快就学会写名字，也认出了林荫镇和南山村。念书真是件奇妙的事。县城夫妇夸他聪明，老师也夸他聪明。他就高兴了，更加用功念书。有时他为了得到表扬，把刚买的铅笔交给老师，说是在半路捡到的，老师表扬了他，此番轮到县城夫妇高兴了。起初，他是快乐的。不久，他就渐渐感到难受：每天放学回家后，县城夫妇不让他出门，说县城不比村庄，外边坏人多着呢，会把他拐走。他往窗外望去，的确有许多人，但他一个都不认识，不由得相信了，也害怕了，整天缩在屋里，渐渐地感觉不到快乐。他不禁想起遥远的村庄。村庄太远了，只能存在想念里。他时常用想念来排遣心里的苦闷。

冬天来临的中午，他实在太烦闷了，走进厨房取下菜刀，在半空挥舞两下，还是觉得不过瘾，便举着菜刀向院子里的一棵树走去。他来到树下，想都没想，“咚咚”砍起来。

“你这小孩干什么呀？快把刀放下，不然叫警察把你抓起来！”

过路的人看到了，纷纷向他围过来，大声呵斥。他白了他们一眼，感到莫名其妙：不就是砍树吗，值得这般凶吗？再说了，树砍了不是还能长出来吗？他想不明白。人们靠近他，想夺走他手上的菜刀。他把刀收到背后，说什么也不能丢掉菜刀，不然切不了菜，会被县城夫妇责骂的。“你们走开，你们走开！”他叫喊着，没有任何效果，人们依然向他靠近。他挥舞着菜刀，人们纷纷退让，围成一圈，把他堵在中间。他不知这些人要干什么，是不是要把他拐卖掉，那样连县城夫妇都找不着他了。他的心慌了，乱了，恐惧着，双脚微微颤抖，渐渐地失去力气。他靠在树上，盯着一张张陌生的面孔，感觉自己掉进陷阱里，怎么也爬不出来。

他鼻子酸了，却紧咬嘴唇，忍着不哭。好半晌，县城夫妇出现在人群里。他丢下菜刀，哭喊着奔过去，紧紧地抱住县城夫妇的腿。他感到了安全。县城夫妇却把他拉开，问都不问就在他脑袋上挥一巴掌。他的哭声戛然而止，木然地盯着县城夫妇，发现他们变得陌生。那天他明白了县城里的树木是不能砍的。这是县城和村庄的区别。从那以后，他不再砍树，也从那以后，对县城越来越感到隔阂，觉得县城不如村庄了。

那年冬天的一个早晨，杨果趁着县城夫妇不在家，往怀里揣了两个馒头，偷偷地摸出家门。他要回南山村了。他不知道往哪儿走，在街上询问路人，没人搭理他，最多瞟他一眼。后来一个乞丐告诉他，要回家就去找车站，车子会带他回家。他赶到车站，在门旁张望，看到了林荫镇的车。他兴奋地奔去，在车门口碰到验票员，抬起的脚收了回来，转身悻悻离去。他身无分文。县城夫妇是有钱的，但他不能再回去，被他们发现了，定然回不了家。他望着林荫镇的车渐行渐远，消失在视线外。他猛然想，那就走路回去吧，只要跟着班车行驶的方向走，总能走到小镇的。他为自己的想法激动了，眼角溢出了泪水。他紧了紧衣服，穿过街道，往林荫镇走去。他一路走走停停，来到岔路口不知往哪儿走，就靠在路旁的桂树下等待，又看到一辆开往林荫镇的车。他很想招手，但始终没举起手来，直到班车消失后，才揉着酥麻的脚，继续前行。他的脚越来越酸，呼吸也困难起来，渐渐地支撑不住。他走不动了，瘫坐在路边。风在头顶呼啸，刮得树木哗啦作响。他不觉得害怕，那是家人在呼唤。他这么想着，不由得泪流满面。肚子咕噜咕噜叫起来，是饿了，他从怀里摸出一个馒头，早就冰冻了，放在嘴里轻咬半口，又想到不能一下吃掉，还不知要走多久。

天色渐暗，眼前的景物一片模糊，他回头望去，县城被一条条山岭遮掩着。此时，脚下的马路一片孤独，再没见到一个人影，没有驶过一辆汽车，也看不到一个村庄，只有寒风在头顶呼啸。他感到自己被遗忘了，谁会想起他呢？谁知道他一个人的孤独呢？他越想越难过，心里也越害怕，紧了紧衣服，又系了一回鞋带，在马路上奔跑起来。他想在天黑之前跑到小镇，那里住着很多人，也亮着很多灯，就不会害怕了。天墨黑了，他仍然看不到小镇。小镇的遥远超出他的想象。他整整走了一天，连小镇的影子都没看到。他怀疑自己迷了路，不知该走向哪里，不由得哭起来。哭声是那么轻薄和虚弱，风一刮就没了踪影。此时，周围一片漆黑，藏着恶鬼吗？藏着怪兽吗？它们会把他吃掉吗？他恐惧着，不敢哭了，借着马路映的暗光往前走。他感觉自己正走向一个黑乎乎的无底洞。即便如此，他也不能停下来，生怕一停下来就会被什么吞噬。

他望见远处闪现一点灯光，心里豁然敞亮，抹掉脸上的泪水，往灯光的方向奔去。他踩进一个坑，摔在地上，撞伤了膝盖，疼痛钻入骨头。他来不及哭泣，眼睛一刻不离地盯着灯光，唯恐一不小心那灯光便消失不见。

他连滚带爬地摸向灯光。那是一户人家。他摸进楼底，楼上有人说话。他们在吃饭，饭香飘来，使他感到更饿了。他从怀里掏出馒头，馒头已经石块般坚硬，咬不出什么味道。他静静地站在楼底，等着被人家发现，叫他上楼吃饭。好半天，楼上的人都没有走出门，不久便安静了，灯光熄灭了，入睡了。他想弄出响动，又不敢，担心人家把他当贼。此时，他觉得世界上所有的寒冷都集中到身上。他不禁再次想念起村庄，有白花花的米饭、暖和的床铺，还有小狗和猫。

他发现旁边是牛栏，牛在黑暗里哞地叫一声，似乎在招呼他。他心底涌起一股温暖，悄悄地摸进牛栏，爬到牛身旁，在牛背上挠痒痒。牛舒服了，又轻轻哞一声，在黑暗里闭目养神。他拉来稻草，靠在牛的肚皮上，牛身上散发出来的体温，使他渐渐遗忘周身的寒冷。

他做了一个梦，梦见回到了家乡，他母亲站在村口。他看到母亲能站着了，呼喊着奔去。他钻进母亲怀里。母亲立即变了脸，掐着他，疼痛涌来。他醒了。天已发亮，他发现自己抱着一只牛角。

“孩子，你昨晚在牛栏里睡觉?”

主人家站在牛栏外满脸迷惑地问。杨果不敢回答，睡进人家的牛栏，不知道人家会不会打他。他怯生生地望着主人家，慢慢地退出牛栏，猛地转身奔跑而去。主人家在背后叫喊：“孩子，孩子啊，你等等，孩子不要跑呀!”他没有停下来，害怕被抓住，一口气跑到马路上。马路上的车子从他身边驶过，没有一辆停下来载他。不载就不载吧，他便顺着马路奔跑，没跑多远就跑不动了，不得不停下来休息。他又从怀里摸出馒头，太硬了。他来到溪边，没敢把馒头浸进水里，太冷了。他又回到马路上，眼前冒着金星，斑斑点点，马路晃动着，整个人扎下去昏迷着。

他醒过来，看到一架牛车，车上坐着一个老伯，还有几袋红薯。这时从车上滚下几个红薯。他走过去捡起红薯，闻到了红薯的香味，却没往嘴里送。

“大伯，大伯，红薯掉啦，红薯掉啦!”老伯停下了车。他就把红薯送过去。

“你是谁家孩子?这么冷的天，你跑到这儿来干吗呢?”

“我是从县城来的，要到林荫镇去。”杨果泪水就下来了，说，

“我家是林荫镇的，我要回去，昨天已经走了一天了。”

“上来吧，孩子，我送你一程。”

老伯把杨果抱上车，又递给他两个红薯。杨果啃着红薯，身上渐渐有了力气，告诉了老伯许多县城里的事。老伯哈哈笑着，夸他是聪明的孩子。他不由得想起县城夫妇。他们是好人，但是他要回家了。不久遇到一辆班车，老伯把车拦下来，抱着他到车上，掏一块钱给司机，又塞给他几个红薯，说：“孩子，到了镇上，再问人家南山村怎么走啊。”

他就这样回到了林荫镇，接着又往南山村走来。那天村里没人到小镇去，天冷，都缩在屋子里烤火。杨果一个人走在山路上，路旁是密密麻麻的树丛，他害怕蹿出妖魔鬼怪，就捡起枯枝一路拍打，还唱着歌为自己壮胆。他唱着唱着，竟然把泪水唱出来了。那条二十里长的山路，他直到傍晚才走到尽头。

10

杨果回到村庄的傍晚，我倚着窗口发呆，看到一个小乞丐向村庄走来，那么瘦小，似乎是被风卷着的破布。他不住地往村庄张望，似乎在看村庄里的炊烟，似乎在看蜷缩于墙角的猫狗，又似乎什么都没看，总之，他傻傻地笑了。他的嘴巴慢慢张开，想大声呼叫，还没发出声音，已一头扎倒在路旁。

我们家的黑狗看到了，扭过头望着我，眼里充满询问。我拍拍它的头，说：“去吧。”黑狗蹿出门，跑到小乞丐身边，闻了闻小乞丐，没能把他闻醒，又舔着他的脸，终于把他舔醒了。小乞丐看到黑狗立在面前，从怀里摸出半个馒头。黑狗嗅了嗅，抬眼看了看他，咬着馒头往回跑。小乞丐望着黑狗走远，撑起身子，摇摇晃晃走来。

黑狗跑回我身旁，我从它嘴里接过馒头，断定小乞丐来自山外，村庄里是没有馒头的。我不禁感到奇怪，小乞丐为何来到山里呢？这里不比小镇，更比不上县城。他还把馒头给了一条狗。真是个奇怪的小乞丐。我走出家门，走向小乞丐，想探个究竟。

“小四哥，小四哥——”

小乞丐在叫我吗？我惊讶不已。莫非他认识我？莫非大白天遇了鬼？我不禁感到脊背一阵冰凉，想转身奔逃而去。

“小四哥，我是杨果啊。”

小乞丐是杨果？杨果是小乞丐？怎么可能呢？不会是做梦吧？我捏着自己的脸，疼痛和寒冷一样真实。我收住脚，等着小乞丐走来，心情极为复杂。小乞丐还没走到我面前又扎倒在地。我看到了杨果的脸，惊呼着：“杨果，怎么是你啊？”

“小四哥，我想回来就回来了，我没力气了，你背我回家吧。”

我蹲下去，把他托到背上，那么轻，似乎身上没有骨肉。我背着他往前跑，担心他活不过来。

“阿公，阿公，杨果回来啦！阿公，你的孙子回来啦！杨果回来啦！”我一路叫喊。路人看到了，立住脚，惊恐地望来。他们想象不到瘦小的我能背着一个小孩飞奔。我不在意别人怎么想，只想快点把杨果背回家。他累坏了，冻坏了，趴在我背上瑟瑟发抖。

“阿公，杨果回来啦！杨果回来啦！”

我把他背到他家门前，使尽力气叫喊着。他爷爷、哥哥和姐姐拥出家门，满脸惊讶和不安。杨果抬起头叫着他们。他们哭喊着奔来。他爷爷把他从我背上抱下来，哭着：“我的孙儿啊，我的孙儿啊！”他哥哥和姐姐围过来，抱住他们的弟弟痛哭。人们纷纷从家里走出来，陪在一旁默默流泪。我挤出人堆，在寒风中奔跑，跑着跑着，发现自己已泪流满面。

杨果病了，发着高烧，时而浑身冒汗，时而不住地颤抖，牙齿咯咯地咬个不停。他不时说着胡话，叫唤我的名字。他爷爷让我守在他床前，只要他叫唤我，就抓住他的手。那时我感觉他的身体像是沉下了深潭，我用力托住他，把他往水面上拉。他母亲时常泪眼汪汪地望来。我理解她。她躺在病床上无能为力。但是，守着杨果，我是情愿的，那样我会觉得自己是一个有用的人。

父亲给杨果打了几天针，他的病仍然没有好转。我在心底埋怨着父亲，再不治好他，可就要送到县城医院了，县城夫妇还让他回来吗？我不由得担心了。县城夫妇在第五天就来到杨果的床前。他们想把杨果带到县城医治。那时杨果又迷糊了，叫唤我的名字，我推开他们抓住杨果的手。杨果渐渐平静了。县城夫妇对视了一下，摇了摇头，轻轻地抚摸杨果的额头。

“你们别想把我弟弟带走。”

杨花狠狠地拨开县城夫妇的手。

“你们再碰一下我的弟弟，别怪我不客气。”

杨桃提着柴刀横在县城夫妇面前。县城夫妇满脸惶恐，转身望着杨立山。他蹲在角落里抽烟，烟雾模糊了他的脸。县城夫妇说：“阿叔，孩子病得重呀，还是带他到县城去看看吧，那里条件对孩子好些。”

杨立山倏地站起身，愣愣地盯着他们，接着慢慢矮下去，在地板上敲着烟斗，说：“孩子们都这样，我也不忍心啊。”停了停说，“这样吧，等过一阵子，等他阿爸回来，你们的钱，我再还给你们吧。”

“阿叔，我们不是这个意思，既然孩子们不舍得他们的弟弟，那就先留在家里吧，什么时候想到县城都行，他也是我们的孩子嘛。”

杨桃鼓着脸说：“我弟弟再也不去你们的县城了，他去县城就带回来这个病，再去的话还不知道带回什么来，你们快点回去吧，别再打我弟弟的主意，我们不会让你们再把弟弟带走的，别做梦了！”

县城夫妇不再说什么，走到刘婄凤病床前，把五百块钱压在她枕头下。刘婄凤呜呜地哭了，说：“是孩子没福分啊。”

县城夫妇给她拉了拉被子，转身来到杨果面前，定定地望着，摇了摇头，话也不说就走出家门。当他们消失在山脚下，所有人都松了一口气。他们是好人，但是我不喜欢。他们走了，我异常高兴，在村子里跑了几个来回。人们看到了，讥嘲着说：“小四啊，你阿爸是不是给你喂错药了？”我没有生他们的气，哈哈大笑着回答说：“我在锻炼身体！”

11

杨果病好后，四处乱窜，精力充沛，脚下的鞋子引人注目。那是双白色运动鞋，从县城穿回来的。他靠这双鞋走了很远的路，走到小镇，又从小镇走到村庄。莫非那双鞋有魔力，才能帮助他走回村庄？那双鞋很特别，村庄里仅此一双，使杨果与村庄里的孩子不一样。这是县城和村庄的区别吗？我没来由地想着，不禁对县城产生了神往。

春天到了，河水却还冰凉，闷不了水，我就制作鱼叉，背着渔网走向河流。我和杨果把渔网沉到水底，便不管了，爬到山上去采野果，半天才回到岸边，抓一根竹竿拍打水面，水底的鱼四下逃窜，慌乱中撞进网中。我们把网捞起来，网上挂满食指大小的鱼儿，在阳光下闪闪发光。最高兴的要数夏天，天气炽热，闷在水底，看着游鱼和石块，断根的水草漂浮着，感觉很奇妙。杨果和狗蹲在河岸上，静静地望着河面，看着我在水里翻腾，或者往河岸上抛一尾鱼。他们对我的每个举动都很崇拜。

“小四哥，你连吐口水都很好看。”杨果叫喊着。我没搭理他，闷在水底，很久才钻出水面，看到杨果在哭泣，黑狗在他身旁狂吠。我问：“怎么啦？”杨果破涕为笑，说：“你闷那么久，以为你起不来了呢。”我哈哈大笑，都快笑出泪了，这条河能淹死我吗？

这条河没淹死我，却淹死了杨果。

杨果出事那天，我生了一场病。那天太阳特别大，白花花地洒在地上。当时我靠着门槛，望着在阳光里奔跑的孩子，心里一阵失落，觉得眼前的世界离自己是那么遥远。杨果穿过阳光走来，远远地向我呼喊。我没有应答他，浑身无力，连嘴巴都懒得张开，木然地望着他走来。他又穿上了那双白色运动鞋，天热了还穿，但我没说出来，太难受了，爱穿就穿吧。

“小四哥，你怎么了？”

“我病了。”

“我本来想叫你去河里摸鱼的，我阿妈都两天不吃东西了，我怕她会死去，我不想让她死，我阿爸都还没回来，我阿妈是不能死的，她要等我阿爸回来，现在你生病了，那我自己去好了。”

杨果难过地说。他低垂着头，没等我说话，转身走进阳光里。我没想到他这一走就走进了死亡，在此之前一点预兆也没有，就像无数次走进阳光一样走进了死亡。天黑了，杨果没有回家，他家人走到村外，顺着河岸呼喊。他们的呼喊急躁而混沌。村里人纷纷走出家门，打着手电走向河岸，河岸上影影绰绰，却没有杨果的踪影。人们疲惫了，失望了，耷拉着脑袋归家。夜间，杨立山在家门口点了一盏马灯，照亮杨果的夜归路，可直到第二天，杨果也没有回来。

人们发现杨果时，他已经死在河面上。他爷爷、哥哥和姐姐闻讯赶去，抱着没了知觉的杨果痛哭。他爷爷长久地跪在河岸上，不愿相信活蹦乱跳的生命说没就没了。

“老天啊，你为什么不让我死呀？用我的命换孩子的命吧！”

他向苍穹哭喊。苍天无语，围在河岸上的人们跟着沉默。人们把他扶起来，擦拭他眼角的泪水。老人止不住痛哭，他太悲伤了。杨桃看到他弟弟光着一只脚，连衣服也没脱就跳入河中。人们一阵惊呼，纷纷跳下河里，把杨桃捞出水面。

“孩子，你别做傻事。”人们劝着说。

“我在找我弟弟的鞋子，没有鞋子他就不能跑，他说他要当长跑运动员，到了那边也不能让他光着脚。”

“孩子，让我们来找吧。”

人们纷纷闷到水底，寻找杨果丢失的鞋子。河底一片浑浊，没看到那只鞋子。人们从水底钻出来，抹掉脸上的河水，失望地摇着脑袋，断定鞋子被冲走了，漂流了一个夜晚，不知漂到哪里了。人们爬上岸，放弃徒然的寻找。杨桃望着河水，满脸自责与哀伤。

我拖着脚来到岸边，看到杨果静静地躺着，不说话了。他死了。他怎么能这样死去呢？他不是要抓鱼给他母亲熬汤吗？不是要上学念书吗？不是想当长跑运动员吗？不是想听我讲故事吗？他怎么能够这样消失了呢？我怨恨自己，要不是自己生病，杨果就不会一个人走向河流，就不会被淹死。可是，这怪我的病吗？我不禁回想起那个土坑，伤害了刘焙凤，使她终生瘫痪，使我和杨果成为朋友，之后时常带着他到河里抓鱼，要不是这样，他会独自走向河流吗？

这该死的土坑！

可是，刘婄凤瘫痪了，杨树枝出走了，杨果死在河流里，而我默默承受着罪责，都是因为那个土坑吗？我胡思乱想着，泪就下来了，迷糊了视线。迷离中，我看到了杨果，立在水中央，向我挥手，在告别。

“我能找到杨果的鞋子。”

我怏怏地说。人们把我按在岸上，不让我动弹，我水性好，但生了病，经不起河水浸泡的。人们不想再失去一个孩子。我望着人们来回忙碌，没人注意我了，脱掉衣服，扎进河里，把人们的呼喊抛在水面上。我沉在水底，慢慢地睁开眼，看到杨果立在面前，眼里满是不舍和悲伤。他对我说以后要抓鱼给他母亲熬汤。我点头答应。他微笑着，身子渐渐往后退，再往后退，忽地矮小了。我追赶过去。他消失在泥土里。我用手扎进泥土，拼命地掊挖，没有找到杨果，却摸到他丢失的鞋子。我抓着鞋子钻出水面，愿意相信是他的灵魂在招引我。杨桃接过鞋子，走到杨果身旁，套在杨果的脚上。他的泪又下来了，滴在沾着泥土的鞋帮上。杨花走过去，把杨果的鞋子脱下来，扯一把野草在水里使劲地洗刷，洗干净了，重新穿在杨果的脚上。杨果到天堂就可以奔跑了。

杨果葬在乱坟岗上。那天送葬的人不多，只有几个老人，过程极其安静，没有送葬的礼炮，也没有人说话，连哭泣的声音都没有，一路上野草、竹丛和小鸟都住了嘴。老人们在竹林里挖了坑，齐腰深，把杨果埋了下去。次年春天，他的坟头冒出一根竹笋，粗壮，肥胖，是生命的轮回。那是杨果吗？他是否以另一种方式回到人间？没人回答，山冈一片寂静。

杨果死后，我时常独自一人走向河流，闷到水底抓鱼，黄昏时提着鱼走进杨果的家。刘婄凤总是泪眼涟涟地望过来。在她的目光里，我不敢抬头，心底像被洞穿似的，结结巴巴地说："阿婶，杨果说你喜欢吃鱼。"刘婄凤张了张嘴，却什么也没说，一股酸臭味扑面而来。我知道那是什么，但我没有扭头跑掉。她眼里呈现一片昏暗，接着溢出淡黄色的泪水。直到现在，我仍然说不清为什么尘世间竟然有淡黄色的泪水，还夹带着一股飕飕寒气。

我曾把这件事告诉母亲。母亲转过脸，望向她们家门，自说自话："她在想念杨果他阿爸了。"想念会使眼泪变色吗？我回答不了。那时杨立山到达了云南。杨果死后，他到云南去找杨梅林，据说有人在那里看到过他。我时常梦见他们父子在雨天里相遇。

那个夏天，每当怀念杨果，我就走向淹死他的那段河。河水安静轻柔，一如既往，似乎不曾发生什么。我闷到水底思念着死去的杨果，竟找不到浮出水面的理由。当河水挤压下来，让人窒息，我不得不再次钻出水面。河水仍旧安静如初。我忽然明白杨果是被诡秘的河水欺骗了。杨果死去那年才七岁，看不出河面下暗藏的危险。那天他想是走在河岸上，看到水里游着一条大鲤鱼，激动万分，想象自己提着大鲤鱼回家有多神气，一定把他母亲吓一跳，兴许还把他母亲的病吓好了。他陶醉在自己的想象里。他生怕鱼跑了，连衣服也没脱就蹚进水里，岂料陷进污泥里。他挣扎着，越挣扎陷得越深，整个人没入水中。他发现了危险，想呼喊，河水已灌满嘴巴。他绝望地往水面上望去，看到阳光像雪花一样落下来，接着看到雪花由白变红，由红而黑，最后什么也没有了。我以杨果的方式蹚进水里，慢慢地没到水底，想象着他在生命最后时刻发现的阳光如雪，感受到他的绝望和悲伤。

后记

在之后的许多年里，我时常在黄昏或者深夜想起杨果，乃至我到城里念书仍然没能忘掉他。每到周末，我走出校门，站在街旁的树下，望着街上人来人往，拥挤，忙碌，谁也不认识谁。我不禁想起埋在山冈上的杨果，要是他没死去，会不会出现在这样的街头？没人认识他，不知道他的过去，也不知道他的未来，那么他存在与否和别人有什么区别？在时间之外，我与他是彼此陌生的人。我不由得愣住了，似乎发现了这个尘世的秘密，却瞬间又陷入更深的泥潭。

我迷茫了。

我毕业后回到家乡，在一个叫作归盆的山村当老师。归盆村离林荫镇有好几十里山路，遥远而安宁。我时常倚着栏杆远眺，风轻云淡，日出日落。杨果总会在这个时候从记忆里浮现。我想：如若他也倚着栏杆，会想些什么呢？会不会如我一般想着城市里看不透的街道、楼房和下水道，忽然会在某天夜晚发现它们和山野一样宽广呢？我不知道。那些问题过于虚妄，出现在我视线里的只是山里人。他们和树木一样安静，按节气耕作，不急不躁，生活原本如此吧！他们不懂哲学，不知道宗教，也没有多少文化，却活出了自己。

我庆幸回到他们身边。

然而见到杨树枝后，我对自己的思想产生了怀疑。秋天的下午，失踪好些年的杨树枝突然出现。他请一个村民帮他挑东西，从小镇上挑到学校里，付钱时掏出五十块钱，眼都不眨就递过去，一副土财主的模样。我莫名反感，见面便不自然了。那天晚上，杨树枝很困，吃完饭就睡了。我望着他躺在床铺上呼呼大睡，心底空了，没有温暖，也没有憎恨。我突然想起不曾说出的秘密。他是为这个秘密而来的吗？

事隔多年，物是人非，再追究还有意义吗？我说不上来。我躺在学校旁的草地上，仰望夜空，几朵浮云飘散，缺月悬浮着，萤火虫在飞舞。我拍着脑袋：我们在多年后相遇，怎么没有半点儿兄弟重逢的感觉呢？到底是我变了，还是他变了，或许我们都变了？这种感受涌上来，我直想哭。

我想改善关系，毕竟是兄弟，却怎么也热情不起来。他也不在乎，一张笑脸来回晃荡，似乎没什么烦恼。越是这般，我越清楚他心里有事，只是等着我开口问。我装傻。他也不说。他无聊了，就请年轻人喝酒，吵吵闹闹，不像学校了。我恼了。多年过去了，他仍然不把我当回事儿。他看到我恼了，便不再请人喝酒，跑到村子里打牌去了。几天后就跟人打了架。他出牌慢，一个后生就训斥说："你怎么磨蹭得像头牛？"杨树枝眼一瞪，牌就砸到那后生脸上。杨树枝掀翻牌桌，跳过去踹那后生。后生跌倒在地。人们看到村里人被打，一拥而上，把杨树枝按倒在地踢打，最后押着他来到学校。

"老师，要不是看在你的面子上，我们早就把他给废了。"

"就这样的人，连牌德都没有，怎么也配当你哥？"

"老师，你就耐心教教这头牛吧。"

那一群人说完就转身走了。我望着他们远去，回过头看着杨树枝，鼻青脸肿，竟一时说不上话来。

"就他们这几个鸟人，要不是老子让他们，要不是你在这里混的话，我早就把他们统统打趴在地。"

杨树枝还嘴硬。我心头涌起一股怨气，想狠狠地揍他一顿，却看都不愿看他。我又被他打败了。以前，他用巴掌打败我，现在却用无赖的行径。

“今晚我们喝酒！”我愤恨地说。

“这才是兄弟嘛。”

那天晚上，我死命地跟他拼酒。他见我如此，软下了心，说：“小四，有话好说，有话好说。”

我们都喝得半醉半醒，走向学校旁边的草地，躺在那里仰望着苍穹，有一句没一句地谈起过往。

“小四啊，一转眼就过了这么些年，时间过得也真快，村里的变化也不小吧？生的生，死的死。”

他在引诱话题。我知道他想听到什么。这么多年了，他一直漂泊在外，只在十八岁那年回了一趟家，连信都懒得写，难道只是因为这件事？

“两年前，刘婄凤自杀了，死了，埋在乱坟岗上，她孩子杨果也埋在那里，不知他们是否会相遇。说真的，她的死，我不觉得可惜，你知道对她来说，死其实是解脱，对她自己也好，对他们那个家也好。说这话是不应该的，很残酷，毕竟那是一条人命，但是又能怎样呢？换作我，也不愿苟活的。活着就是炼狱。你知道她是怎样自杀的吗？你也知道，她已经残废，动弹不能，根本自杀不了的。后来，她丈夫杨梅林回来了。他和你一样失踪了好多年。大家都以为找不到他了，他却突然回来了，后来刘婄凤求着他，让他帮忙。起初他怎么也不干，后来见到她太过痛苦，才帮了她。他往一只空瓶倒了敌敌畏，又倒了一些糖精，那样喝下去不那么难受吧。他往瓶子里插入吸管，放在刘婄凤的床头。她吸着敌敌畏自杀了。杨梅林因此犯了法，被关进了牢房。”

我把刘婄凤的事说了出来。杨树枝沉默着，直挺挺地躺在那里，双眼盯着夜空，风拂来，吹落他眼角的泪水。我第一次见他落泪，不由得惊诧了。我装作什么也没看见，轻轻地闭上眼，酒意泛上来，不知不觉中睡了过去。半夜里，露水落在脸上，把我冻醒了。我爬起来看不到杨树枝，只见身边搁着一块石头，石头下压着一叠钱。显然，他不辞而别了。后来我回家，跟家里人说起此事，才知道他压根儿没有回村庄。我父母对着天空摇了摇头，满脸哀伤。

又记

我结婚后不久，又有了杨树枝的消息。那天妻子肖晓不安地盯着我，嘴巴动了动，又什么也没说。我知道一定出了什么事。问她。她没说，只在房间里踱来踱去，最后站定了，掏出一张通缉令。那是追捕杨树枝的通缉令。杨树枝在广东制造假币，负案逃跑，还伤了人。不会弄错吧？这个念头很快就从头脑里消失，肖晓是警察，没有理由开玩笑。

“通缉令已发向全国。”肖晓摇了摇头说，“得把这事告诉家里人。”

我匆忙赶回家，望着父母日渐衰老的面容，溜到嘴边的话又咽了下去。他们承受得住吗？年纪大了，衰老了，精神也脆弱了。但是，杨树枝成了通缉犯啊，说与不说都改变不了事实。我想先喝点酒，借着酒劲说吧。我和大哥拼酒，喝得半醉，结果仍然不忍心说出来，拖着脚回到小镇，倒在床上迷迷糊糊地睡了。我梦见自己漂在河面上，看到一群人迎面走来。他们从我身旁经过，没有看我，也不和我打招呼，径直走上田埂，忽地消失在一片阳光里。接着一个人在奔跑，呼喊，面容渐渐清晰了。我看到了满脸疲惫的杨树枝！

“小四，小四，是我，你醒一醒，醒一醒啊。”

他是逃犯还跑来干什么，还不赶快逃命去呀！我不理会他，也不想见到他，翻转身继续睡觉。他不住地叫唤。我不耐烦了，说：“你怎么还不跑？等着被抓呀？赶快跑！”他不吭声了，忽地飘走了，飘到空中化为雨水，沙沙地掉落下来。我想跑出那阵雨，怎么也跑不出去。我放弃了，干脆立着不动，雨越下越大，淋湿了我。我感到一阵冰凉，猛地惊醒过来，看到床前晃着一团黑影，连忙按亮床头台灯，赫然看到杨树枝。我腾起来扑过去把他按倒在地。

“肖晓，肖晓，快来，快来啊。”

“小四，小四，轻点儿，轻点儿，疼死我了，别叫了，肖晓出警去了，我才来找你的。”杨树枝用手拍着地面。我的酒醒了，松开了手，把他拉起来。他立在我面前满脸愧疚地望来。我没接过他的目光，扭头望向窗外，看到漫无边际的漆黑，心里跟着一片漆黑了。谁料到，我们再次相遇，竟然已隔两个世界。

“我今天来找你，不是来为难你的。”

杨树枝说。我没有开口，也没有看他，心里盼着他离开，权当是一场梦。这不是梦啊，杨树枝为什么要出现？为什么要来找我？这不是在逼迫我吗？我心乱如麻。

“我知道你结婚了，她是警察，我不是找你求情的。我想了很久，决定来自首。”他停了停又说，“我想在自首前，去看一看刘焙凤，你知道她葬在哪里的。”

我盯着他。他满脸诚恳。我相信了他的话，默默地点头。那天晚上，我们摸黑出了小镇，半夜之后，来到刘焙凤的坟前，几经风雨，坟堆爬满野草。杨树枝跪在坟前，烧纸，磕头，眼角还闪出泪花。我暗暗吃了一惊，我心底不也藏着这样的泪吗？

“这些年我一直没回家，但是每年都在打听村庄里的事，特别是刘婄凤。是我害了她，使她一辈子都站不起来。你知道吗？杨立山有一次对我说，他原谅了我，还要我原谅自己，不要为难自己。他老人家早就知道了这件事，但他一直没对别人说起。我也想原谅自己，却原谅不起来。每当想着刘婄凤躺在床上的痛苦，心里就难受死了。后来杨桃去当了兵，我以为等她儿子杨桃从部队回来，他们家就好了。没想到刘婄凤却自杀了，杨梅林也因此坐了牢，都是我害的呀。我想帮他，把他从牢里捞出来。听说只要用足够的钱就可以把人赎出来的。我就想挣大钱，后来你也知道了，我跟人家一起做假钞，出事了。出事后，我就一直在逃。从刘婄凤受到伤害时起，我就开始逃了，在心里逃，那是一辈子都逃不掉的啊。我逃不出对刘婄凤的伤害啊。我累了，不想再逃了，我只想回家。”

我没有说话，他已回不了家。我不知该安慰他，指责他，还是建议他逃跑。我呆立不动，任由他诉说和忏悔。雾气越来越浓，淋湿了我们的头发。

“走吧，差不多了。”

我扶起他走下乱坟岗，悄悄地走进村庄，来到家门前，没有去敲门——家人已睡着了。杨树枝跪在地上磕头。我望着他蜷缩着的背影，猛然涌起一股负罪感，不由得跟着跪下去。我想，要是我早早地把这件事说出去，人们会不会原谅我呢？即使不原谅，那么结局也不会是这样，杨树枝连家门都进不了，是我没打开那扇让他回头的门，包括我自己也回不了头了。

我们埋头往回走，谁都没说话，世界陷入一片昏暗。山风吹来，我不禁想起诸多往事，尽管都是一些鸡毛蒜皮的小事，却附着暖暖的体温。多想回到过去，尽管当时忧伤，存留在记忆里也是欢乐的。我想说些什么话，嘴却张不开，而杨树枝却如释重负，昂首挺胸地走向小镇，似乎不是走向牢狱。我心里更难受了。回到小镇，天已放亮，肖晓站在门口双眼圆瞪望着我们。

“弟妹，我来自首。”

杨树枝笑了笑说。肖晓满脸迷茫，看了看他，又看了看我。我别开脸望向别处，朝阳斜照过来，整个小镇逐渐明亮了。

“带我走吧。”

杨树枝伸出双手，又冲肖晓笑了笑。肖晓站着不动，目光落在我脸上。杨树枝看到桌面上的手铐，走过去，拿起来铐住双手，还抬起来瞅了瞅，满意地笑了笑。

“为难你们了。”

杨树枝走向派出所大门。肖晓跟着走去，走到门外转过身望来。我咽了咽口水，没能说出什么。所长坐在大厅里，看到肖晓押着嫌疑犯，两眼泛着绿光。

“小肖啊，辛苦你了。”

那天上午，所长把杨树枝押往县城。我站在窗前，看着他被押上警车，心里空了。我蹿到肖晓身旁，从她腰间掏出枪，没等她反应过来，“叭”，往天上放了一枪，子弹击断一根电线，掉落下来差点砸在警车上。所长和杨树枝都吃了一惊，回头望来。他们在我脸上看到一片古怪的神情。直到警车远去了，消失了，我仍旧呆立窗前，动都动不了。肖晓满脸着急地向我奔来。

杨树枝入狱后，我和肖晓心里不好受，连村庄都不愿回，感觉无颜面对父母。父亲倒是很豁达，说：“这事跟你们没有关系，我知道你们心里难受，帮不了他，可这事谁能帮呢？再说要不是你们送他到派出所，还不知要遭什么罪，以后就不要再想这事了。”母亲红着眼圈点头附和。我和肖晓心间五味杂陈，都不敢与父母对视。

再记

我和肖晓去探监，见到杨树枝身着囚服，脑袋剃得光亮。我们之间隔着一块玻璃，近在咫尺，却是两个截然不同的世界，一种莫名的虚空淹没了我。我知道在尘世里该做什么，因着肖晓是警察的缘故，与几个狱警攀上了关系，和一个叫王伟的狱警更是称兄道弟。每回到市里探监或办事，总忘不了给他捎带些土特产，不值钱，却有意味。王伟也知晓，每回都推辞半天才收下。

“放心吧，我会照看你哥的。”他停了停说，“告诉你，在里头，要是立了功，就会减刑的。”

我们在河边的小餐馆喝酒。王伟抓着酒杯，硬着舌头说这句话。我记住了这句话，背着肖晓为此奔波。事情准备得差不多了，我便在探监时把想法告诉杨树枝。没料到，他非但不兴奋，反而满脸严肃地说：

“小四啊，你就别为我瞎折腾了，你这样做就欠了人情债，有些债怎么还也还不清的，到头来只会带来麻烦，要不得。我在外闯荡多年，很多事情都看清了，看淡了，现在我在这里挺好的。杨梅林也在这所监狱里。我遇到他时，把所有的事情告诉了他。他打了我一顿，现在他原谅了我。我们是朋友了。”顿了顿说，“这些年来我悟出了一些道理，要是人的心被囚住了，在哪儿不是一样的呢？”

我心间被某种利器剜着，撕裂，疼痛，想再说些安慰的话，却觉得虚伪。我望着玻璃对面的杨树枝，发觉他变了，是因为这些变故吗？还是他不敢奢望？我想对他说些什么，结果只对着玻璃苦笑几下，心头涌起一阵悲伤。

“我不明白杨树枝是怎么想的。”

我幽幽地说。那天我喝了许多酒，坐在木桥上，桥下是湖水，银光闪闪，惹人注目。肖晓依偎在我身旁，抚摸着我的脸膛，含情脉脉地望着我，眼里滋长着幸福和不安。我心里一阵愧疚，目光掉落在湖面上，宽广而幽深，内心里竟涌起往下跳的冲动。我扭头看着肖晓。她也看着我，脸上似笑非笑，似乎洞悉我的内心。我心头一颤，衣服也没脱，往桥下扎去。我没入水下，看不到游鱼，听不到呼喊，世界在宁静里展开，纷繁杂乱就此消失。我似乎找到了寻找已久的东西，却在瞬间再次丢失。我迷乱了，心跟着酸楚了。此时，湖水越来越重地挤压过来，我快承受不住了，得游出水面。我猛地蹬着双脚，钻心的疼痛立即传遍全身。左脚抽筋了！动弹不得了！湖水不断地挤压过来，胸口沉闷，生疼，快窒息了。我知道游不出水面了，然而我并不慌张，似乎对这一刻等待已久。我干脆摊开四肢，任由躯体与魂灵沉没。我轻轻地闭上双眼，竟又见到远去的童年，山梁、河流、牛群一一浮现。我再次追忆着杨果，却记不起他的面容。刹那间，我明白了整个童年被什么困扰着。我释然了，含着泪笑了。湖水沉寂。忽然，肖晓无助而悲伤的哭喊扎破水面而来。

望　川

后来我常想，于我来说命运是与生俱来的。我幸存于世得益于另一个人的死亡。那个人是我素不相识的兄弟，还没来得及看一眼这个世界的阳光、稻田、电影，以及斗殴和抢劫，他就死了。每当想起他的死，我不禁相信命运早已在冥冥中注定。那个连名字都来不及取的人，早已化为青烟，随风消散，尘世间没留下他的任何印记，没人知晓他的存在。在孤寂的夜里，我偶尔会想起他。这种想念是否有意义？我说不清楚，只知道他死于母亲胎腹之中。

1977年的一个傍晚，我母亲走在木楼上，挺着硕大的肚子，收拾挂在栏杆上的碎布，那是为即将出世的孩子做尿布用的。夕阳从西山上斜射过来，映照在母亲微微浅笑的脸上，使点点黑斑泛起异样光芒。母亲的眼睛跟着被阳光刺中，一阵眩晕，停了停，深吸两口气后就抱着一堆碎布走向楼梯口。母亲从阳光中走进阴暗处，视线一时适应不了，眼前呈现一片昏暗。母亲并没停歇下来。她在这道楼梯上踩了二十多年，即使闭着眼睛，也知晓如何迈步。母亲仍然微微含笑，平静地往前走，岂料脚下踩空，身体晃两下，整个人滚下楼梯，碎布四下飞散。母亲像只冬瓜一样滚落到楼梯底，脸皮注水似的鼓胀、发颤，频率极高，接着水被抽干，只剩下一片皱纹。母亲双手撑住地面，咬着牙想站起来，却引发剧烈的腹痛，痛得她脸皮都拧出好几个疙瘩。母亲动弹不得，躺在地上发抖、呻吟。

最先发现母亲的是黑狗。当时黑狗趴在屋前的石板路上，面前是一只蚱蜢，受了伤，翅膀扇不动了。黑狗用鼻子嗅了嗅，嘴巴张开着，却没咬下去。蚱蜢艰难地往前爬，本能地想逃命。黑狗哼哼着。此时楼上传来沉闷的撞击声。黑狗猛地蹿起来，眼里闪着绿光，耳朵直挺挺竖着，而后往楼上飞奔。黑狗看到墙角里的母亲，在屋里转了转，没见到别的家人，又跑回母亲身旁，拱了拱母亲，咬住母亲的衣襟，想把母亲拉起来。

“阿黑，这不行，你快去，快去叫孩子他爸。”

母亲说。她牙齿咯咯打着战。黑狗望了望母亲，转身奔出门，在村头找到我父亲。父亲又在讲故事。讲他的行医故事。村里人不厌其烦地听着，没人追究那些故事是否真实，村里人空闲下来就喜欢相互吹嘘，也没什么不可，心情愉悦才是人们想要的。当时父亲站立在桂花树下，挥舞双手，口沫纷飞，如同飘洒一阵小雨。父亲实在太忘情了，以至黑狗蹿到他身旁汪汪叫了几声，也没能引起他的注意。黑狗急了，咬住父亲的裤脚往外拉。父亲低头看到是黑狗，笑一下，抖了抖脚没把黑狗抖掉，反而引起一片哄笑。父亲觉得没面子，抓起一根木枝条，黑狗见势不妙，弓着背忽地跑开，在不远处站立着，垂着脑袋，夹着尾巴望来。父亲紧了紧手里的枝条，继续讲他的故事。黑狗又溜到父亲脚旁。父亲举起枝条，黑狗没有避让，巴巴地望着他，眼里满是着急和不安。

“阿黑，到底怎么啦？”

父亲感觉不对劲，蹲下身拍着黑狗说。黑狗猛地摇着尾巴，发出沙沙的声响，脑袋拱了拱父亲的大腿，“哼哼”呼气，又咬了一下他的裤脚，转身奔跑而去，边跑边回头望来。父亲明白了，心里也虚了，顾不上人们的惊诧，一路跟着跑回家。父亲赶到家里，看到母亲蜷缩在墙角里，裤脚和鞋子浸着血，木板也染成一片暗红。行医多年的父亲蒙了，连忙把母亲抱到床上。

“树根，树根，你死哪里去了？”

父亲在屋里叫唤，声音干燥而粗野，不像遇事沉稳的医生。当时杨树根刚从山上砍柴回来，撂下肩上柴火后，坐在屋外的木头上歇息。一个挑水的女人出现在他的视线里，走路摇着腰身，水桶里如同养着几尾鲤鱼，不住地把水泼洒出来，身后留下一片湿润。他感到心里跟着一片湿润。这种感受使他惶恐，抬起头张望，四下空无一人，心头才渐渐平静。父亲的惊叫陡然响起，吓得他蹦离木头，呆立在路边不知所措。直到父亲的惊呼再次响起，他才恍悟过来，噔噔噔地跑上楼，连腰上的柴刀都来不及解。

“你死哪儿去了？没看到你阿妈吗？快去叫接生婆！”

父亲怒吼着。杨树根看了一眼母亲，脸被吓得铁青，转身跑下楼去，跑不远又折回来，问：“阿爸，你不就是医生吗？干吗还要去叫接生婆？”父亲叭地甩过来一巴掌，说：“快去叫李圭他妈！你是牛耳朵吗？”

杨树根抚着脸，感到委屈，不明白父亲为何发火，还动手打人。在他的印象里，父亲性情温善，从未与人争执，更别说是动手打人了。此时父亲脸色阴冷，眼里闪着凶光。杨树根把溜到嘴边的话强咽下去，他知道自己该干什么，转身往屋外呼喊而去。不久，接生婆跟在杨树根身后，顺着石板路匆匆赶来，把路旁的鸡和猫吓得四下逃窜。接生婆手里提着一个黑乎乎的粗布包，里边装着毛巾、酒精等接生用的物件。她赶到母亲面前时，母亲已流产，孩子没了气息。

我那未曾谋面的兄弟就这样突然死去，使父亲和母亲陷入共同的悲痛。母亲因怀孕而积攒起来的大量奶水，不仅变得毫无用处，还给母亲带来难以忍受的胀痛。起初，母亲用手挤出多余的奶水，却越挤越丰沛，干脆让父亲趴在乳房上吸吮。父亲每次吸吮母亲的乳房，总会怀念死去的孩子。这种怀念使父亲越来越害怕走向母亲，每次都跌入充满悔恨和歉意的泥潭里，不能自拔。

那段日子，窗外蒙蒙亮，父亲就会翻身下床，挎上柴刀走出家门。父亲想以这种方式远离思念所带来的悲伤。

我和父亲的遇见就在那样一个清晨里。那个清晨父亲又挎上柴刀带着黑狗走向山野。那时雾气笼罩村庄、田野和山梁，整个世界一片混沌，似乎有什么妖魔鬼怪藏匿在阴暗里。父亲面对看不透的雾气，心里也惴惴不安，即便如此，父亲也不愿待在屋里。父亲带着黑狗来到村外的木桥旁，黑狗忽然立住脚，耳朵竖立，双目圆瞪，对模糊不清的河面汪汪乱叫。父亲跟着望去，看到一个木盆在河面上若隐若现。父亲在黑狗的狂吠里，判断出木盆里装着什么活物。当木盆渐流渐远时，父亲扑通跳入河中，奋力游去，抓住木盆并拖到岸上。

当时我缩在木盆里，是那么瘦小——连地里的萝卜都比我肥胖——身上裹着破旧的棉布，双手和脚都不能动弹。我转动着眼睛，看到白茫茫的雾气，接着看到父亲的脸和雾气一样出现。父亲小心翼翼地解开包裹着我的棉布，晨风吹来，像一只清凉的手抚摸着肌肤。那种感觉使我想尿尿，我就使劲地尿出来，喷到来不及躲避的父亲脸上。这场景使黑狗兴奋异常，使劲摇着尾巴，还汪汪叫唤。

父亲擦拭掉脸上的尿水，没有生气，哈哈大笑，说：“你小子有种。”父亲抬起头，雾气仍然四处弥漫。他干咳两声，声音很快消散在雾气里。他轻轻地摸一下我的脸。我对他咧着嘴笑，没笑出声。父亲被我的笑逗乐了，抹了一把脸，把我连同木盆一起抱回家。父亲把木盆搁在堂屋里，昏暗从四面八方挤压过来，使我怀念屋外的光亮。我无法表达自己的念想，只好放声哇哇大哭。吴修花、杨树根、杨树枝和杨树叶在我的哭声中跑来。他们把木盆团团围住，屏住呼吸，打量怪鱼一样打量着我。他们满脸慌张和惊讶，使我对屋外的光亮逐渐遗忘。我想到一些雾气，咯咯地笑起来。

父亲受到感染，也跟着笑起来，不无得意地说："你们知道吗，这小子尿了我一脸。"

屋子里的目光全落在父亲的脸上，没有看到尿水留下的痕迹，不由得对父亲的话产生怀疑，进而对父亲抱回的婴儿产生怀疑。在乡间时常发生一些偷情养汉的故事。父亲觉得非要向家人们解释清楚不可。

"我真的是从河里把这孩子捞上来的，木盆里还有一封信和玉镯嘛。"

父亲拍了拍脑袋说，连忙从木盆里捡起一封信和半只玉镯。屋里的目光又全落在那封信和玉镯上。信其实只是一张纸，对角都破了，还沾着泥巴。玉镯是破掉的，在昏暗的屋子里并不耀眼。家里人没看出什么名堂，脸上依然布满怀疑。

"黑狗可以做证。"父亲急了，说，"阿黑，阿黑，你过来，告诉他们这孩子是不是从河里捞上来的？"

黑狗对父亲点了点头，"汪汪"叫了两声，停一下，又"汪汪汪"叫了三声。黑狗的五声叫唤并没获得家人们的信任。父亲感到孤立无援，在房子里转了转，也没人理会他。

"那我还是把这个孩子送回河里去吧。"

父亲一脸无奈地说，伏下身抱起那个木盆。母亲的手闪了一下，就把我抱在怀里，说：“不管这个孩子从哪儿来，从今往后就是你们的弟弟。”

屋里没人说话，都满脸狐疑地望着母亲，似乎听不明白母亲的话。母亲没有理会他们，抱着我走到墙角里，坐在一张小椅子上，迅速撩起衣服。我喝到了甘甜的乳汁。就这样，母亲多余的奶水成就了我的生命。

从此，他们成了我的父亲、母亲、大哥、二哥和姐姐。

那条河叫伤疤河。在逐渐明白自己身世之后，我时常独自坐在河岸上，长久地凝望着流水，以及水底的水草和游鱼，恍惚觉得心间也存在一条伤疤。在失眠之夜，我总想，倘若那个清晨父亲没有走向山野，或许我们永远不会遇见，而我早已消失在河流里，不复存在。这个关于存在与消失的命题，使我过早地看到命运的诡秘，不时陷入不可名状的感伤。村里人并不认同我的伤悲。在很长一段时间里，村里人认为我父亲在撒谎，他们压根就不相信我是被父亲从河里救起的弃婴。他们认为我只不过是父亲的另一个私生子。他们说我父亲借助行医的方便，占过不少女病人的便宜，更有甚者说有不少女病人跟我父亲睡过觉，还为我父亲生下许多孩子。

我曾为此问过父亲。那是夜晚，父亲又喝醉了。父亲一高兴就会喝醉。最让父亲高兴的是接到锦旗，多数是经父亲医治康复的病人送来。他们记住父亲的恩情。父亲每每接过锦旗，如获至宝，眼里闪烁着光芒。不就几面锦旗吗？能有多稀罕？我工作后，方才理解父亲当时的感受，被人尊敬的快乐与幸福是任何物质都无法换取的。当年父亲把锦旗挂在墙上，墙壁上满是“医术高明”“妙手回春”“医德高尚”等词语。那是对父亲工作的最好赞颂。

所以每当收到锦旗，父亲就有理由高兴和喝醉。母亲从不责怪父亲，还会杀掉一只鸡给父亲下酒。父亲就邀上他的三个儿子陪他喝酒。那种夜晚，高亢的猜拳声漫出我们家的窗口。路过的人们听到了，总是会意地笑。那天送锦旗来的是一个女人，很是耐看，父亲伸手接锦旗，多瞅了女人几眼。女人脸颊上泛起一片绯红。母亲看在眼里，不声不响地走开。我和黑狗挤在墙角里，把一切都看在眼里，对有关父亲的传言起了怀疑。

“阿爸，人们说的那些，那些女病人的事，是不是真的呀？”

父亲已喝得半醉，胡话满嘴，尽管如此，我还是退到几步远的地方才敢问出这句话，生怕父亲粗大的巴掌挥过来。父亲没有生气，抹了抹嘴角的几滴残酒，说：“你这傻小子，这人世啊，真的就是假的，假的就是真的，都不重要，重要的是心，明白吗？别人怎么说都不重要。”

父亲笑眯眯地望着我，满眼血红，举起酒杯，发现杯里空了，笑意慢慢收敛，眼里剩下一丝失望。我看到那丝失望，猜不出父亲为何失望，是杯里空了，还是父亲被什么刺痛？父亲不再看我，目光望向窗外，满不在乎的模样，却使我更加清晰地看到他心底的虚空。

我姐姐是一个私生女。这件事全村人都知晓。关于我姐姐的身世，要从一个刮着北风的清晨说起。那天母亲一如往常爬起床，披头散发地走下楼，准备生火做饭，竟发现家门前横着一个女人，衣衫破烂，蓬头垢面，奄奄一息，对呼啸的北风没有丝毫反应。黑狗紧挨着女人，似乎在给女人取暖。母亲举目四望，村巷里空无一人。母亲已然知晓女人被遗弃，快要死了，遗弃她的人又寄希望于父亲把她救活。母亲抽了抽嘴角，想叫唤父亲，却迸出一声寒风一样的尖叫。父亲惊醒了，胡乱披着衣服，噔噔地跑下楼。

“你还愣着站在这里干什么？还不赶快把病人抬进屋里啊？”

父亲说。病人？哦，对，是病人！母亲醒悟了。他们把女人抬进屋里，让女人平躺在床上，盖上厚厚的被子。做完这些后，母亲静立一旁，望着父亲给女人把脉、翻看女人的嘴巴和眼珠。

“这个女人还有救，给她洗把脸吧，再给她换上干净的衣服。”

“她是谁？”

“病人。”

“谁？”

“我的病人！”

母亲不再说话，知晓在父亲心目中占据重要位置的是病人。这让母亲既爱又恨。作为医生，父亲救死扶伤不分贵贱，在十里八乡赢下好名声。作为丈夫，父亲时常在忙碌里把母亲给遗忘。

三天后，女人活了过来。她睁开眼睛，那是一双空洞的眼，毫无精神。母亲说当时她的眼里什么都没有，像是一个活死人。父亲说她的精神受过刺激，需要调养才能康复。女人能说话后，低低地告诉说她叫吴蓉，却想不起家住哪里。她无疑是个身世不明的女人，是否真的叫吴蓉，至今没人知晓，也没人深究。在她能够下地行走，甚至干着粗活后，父亲也无法打发她离去。这个女人就在我们家住下了。

事隔多年，母亲回忆起那段日子，心情已复平静，说父亲对那女人动了心。我父亲既不承认也不否认，或许在记忆里，诸多往事都失去了最初的光泽和意义。父亲和母亲也都老去，能够坦然面对尘世。母亲说女人长得周正，安安静静，惹人怜爱，每天帮着她做家务，也下地锄草种菜。不久后，女人改口叫母亲为姐姐。母亲渐渐地喜欢上她，把她当成家里人。女人长久地住在家里，村里人并不意外，知晓父亲和母亲同样善良。

后来母亲发现女人竟然怀孕了。父亲承认自己与女人的关系，说女人怀着他的孩子，还说他要和女人一起离开村庄，把挣下的房子和积蓄留给母亲。母亲蒙了，僵在那里动弹不得，嘴巴洞开着，半天也吐不出半句话。母亲眼里积满泪水，世界在她面前突然坍塌。母亲没有哭闹，呆呆地站在那里，目光在屋子里游走，竟不知能把目光落在何处。她发现这个生活多年的家，离她还是那么遥远。她心口堵得慌，默默地走回屋，哆嗦着双手胡乱地把衣物塞进两只油漆剥落的木箱。多年前，外婆用两只木箱当嫁妆，把她嫁给还不是赤脚医生的父亲。现在母亲将把它们挑回外婆面前。母亲缓缓地抬起头，目光越过窗台，望见一片深邃的苍穹，感叹着世事无常。

“我养不活孩子，还是我走吧。”

母亲说着，挑起箱子往门外走，迈出门口的一刹那，强忍的泪水夺眶而出。父亲愣在屋子里，望着母亲微佝的背影渐行渐远，心间有什么东西跟着远去，渐渐地空落下来。当母亲的背影隐没在拐角时，父亲才猛然惊醒，呼喊着追去。父亲追上母亲，一把夺过母亲肩上的担子，强行拉住母亲往回走。

路旁站立着许多人，狐疑地望着父亲和母亲，不知道这对夫妻在做什么，却能肯定他们之间发生了什么。父亲和母亲都没说话。人们望着他们一前一后隐入家门，门板跟着紧闭，直到夜晚也没有打开。人们探究不到什么，纷纷失望而去。我们家的门再次打开，已是第三天早上，父亲、母亲和吴蓉走出门外，脸上和往常一样平静。村里人不再怀疑和猜度。我们家恢复以往的安宁。多年后，我回想起那些日子，仍然猜不出他们如何面对那场关于情爱的困境。我能肯定的是，他们相互爱着，过去是，现在也是，只是在错误的时空里相遇，被一种本性逼进尘世的胡同。他们都受到了伤害。很多时候，我在想，伤害和消解伤害即是人生吧。

不久，吴蓉就出嫁了。出嫁那天，母亲从箱子底摸出一只银手镯戴到她手上，说：“妹子，多年前我戴着它嫁过来，现在你戴着它出嫁吧，一定要好好过日子啊。”吴蓉的目光掉在地上，久久没有抬头，紧咬嘴唇，忍住泪水。她在并不热烈的鞭炮声中跟一个矮小的男人走了。那天父亲始终没有露面，他躲在屋子里看医书，书本被风刮一样微微发颤。我们家忙乱一阵之后，恢复往昔情景，母亲忙里忙外，父亲背着药箱走村串巷，只是脸上的笑容少了，就算笑着也明显缺少内容。

多日之后的黄昏，父亲行医回来，把药箱搁在墙角里，整个人蹲下去，失魂落魄，闭着嘴没说一句话，巴巴地望着远山。母亲很快就洞悉父亲的心病是因为嫁出去的吴蓉。那时吴蓉生下一个女婴。这让吴蓉嫁的男人大失所望，对女婴就不好了。母亲背着父亲找到吴蓉和她的男人，说想抱走女婴。

“抱走可以，拿一万块来换吧。”

吴蓉嫁的男人说。母亲气呼呼地回到家，没跟父亲商量，自个儿翻箱倒柜把家里所有的钱都翻出来，也凑不足一万块钱，便向村里人借钱，不小心就走漏了风声，使村里人都知晓了父亲的这档子事。几天后，母亲带着钱把不足三个月的女婴抱回家。从那以后，父亲在母亲面前言听计从，芝麻大的事都要问母亲，时常让村里人笑话。父亲也不觉得丢脸，只是笑笑。母亲内心的宽广使他折服。

几个月后的傍晚，吴蓉默默地走向村庄，脸色沉郁，心事重重，路人见到她都小心翼翼与她打招呼，生怕惊吓住她一般。她没说话，一路对人们微微点头，在天黑下来时走进我们家。她把我姐姐紧紧地抱在怀里。我姐姐沉在梦中，梦见自己躺在一个竹篮里，竹篮来回飘荡，使她感到舒适，脸上现出微笑了。吴蓉吻了吻我姐姐的小脸。这一吻把她的泪水拉了下来。母亲见状，心头一酸，泪也跟着下来。母亲不想让吴蓉看到，转身走进堂屋里，叮叮当当地弄饭菜。我姐姐醒过来，睁开眼，看到一个陌生人，不禁感到害怕，便哇哇大哭。我母亲连忙从堂屋里奔出来，看到我姐姐躺在竹篮里痛哭，而吴蓉已经不见身影。母亲抱着姐姐追出门外，没有追上吴蓉，却见父亲从夜色里冒出来，说："别追了，走远了。"

母亲愣在那里，似乎听懂了父亲的话，又似乎什么都听不明白。父亲不再说什么，从母亲怀里把姐姐抱过来，边哄着她边走进屋里。从那之后，吴蓉再也没有出现过。据说她离开了那个男人，没人知道她去了哪里。我姐姐从此在父亲的诸多风流故事里成长。

我半岁大的时候，母亲患上一场罕见的怪病。那天母亲在楼底扫地，我趴在母亲背上呼呼大睡。母亲没扫几下，身体突然颤抖，扎倒在地，痛得说不出话。我在晃动中醒来，被母亲的后背挤压着，感到一阵窒息，难受了就放声大哭。父亲听到哭声跑下楼来，把我和母亲一起背到楼上。

父亲坐在床前，正襟危坐地给母亲把脉，开药方，让杨树根熬药给母亲服下。母亲喝了半个月的草药，病情没有好转，反而愈加严重，整个人日渐消瘦，连奶水都挤不出来。母亲的怪病难倒了行医多年的父亲。父亲自知治不了母亲，翻出所有积蓄，还变卖家里值钱的东西，把母亲送到县城医院。

母亲失去奶水后，我被饥饿长久折磨着。我不会说话，饿了只会放声大哭。那段日子我的哭声充斥着我们家的每个角落，使家里人着急而不知所措，就连黑狗都蜷在墙角里闷头不语。父亲在我的哭声里心烦意乱。他知道我饿了，找来一些米粥，咀嚼稀烂后喂着我。我不愿吃米粥，每当父亲把米粥送到我嘴边，就立即大哭，似乎米粥是要命的毒药。父亲改用米汤和糖水，我依然不愿张嘴，还把被强塞到嘴里的东西吐出来。父亲没辙了，苦恼不已，实在不知拿什么给我充饥。

父亲想到哺乳期的女人，抱着我走出家门，在石板路上东张西望，看到一个女人蹲在墙角里喂奶。父亲心里一抖，抱着我走过去，没走几步又收住脚，可怜巴巴地立在路旁。女人看到了父亲，也明白了父亲，微笑着叫父亲把我抱过去。父亲轻轻地拍了我一下，急急忙忙走过去。女人把我抱在怀里，在父亲眼底下捞起衣服给我喂奶，把属于她孩子的奶水慷慨地喂给我。我不愿喝下她的奶水。我在她的奶水里闻到一股陌生气味，感到被欺骗。我扭开嘴巴发出愤怒的哭声。父亲说："那时你哪像六个月大啊，人家六岁的孩子都没你的哭声响。"那天父亲抱着我落荒而逃。村里人看到了都不禁摇晃着脑袋，为父亲感到不易，也为我感到怜惜。

父亲又想出一个办法，端着空酒瓶走出门，忐忑不安地走向喂奶的女人。女人们看到父亲和他手里的瓶子，便知晓父亲的用意，都乐意帮他的忙。她们接过瓶子，在父亲面前撩起衣服，毫不担心被父亲窥视。倒是父亲窘得退到墙角里，蹲下去，把脸别向远处，直到女人们叫喊着：

"树根他爸，行了啦，行了啦！"

父亲接过瓶子，点头道谢。父亲没有把瓶子塞到我嘴里，而是带上奶瓶，背着我来到县城医院。母亲躺在病床上，脸面像纸张一样苍白。父亲把我塞进母亲怀里，让母亲抓着奶瓶喂着我。我闻到一股熟悉的气味，闭上眼睛吸吮奶水。父亲站在病床旁，如释重负地笑了。

第二天，奶瓶的冰冷使我产生警惕，我拒绝吸吮。父亲又被打败了。他怎么哄骗都没用，我只用哭泣回敬他。父亲心烦了就把我塞到母亲怀里，满脸沮丧地走出医院，在街上毫无目的地走着。他望着街上往来的人们，忽然觉出生活的残酷与不公。他想问一问老天，为什么把那么多苦楚塞给他，以至他的胸襟快被撑破。父亲抬头望向天空，灰蒙蒙一片，像极了他的内心。父亲涌起想哭的冲动。父亲担心自己哭出来，加快漫无目的的脚步。在路过一家商店时，父亲看到了柜台里摆放着奶粉，停下脚，盯着奶粉，盘算着口袋里的钱。售货员走过来，父亲像行劫被发现的盗贼似的逃之夭夭，使售货员满脸的莫名其妙。

父亲气喘吁吁地跑回医院，看到母亲紧搂着我。我们安静地睡着。父亲退到病房外，忽然转身跑到商店里，价也不讲就买下一包奶粉。那是上海牌奶粉。父亲兴致勃勃地回到病房里，端来开水冲了奶粉，而我仍然不愿喝下去。父亲恼羞成怒，捏住我的腮帮，我的嘴便敞开了。父亲强行把奶瓶塞进我嘴里。我放声大哭。起初，父亲硬着心肠不为所动，招来一片责怪的目光。父亲扛不住了，放弃了努力。他抓着奶瓶，立在病床前，垂头丧气。他望着哭个不停的儿子，又望着满脸忧愁的母亲，眼角闪出了泪花。

父母亲望着我日渐消瘦，忧心忡忡，束手无策，空叹命运多厄。那些天我累了，身上没什么力气，饿了也不再放声哭泣。我每天都蜷缩在母亲怀里，安静地睁着眼睛四处张望。父亲望着那种场景，心里澎湃不已，不知该欣慰还是愧疚。

那之后，父亲时常抱着我走出医院，来到大桥上，来往的车辆使我无比好奇，“吱呀吱呀”叫喊，还不停挥着小手。父亲以为我想吃东西了，抱着我往病房跑，还一路激动叫喊着：“孩子他妈，孩子他妈，小四想吃东西啦！”走廊里的病人和护士给父亲闪出一条路，猜不出父亲是着急还是兴奋。

父亲匆匆忙忙冲一杯奶粉，但是我仍然不愿喝。父亲想不出别的办法，只好把我抱回南山村。回到家后，我开始回忆县城里的车子。我看到和车轮一样的黑圆圈，那是固定锅头用的竹圈，用竹条编制而成。我指着竹圈“呀呀”地叫。当时我缩在姐姐杨树叶怀里，她看到我伸出的小手，却看不出有什么意义，便不加理会。我无法告诉她我要竹圈，只好敞开喉咙大哭。

我哭得太凶，弄得姐姐左右不是，最后她注意到我的手势，拖过黑乎乎的竹圈。我立即破涕为笑。我姐姐就把我放在地上。我抱着竹圈嘿嘿笑着，又指着另一只竹圈。姐姐又给我拖过来。我就把那两只竹圈立起来，在地上摸起一根筷条，架在两只竹圈上。父亲从屋外走进来，顿时立住脚，惊讶地望着我，怎么也想不到我才六个月，居然做出一个单车模型。

“你小子聪明，将来一定有出息，绝对能当一个出色的木匠。”

父亲激动地说。然而，父亲刚泛起的激动很快就被失望所淹没。那时我的身体已经很虚弱，薄得如同一张纸片。父亲望着我，心如刀绞。那应该是世上最让人难过的事，眼巴巴地望着亲人受苦，站在一旁爱莫能助。父亲想了想，捏住我的腮帮，强行把米粥塞进我的嘴里。我挣扎着，哭泣着。父亲不理会，铁了心，非要我吃不可，忙乱中把米粥塞进我的喉咙。我憋了气，脸涨得通红，眼珠都快爆出来了，好半晌才咳出声。多年后，父亲回忆当时的情景，仍然心有余悸。

“那时你快把我吓坏了，一咳就是大半天，几乎要了命。”

父亲摇着头说。当时他心里充满忧伤，眼泪滴落在我的脸上，使我感受到一阵绵绵春雨。我忘记了父亲的粗鲁和横蛮，想对他笑一笑，却没气力笑出来。父亲紧紧地抱着我，低低地饮泣。父亲太难过了。我感到很累，慢慢闭上眼睛。父亲在我的鼻尖下探了探，气息入不敷出，无可救药了。这个从河流里捡来的孩子即将归去。父亲想，这个不知从哪儿来的孩子要归往哪儿去呢？早知如此，何必当初。父亲狠抽自己一个嘴巴，在心里骂着：能这么想吗？怎么说这个孩子都在他的生命里存在过。父亲绝望了，把我搁在墙角，在屋子里来回走了几圈，把他的孩子们叫到跟前。

"照顾好你们的弟弟。"

父亲说。父亲来到我身旁，俯下身望我一眼。那一眼满是慌张。多年后，我总会无意间记起那个眼神。当时父亲咬着牙，转过身头也不回地走出门外，在石板路上奔跑而去，身后卷起一阵尘土。父亲的背影在尘土里渐渐模糊。他的三个孩子不知所措地立在家门口。不一会儿，父亲又跑回来，站在石板路上叫喊：

"树根你出来。"

杨树根望了望弟弟和妹妹，而后走向满脸忧愁的父亲。父亲把他拉到路旁的桂树下，说："我现在要去县城里去看你们母亲，要是弟弟发生什么事，你是老大，你懂得应该怎么办的吧？"

杨树根点了点头。他没听懂父亲说什么，却知道对父亲的交代就该答应。父亲也知道杨树根没听懂，但是不再解释。听天由命吧。父亲在心里感叹，含着泪走向躺在病床上的母亲。父亲离开村庄，其实是一种逃跑。他和儿子刚建立起来的父子情感被步步进逼的死亡所驱散。父亲不忍目睹死亡的降临，只好选择逃离，把悲痛留给不谙世事的孩子。父亲来到母亲病床前，趴在床沿上，把脸埋在被单里，发出一阵沉闷的啜泣。母亲知晓她的儿子已经凶多吉少。母亲想用手抚摸父亲的脑袋，给予他安慰——是老天召唤孩子归去，不是他的错——然而她的手僵着不动。她望向窗外，看到一只麻雀飞过，在心里默默祈祷着儿子到达天堂时要健康，要像鸟儿一样自由飞翔。

第八天，父亲和母亲回到村庄。他们迈进家门时都惊呆了。他们看到我缩在杨树叶怀里安然睡去，面色红润，还吹起小小的鼾声。好半晌，他们才醒悟。母亲丢掉手里的东西，哭喊着过来："我的孩子呀！我苦命的孩子呀！"

在父亲离开村庄后，杨树叶一直守在我身边。起初，她看到我蜷在墙角里，两只迷离的眼睛半睁着，呼出的气息极其微弱，如同一只快要死去的病猫。人怎么能像病猫一样死去呢？这想法使她难过。她坐在我的身旁，小心地抚着我的脸，把我抱在怀里，嘴里轻轻地哼着山歌。我听到一阵嗡嗡声响，便使劲地睁开眼皮。那时我闻到一股香味，目光顺着香味寻去，看到火堆旁躺着一个红薯。杨树叶望了望我，又望了望红薯，抱着我走过去。红薯已经烤熟了。杨树叶用牙碾出薯泥，捏成小团塞进我的嘴角。我感受到无比香甜，还没长牙的嘴蠕动起来。

"大哥，快来啊，弟弟吃东西了！弟弟他吃东西了！"

杨树叶哭喊着。杨树根和杨树枝闻声赶来，看到我蠕动着小嘴，吃得津津有味。杨树根跑去找红薯。家里没有了，便摸进邻居家偷几只，埋到火里烤，烤熟后碾成薯泥喂我。我那条濒临死亡的生命，竟然给几个红薯养活了。

在父亲离去的几天里，杨树叶一刻不离地守着我，似乎只要把我放开，我就会像个落地的瓶子啪啦碎掉。她用那六岁的干瘪胸怀给予我母亲般的温暖。多年后，我无数次回想躺在姐姐怀里的情景，已然无法还原当初，但是我能坚信的是，女人的胸怀远比男人深远和宽广。男人的生生世世，事实上只是活在女人的胸怀里。

我就这样活了下来，家人对我的照料可谓无微不至。然而在整个童年，我总在心里不时追问：我的亲生父母究竟是什么人？相貌堂堂还是丑陋不堪？遇到什么灾难非得抛下孩子？在想象中，我多次看到他们倒在血泊里，在一片阳光中微笑地死去。他们死了！他们的血却在我身上流淌，仍然不声不响地活着。这感觉很奇妙。但是，我更愿意相信他们还活着，活在尘世里的某个角落里，每天都在吃饭、睡觉和谈论着无聊的话题。他们是否像我想念他们一样想念着我呢？我不知道。他们活在我的世界之外，与我没有关系。那不就是一种虚无吗？我无法辨清到底是他们的生活是虚无的，还是我的存在是虚无的。我不禁怀疑眼前看到的一切，都只不过是命运中的某种系数。

我渐渐地不喜欢说话，常常来到河边静坐，神情恍惚，目光穿过日落的黄昏，望见那个遥远的清晨：一个女人把我搁在笨重的木盆里，并留下一封信和一只玉镯。玉镯在昏暗里闪着幽光。女人吃力而笨拙地抱着木盆，穿过一阵浓烈的雾气，踉踉跄跄地来到河边。她把木盆搁在地上，蹲在地上小心地抱起我，给我喂奶。她已给我喂了好几次奶。我感觉不到饥饿，闭着眼睛呼呼沉睡。她在昏暗里细细地端详着我，神情哀婉，泪水滴落在我的脸上，使我在日后的睡梦里时常遇见一阵阵春雨绵绵。她再次小心地把我放到木盆里，而后把木盆推到水面上，河水托着木盆摇摇晃晃地走了。忽然，她发疯般跳进河里，抓起木盆里的玉镯，掰成两半，一半塞到我怀里，一半捏在手中。她一动不动扎在水里，呆呆地望着木盆漂去，很快隐没在黑暗里。她的魂灵也跟着隐没在黑暗里。

在许多夜晚，我的梦里时常出现一缕若隐若现的幽光，透着寒气，似曾相识。我怀疑那缕幽光也不时地在那个女人的睡梦里闪现，使她的夜晚也一样支离破碎，无比漫长。那种夜晚，我看到那个女人伫立在遥远的楼顶，长久地仰望苍穹，神情落寞。那个遥远的清晨总像一对坚硬的翅膀在她的面前徐徐展开。她又望见了被她遗弃的孩子，在微笑、在呼喊，叫唤着妈妈。她感觉到他的无助。她不知道他是否尚在人世，不知道那条叫伤疤的河流载着他走向人世，还是载着他跌入地狱。她唯有祈祷，默默祈祷，乞求内心安宁。然而，她的内心只有绝望，在生长，在漫延，死亡的感受再次淹没而来。

“啊——”

她仰天号叫。那声绝望的号叫越过时空，在我失眠的夜里像冰雪一样纷繁杂乱，使我无端地陷入一阵阵苍凉。我梦见自己在潮湿的旷野里奔跑，树木、竹丛和庄稼依次后退，那个女人屡次出现在岸上。她在向我呼喊和招手。雾气从四面聚拢而来，慢慢地模糊她的视线。她终究没有看到我，也没有看到别人，转身快快离去，留下一条空寂的河流。

多年后，我与形形色色的人打过交道，在他们的言谈举止里，看到另一种存于尘世的思维，进而发现那个清晨，既是我梦的开始，又是我梦的归宿。我每每追忆那个清晨，最初呈现的是弥散在山谷里的雾气，接着是一个披头散发的女人。这个女人向我走来，目光呆滞，步履艰难，渐渐地占满我所有的视线。

我知道她是谁，但我不认识她。

我至今无法忘记那个黑衣人。那时我缩在房间里，北风在屋外呼啸，腐烂的落叶被卷到空中，盘旋几圈再次落到地上。那个黑衣人就在那时出现，佝偻着身子，双手插进衣袖里，顺着落满树叶的小路走来。没人认识他。几天后的傍晚，他死在村外的田埂上。村里人壮着胆走向他。他衣襟破烂，脸色乌黑，嘴巴紧闭，双眼却圆睁着，直勾勾地盯向苍穹，似乎要把天空看破。人们把他抬上乱坟岗，潦潦草草地埋葬，在他坟前立了一块木板，写下“外乡人”三个字。

清明时节，我回家祭祖，爬上乱坟岗，那块木板不知去向，坟堆也被野草覆盖，找不到半点痕迹。村里人还记得他吗？他的灵魂是否回归了故乡？故乡到底在哪儿呢？没人知道。许多夜晚，我读着尼采的书，总在恍惚间望见那双圆睁的大眼。他到底在看什么呢，以至死不瞑目！没法深究，也没人深究。他只不过是一株断了根的浮萍。我不禁想到自己。我不也是一个样吗？所不同的是，我活着，他死了。

这就是命运吧。

伤疤河在我十一岁那年爆发了罕见的洪水。那条河并不宽，也不湍急，流水常年映着阳光，悠悠荡荡，漫不经心。我对它有着复杂的情感。我既喜欢它，又不时因为它而触景生情备感心酸。我在河流里学会思考，也在河流里学会游泳。游泳是杨树根教会我的。杨树根水性了得，是村里人所不及的，受到人们的敬佩。我是他弟弟，也感荣耀，每每脸上挂着骄傲。

“又不是你会游泳。”

“你高兴什么呀？”

“有本事你自己游给我们看。”

“你哪会游泳？只会尿床。”

村里的孩子嘲讽我，让我很生气，我不会就不能跟杨树根学吗？他是我大哥。我整天黏着他，贴在他脚边，目的是让他教我游泳。他从没说去，也没说不去，顶多瞟我一眼，而后扛把锄头上山，把我抛在路旁不管不顾。我求不了他就缠着母亲。母亲也不想理会我。我就抱住她的腿，还用绳子把自己绑在母亲的腿上。母亲想甩掉我也办不到。

“树根啊，你就带你弟去游泳吧。”

母亲没法了才劝着杨树根。杨树根看了我一眼，又看了母亲一眼，拧着嘴角，仍然没说话，猛地把我扛到肩上往河流走去。他教我游泳了。我天性识水，很快就学会了，还不满十岁就在水里来去自如。

“你是一尾鲤鱼。”杨树根对我说。

我不喜欢鲤鱼，喜欢草鱼——体壮，气力足，尾巴一甩，掀起阵阵水浪——但能得到大哥的称赞，心里还是很欢喜。从那时起，我不再当他的跟屁虫，总是独自走向河流，扎到水里，自由沉浮。我父母不由得为我担心。那条河里曾经溺死过几个小孩。他们不再让我独自一人到河里去玩水。我就偷偷溜到河里，被父母发现总免不了一顿责骂。我想了想就干脆从河里抓几尾鱼回家。父母亲看到我提着一串鱼，相互望了望，默不作声，父亲背着药箱出门，母亲扛着锄头走向菜地，想必他们放了心，既然我能抓住一条条活鱼，河水自然也就被我征服了。那条河流成了我童年时代最为重要的去处。每当村里的孩子拿我的身世说事，杨树枝总是幸灾乐祸，还添油加醋地说我是怪鱼变的。孩子们半信半疑，哥哥说弟弟是怪鱼还有假的吗？最后孩子们无不疏远我。这是杨树枝的用意。他从小就不喜欢我。父母把太多的爱放在我身上，使他感到自己被冷落。我总是带着满心委屈往河边跑去，脱光衣服扎入水底，静静地躺在那里，看到阳光从天而降，穿破水面，落在石块上，闪出一道道细碎的荧光，小鱼静默不动。

那是一个奇妙的世界。

那条河流给我留下的记忆，多半是美好的。那场洪水颠覆了我对那条河的所有印记，它粗野、蛮横和残暴。从夜晚开始，天就被撞破了，哗哗倒着水，持续到了清晨，雨水才稍稍弱了些。我趴在窗口上往外望去，到处是灰蒙蒙一片，山梁和田野模糊不清，只有叫喊声、奔跑声、哭泣声四处回响。

发洪水了！

父亲扛着锄头出了门，母亲提着渔网跟着出去，杨树根、杨树枝和杨树叶也戴上斗笠离开家门。我在家门口蹲下来，望着雨水漫过石阶，急巴巴往前冲去，巷子里的鸡鸭不见踪影。我们家的黑狗也不知去向。我感到孤单，想了想，从墙上抓下斗笠，扣在头顶，钻进雨里，走向村头。

人们挤在村口的石阶上，没有谁说话，都痴呆呆地望着河流，满脸惊惧。河水浑浊而汹涌，塞满河床，涌上河岸，淹没了路面和稻田，小木桥也被洪水团团围困，成了一只孤舟。河流瞬间就让人不认识了，没人知晓它从哪儿来，又要到哪儿去，所到之处，花草树木都被吞噬，连河岸边的小木屋也被拉倒、撕碎、吞没，瞬间消失在奔涌的洪水里。谁也不知道洪水吞噬了多少东西，河里漂浮着许多木头和垃圾，偶尔还能看到几头漂浮的猪和牛，很快被冲到远处，淹没不见。

此河非彼河！

雨水渐渐小了。男人们抓着刀具、木棒和锄头来到岸边，稳稳地站在某处高地，等待被河水冲下来的木头。多半是上好的杉木和松木。村庄里的房子都是用这样的木头修建的，白白流走，甚为可惜。所以，人们来到岸边，用锄头和木棒钩住漂在河里的木头，往河岸上拖。

父亲也站在岸边，紧抓着锄头，看到木头漂来，就去锄，忙活半天也没抢到什么。父亲整日出诊医病，不怎么劳作，手脚笨拙了。河面上漂下来一具棺材，人们激动了，不禁大呼小叫，用带尖钩的木棒扎过去，没扎中，被河水带走了，三两下就消失了。岸上的人们又一阵叹息。

不久，父亲锄中了一根松木，很是粗壮。父亲不得不使尽力气往河岸上拖。这时又一根木头冲来，撞中了那根松木。父亲的手臂被震痛，接着有一股力量拖住他，沉沉地，往河里拉去。父亲抵不过这股力量，知道无法拖松木上岸，便想把锄头收回来，锄头吃进树身太深，怎么也拔不出来。父亲不想丢失锄头，猛地使力，锄头没拔出来，整个人却被带到水里。父亲还不及惊叫，就被河水卷走了。

“有人落水啦！有人落水啦！救人啊！快救人啊！”

有人看到了，惊呼着，岸上的人们扭头望来，慌忙丢掉手中的锄头和木棒，顺着下游呼喊奔去。父亲在河水里沉浮，脑袋时而冒出来，时而被水淹没。人们想把他救上来，不住地往河里抛绳子。河水凶猛，绳子触及水面，便被冲到岸边。父亲压根看不到绳子，更别说伸手去抓了。洪水已把他卷走了，水不住地往他的嘴里灌，呛得他连呼救都叫不出。几个后生脱掉衣服跳到河里，没游多远慌忙转身游回来。河水太凶，强行游向父亲，非但救不了他，只怕连自己的小命也搭上了。人们无计可施，顺着河岸追去，期盼着父亲抓住木头什么的，然后往岸边游，才能把他救上来。

那时人们纷纷问杨树根在哪里，村庄里属他水性最好，只有他才能救起父亲。此时他背着王菊花心情复杂地走向村里。王菊花冒着雨水去看鱼塘。她家的鱼塘里放养着几十条草鱼。洪水来了，她担心鱼跑了。她走到半路，一条拇指粗的蛇从草丛中蹿出来，在她小腿上咬了一口，“嗯嗯”游走了。等她醒悟过来，蛇已经消失不见，伤口冒出了暗黑的血。中毒了！她慌了手脚，软在路边，呜呜哭着。杨树根从家里赶来，发现她受了伤，走到她面前，想了想，话也不说就撕下衣袖，绑住她的大腿，伏下身吸着伤口，吸出毒血吐掉。王菊花的哭声静了，看着杨树根为她吸血，心里踏实了，竟有了些许依赖。杨树根吸掉毒血后，她仍然瘫坐着起不来，连她都说不清是使不出气力，还是下意识地跟他撒娇。她瞅了他一眼。他没有看她，脸却红了。她心里又暖了。他望了望田野，溢满了水，咬一下牙，蹲下去背上她，往村庄里赶去。她趴在他背上，快要滑下来了。他往后伸出手，又不敢扶住她大腿，只好弓着腰板，不让她跌落下来。

“你就不能扶一下我吗？”

他听了，硬着头皮，试探地触了触她的大腿，发现没什么反应，才放心地稳稳扶住。他感受到一股柔软和温热，顺着手臂流向全身，身子竟微微发抖了。她感受到他的微颤，知道他心里的紧张与兴奋，心里又暖了，忍着才没笑出来，竟都快忘了脚上的伤。杨树根把她背到她家，转身匆忙跑去找父亲。村里就父亲一个赤脚医生，生病负伤都找父亲。杨树根回到家没见父亲，就往河边奔去。他没看到父亲，父亲正在河水里挣扎。

“小四，小四，你别往河边跑，危险！那里危险！”

我往河边跑去，人们在身后叫喊。我没有停下来，也不想应答人们，边跑边脱掉身上的衣服，来到河边就跳入水里。河水的凶猛和粗暴远超我的想象。我并不慌张，也不害怕。我要救父亲，他正卷在洪水里，着急地等待着我。人们追到河岸上，奔走呼叫，却都被洪水拍击的声响淹没了。我不知道他们叫喊什么，也没空闲知晓他们叫喊什么。我奋力向父亲游去。我看到父亲的脑袋在洪水中沉浮，双手无助地挥舞，眼里充满了惊恐和绝望。我不由得使尽全力向父亲游去。我游到父亲的身边，一把拉住父亲手臂。父亲扭过头来看到我，满脸的惊讶和惶恐，想说什么，嘴巴刚张开，已被河水灌满了。我拉着父亲的手臂，往岸边游。水太凶，没游两下我俩就被冲散了。我想追上父亲，却使不出气力，急得快哭出来了。此时，一根木头冲下来，我奋力游过去，攀住那根木头，歇了歇，恢复了些许力气，攀着木头往父亲游去。父亲也攀住了那根木头。我们挂在木头上，使劲地游向岸边，却怎么也做不到。我们的体力越来越弱，河水带着我们往前奔去，不知道要把我们带到哪里。我心里充满了恐慌和绝望。杨树根从岸上跳下来，噼里啪啦地游到我们身边，一把抓住那根木头。我知道我们有救了，不禁呜呜地哭着。

“小四，先不要哭，上岸了再哭。”杨树根说，“一起往岸边划过去吧。”

我们就往岸边划去。人们在岸上叫喊。杨树枝也跳下河来，几个后生也跳下来。我们一起攀住木头划向河湾，慢慢地靠到岸边。人们把我们一一拉上岸。父亲回到岸上，坐在地上吐了几口水，回过神来，抱住我痛哭流涕。

“孩子啊，我的孩子！”

那天父亲反复说着这句话，别的话都不会说了。父亲被洪水一泡都不会说话了。杨树根背起父亲，杨树枝背起我，湿漉漉地往回走。父亲趴在杨树根的背上，竟小孩一样哭，一点也不像给人看病的医生。此时许多人跑来，母亲和姐姐夹在人群中，一路奔跑一路哭喊，跨过一条小沟时，母亲一脚踩空，整个人向前跌去。姐姐连忙把母亲扶起来，继续哭喊而来。她们跑到我们身边，抱住父亲哭成一团。杨树根站在一旁默默垂泪。杨树枝的眼圈也红了。我一点也不想哭，也不想流泪，趴在杨树枝的背上望着奔腾的河水，思绪跟着河水远去。多年前，我漂流在河面上，是父亲把我救起来，现在父亲却差点淹死在水里。多年后我再次想起，心中不由得想，那就是注定的命运吗？我回答不了。那时河上的风雨桥摇曳着，瓦片和木板不断地往下坠。

“快看快看，桥要断了！”

我惊叫起来。人们转过脸去，看到小桥被洪水拉扯着，哗啦啦地往下掉，几下子就没在水中。父亲把我从杨树枝的背上抱下来，背到他的背上，说：“我们要不是早点上岸，这桥冲下来，可就没命了。”

“快回家，快回家，别受冷了。”

母亲说。我们就回了家。刚进家门，杨树根就蹲在墙角里，等父亲换了衣服，就提着药箱站起来，说：“阿爸，菊花被蛇咬了。”父亲看他一眼，又看母亲一眼，跟着杨树根走出门。母亲和姐姐望着他们远去，一脸茫然，等父亲消失了，才醒悟过来似的，忙着为我换衣服、套鞋子、擦干头发。她们眼圈微红，还沉浸在父亲落水的情景里，尽管父亲安然无恙，出门给人看病去了，依然心有余悸。家人照顾着我，没人理会杨树枝，他蹲在一旁，鼓着腮帮，受到了冷落。他猛地站起来，白我一眼，扭身走出家门，没人在意他。天快黑了，他也没回来。父亲和杨树根还没从王菊花家里回来。母亲突然想起什么，不由得慌张了，生怕他们出意外，带上姐姐出了家门，顺着石板路呼喊，没听到半声回应。

她们满脸焦虑地回到家，看到杨树枝背着一袋鱼，满脸笑容地走进家门。他把鱼倒进木盆里。母亲和姐姐望着满盆的鱼，猜不出他如何抓到的。杨树枝坐在火塘边，等待她们的追问。母亲和姐姐都没有开口，心思全落在我的身上，不敢想我居然跳进洪水救父亲。杨树枝又被冷落了，倏地站起来，踢了木盆一脚，几条鲤鱼弹出来，落在地上死命蹦跳。他仰着头哼着歌走出门。他生气了。我知道他为什么生气。这种事要是搁在以往，他肯定会踢我屁股。今天家人们呵护着我，他不由得有了顾虑，只能踢着木盆出气。

“你用不着神气，不就是跳进河里吗？要是我，一样会！”

晚上睡觉时，他来到我的床边，阴阳怪气地说。我闭着眼睛，没有回答他，心里却是安然。在之前，杨树根来找过我了，他坐在我的床头上沉默半天，说：“小四啊，要不是你跳下河，救了父亲，我这辈子就是罪人了。”

他的话，我懂。在父亲落难需要他时，他却没出现。他为此感到愧疚。杨树枝在我面前也不敢太放肆。我感觉自己与以前不大一样了，不再那么胆小怕事。许多时候，我都怀念那场洪水，甚至在夜间躺在床上傻傻地期盼着洪水再次到来，要是父亲再次落入河里，我仍然会毫不犹豫地跳下去。

杨树枝就变着花样欺负我，有事没事就敲打着我的脑袋，从来没考虑过我的感受，似乎我不是他的弟弟。我不敢反抗他，也无法反抗，忍受不住就哭回家。父亲不止一次教训他。

“他不就是捡来的吗？”

他总是这般回应。父亲就沉默了。那话毒，刺得父亲生痛。父亲最终在他脸上狠狠地扇了一巴掌。杨树枝从此不敢顶撞父亲，却把气转嫁到我的头上。

“我弟弟是被山兄弟丢了的野孩子。”杨树枝说。

他改变挤对我的策略。村庄里没人不害怕山兄弟。传说那是一种活在山梁上的怪物，身材矮小，脚跟在前，神出鬼没。村里人看到我时常一个人孤孤单单、沉默寡言，怎么看都觉得怪异，对杨树枝的话就半信半疑。村庄里的孩子疏远我，在背后指指点点，骂我是一个野种，是连山兄弟都不要的野孩子。那时我发现有一只无形的巨手，把整个世界的所有温暖和信任全部抽离，剩下一片冰冷的孤独。

我不愿说话，不愿出门，也不愿跟人待在一起，整天躲在阁楼上，木然地望着苍穹。苍穹下是乱坟岗。我的想象时常从那里开始。我想象着那些死去的魂灵在时空里腾云驾雾。我在那种想象里找到一种久违的温暖。我不禁想起传说中的山兄弟。他们有此般本领。我渴望学会这般本领，而后坐上云端去寻找我的亲生父母。我要问问他们为什么抛下我，难道他们不知尘世间的险恶？从那之后，我不再害怕山兄弟，总在夜幕降临时期盼他们突然破窗而入，把我带到茂密的丛林里，教会我无人能及的本领。

父亲注意到我的沉默，微笑着走到我面前，与我肩并肩地坐下来，一同眺望着远处的山梁和云朵。父亲跟我讲起他行医的故事。他告诉我，他把谁谁谁的断脚接好了，把快死的谁谁谁治活了。父亲最引以为荣的是给刘镇长治过病，居然把刘镇长的怪病给治好了。父亲说刘镇长的病连医院都没治好，用了父亲的几服药就很快痊愈了。刘镇长就把父亲当朋友了，每每隔段日子就提着礼物敲开我们的家门。父亲每当说起这件事，脸上就挂着幸福的神情。他说着说着就忘乎所以，连谈话的初衷也忘掉了，而后猛然醒悟，拍着我的肩膀，说：

“山兄弟？别信，根本没有那回事。”

我没有回答，只是笑了笑。父亲也跟着笑了笑。我知道父亲在笑什么。父亲不知道我在笑什么。

父亲和母亲因山兄弟而吵了架。在记忆里，母亲一直是个脾性温柔的女人，懂得照顾父亲的生活，即使父亲做了什么惹她生气，也从不大吵大闹，只是缩在角落里默默地缝补衣服。多半时候，父亲走到母亲面前，垂着一张讨好的脸。母亲绷紧的脸没能坚持多久，笑容忍不住露出来。那天母亲一反常态，双眼圆瞪，手指着父亲，把父亲逼到角落里。

“你就不能信一回吗？信了你会死吗？”

母亲怒吼着。父亲一脸无辜，不敢说话。这件事深究起来，还要归到杨树枝身上。那是阳光炽热的周末，杨树枝从小镇上回来，阴沉着脸，可能考试不好，可能受别人欺负了，或者遇到别的什么不愉快的事了。总之，我心里莫名慌张，装作没有看到他，溜到屋外的桂树下，埋着头观望蚂蚁搬食物。食物是只肥胖的虫子，还蠕动着，却被一群细小的蚂蚁轻易地抬向巢穴。我不禁感叹起来，要是我们兄弟如此齐心多好啊。

杨树枝走到我身旁，二话不说就踩着地上的蚂蚁，没等我反应过来，又抽出一本书拍打着我的脑袋。我不敢反抗，也不敢叫喊，连目光都不敢与他对视。他得意地笑了，拍了拍我的肩膀，哼着歌离去。我再次被冰凉的悲伤淹没。我靠在树下，阳光从叶丛中漏下来，使地面显得斑驳陆离。此时，一只鸟飞进阳光，很快就消失了，留下一片寂寞的天空。那里悬浮着几朵白云。我觉得自己就是被遗忘的云朵。我就在那时开始渴望着逃离，渴望着谁把我带离村庄。我被这个念头吓坏了，却又为此激动着。父母亲视我为己出，不让我受半点委屈，却改变不了我的身世。

我从来都是一个来路不明的人。

那天我又跑到河岸上，泪流满面地望着流水，想着不知是生是死的亲生父母，不禁对他们把我带到世上又把我抛弃的行为感到愤恨。我不知道他们是谁，内心的怨恨变得无的放矢。很多时候，我觉得他们不存在，只是虚无。我不也只是一个虚无的人吗？他们死了，或者终将死去。我也会在某一天死去。这就是生活吗？

好像是，又好像不是，无所不在的虚无感充斥我的天空。我越想越难受，胸口堵着气，吸不进去，又吐不出来。憋得难受，我就转身回家抓起锄头跑到田里，吭哧吭哧地挖土，似乎这样就可以把心底的怨气撒到地里，埋没掉。我挥舞着锄头，虎口震痛。这种疼痛使我感到某种报复般的快感。我以此惩罚自己，热泪盈眶。我更加用劲地挖地，挥汗如雨，顾不及头顶的烈日。忽然，我两眼发黑瘫倒在地。

傍晚时分，父亲才找到我。当时我晕厥在地上，面如土灰。父亲把我背在背上，发疯般往家里奔去。那天晚上父亲在我床边来回忙碌，母亲六神无主地跟在父亲身后。父亲往东她就往东，父亲往西她就往西，连晚饭都忘记煮了。父亲见母亲太过着急就安慰着说："你就放心吧，孩子只是劳累过度。这孩子也真是的，又不是选劳动模范，怎么连命都不要！你放心吧，服几剂药就好了。"

父亲的药没能治好我。我的病情非但没好转，反而越来越重，连视力都开始变坏，几米之外的事物都看不清。那是一个通往死亡的黑洞吗？我不知道自己是不是快要死了。很多时候我想着要是死去，那一定能见到自己的亲生父母，就知道他们过着什么样的生活。这种念想使我激动不已。而当死亡真正到来时，我心里却充满了恐惧。

"不要太心急，过几天就好了。"

父亲摸着我的头说。杨树枝挤到我的床前轻蔑地哼了一声，说："他这病不是喝点草药就能好的，他得罪了山兄弟，是山兄弟惩罚他的。"

杨树枝在折磨我。他喜欢这样，我越难受他越高兴，以此为乐。我轻轻地闭上眼睛，要是山兄弟让我生病那就生吧；要是让我的眼睛瞎掉那就瞎吧；要是让我死去那么就死吧……我对即将到来的灾难不再感到恐慌。我只是担心得罪山兄弟，它们不会收留我，不会教我本领。我的泪水禁不住淌下来。

母亲扯住父亲的衣袖，说："他爸，老三说得也在理，老四这个样子，真像得罪了山兄弟，还是去请巫师吧。"

父亲说："你要相信科学。生病了，不医治，不吃药，请什么巫师？病能好吗？如果巫师能治病的话，这些年我还治什么病呀？城里还要医院干什么？不能迷信，不能拿孩子的性命开玩笑，只有药才能把病治好。你不会是不相信我的医术吧？"

母亲嘴角抽了几下，沉默下来，转身跑去为我熬药。我又喝了五天的草药，病情依然没有好转。母亲忍不住了，说："他爸，你就信一回吧，就叫巫师来作法吧。"父亲来到我面前，用手在我的额头探了探，说："这世上哪有山兄弟，别胡说八道。"杨树枝又哼哼着说："爱信不信，别说我没警告你们。"

他说着就吹起乱七八糟的口哨跨出家门。父亲望着杨树枝远去的背影，忽然觉得自己应该是忘记了什么。他用力地拍着脑袋，也没能拍出什么来。母亲望着父亲，不再劝说，悄悄地抹掉脸上的泪水。

我的病情没有在父亲的预料中好转，视力更差了，快看不见东西了。我就要变成一个瞎子了。我的白天将和黑夜一样漫长。我陷入一片黑暗的泥潭之中。我在黑暗里飘荡，不知该前往何处，如同多年前漂泊在河面上，孤独、无助、忧伤。我在黑暗中着急地叫唤着父亲和母亲。他们匆匆赶来。我看不见他们的面容，只听到他们的争吵。

"你看到了吗？孩子都快成瞎子了，你就不能放下你那臭架子吗？"

“叫巫师来根本解决不了什么问题，我行医这么多年，难道你不相信我？我会害自己的孩子吗？”

“你就不能信一回吗？信了你会死吗？”

母亲怒吼着。父亲沉默了。他在我的哭喊和母亲的怒吼中对自己行医多年的经验产生了怀疑，低低地说：“那就请巫师来试试吧。”

我心里既高兴又难过，高兴的是巫师来做法事，山兄弟就会原谅我，假以时日还会教我本领；难过的是父亲被杨树枝打败了。我不喜欢父亲被打败。父亲在我的心中一直是个英雄，懂的东西比整个村庄的人懂的还多，却轻而易举地被杨树枝打败了。更让我难受的是，我无意间成了杨树枝打败父亲的帮凶。

巫师的到来使我们家陷入一片沉寂，接着响起一阵叮叮当当的声响。我看不到巫师在干什么，却能想象他双目紧闭，口中念念有词，“噗”，我脸上一阵冰凉，一定是巫师在喷神水。

“今晚子时去给山兄弟送些冷饭吧。”

巫师淡淡地抛下这句话。晚上父亲把我大哥杨树根从睡梦中摇醒。他们端着两碗冷饭往黑暗中的田野走去。他们替我去向山兄弟赔礼道歉，恳求它们的宽恕。夜已深，村里人已睡着了，万籁俱寂。忽然，刮起一阵山风，山野哗哗作响，不禁让人联想起山兄弟。从不相信鬼神的父亲，此时也感到脊背发凉，似乎看到一群身材短小的山兄弟正在黑暗里呼叫。它们满脸怒气地等待着父亲和杨树根的到来。父亲越来越心虚，没话找话地跟杨树根说着话，以此给自己壮胆。杨树根闷着头，不说一句话，只偶尔“嗯”一声。父亲在自说自话，实在找不到适合的话后，不由得发火，说：“你不会说话了啊？你是一头牛啊？”杨树根受到莫名的责骂，嘴巴闭得更紧。父亲发现责骂能够驱散内心的恐惧，不由得提高了责骂的音量。杨树根并不理解，也不在意，像一头牛闷头前行。

“爸，到了。”

杨树根说。父亲的嘴巴才闭起来，把手中的碗抛向黑暗里，说：“拿去吃吧，以后别再纠缠我的儿子了。”

他们望着黑漆漆的夜，什么也看不到，只有风在刮，树木哗啦作响。他们转身向村庄赶来，回到家就来到我的身边，告诉我说已经给山兄弟送饭了。我心里一阵踏实，渐渐地沉入梦乡。几天后，我的眼睛逐渐看到光明，病也慢慢地好起来。

“他爸，你还不相信，你瞧孩子就要好了，就这方法好。”

母亲哭着说。母亲喜极而泣。父亲的表情僵僵的，嘴巴动了动，没有说什么。这个在十里八乡行医多年的男人，不由得糊涂了，不知他儿子的病是药到病除，还是山兄弟不再纠缠的结果。

病愈后，我更不愿意开口说话，觉得那是一种危险。在路上遇到人，我都以点头来打招呼。人们都以为我不会说话了，说这场病痛把我变成了一个哑巴。母亲为此伤心掉泪，父亲着急不已，唯独杨树枝暗暗高兴。

不久后的黄昏，我路过村头，听到几个老头在议论我。他们满脸同情地摇头叹息，说：“真可惜这孩子哑巴了。”“山兄弟还是惩罚了他。”“这是个机灵的孩子呀。”

“你们才是哑巴!”

我突然开口。人们吓了一跳，接着哗地发出一阵欢笑。母亲松了一口气，她的孩子还会说话。杨树枝却陷入某种惶恐之中，整天盯着我的嘴巴，脸上慢慢地爬上失望。

我到城里念书的前几天，某个下午，父亲带着我来到河岸边，并排坐在石板上，脚下流淌着河水，水中闲游着几尾鱼。父亲沉默片刻，而后讲起了那件遥远的往事。那时夕阳西下，抹下金色余晖，把父亲的脸膛染红，使往事也染上了金黄的色调。

“你是一条汉子。”

父亲拍着我的肩膀说。我不由得暗吃一惊。我父亲，这个毁誉参半的赤脚医生，喜欢用“条”来形容人：比如说西山村的那几条男女活计干得不错，比如说东山镇的那条汉子的病好了，比如说派出所的那两条警察是会武功的……父亲说起“条”时，多半是夸赞人。村里人都知晓。孩子们都喜欢我父亲那样形容他们，我自然也渴望，但父亲从没这般形容过我。在父亲眼里，我还是个孩子。

我在心里期盼长大，盘算着打败父亲，从此走出父亲忧虑和怜悯的视线。在梦里，我与父亲较量，比医术，比力量，比写作……终于把父亲比下去了。每当醒来，发现自己躺在被窝里，沮丧和虚无就会把我淹没。我说不清沮丧和虚无是否与我的身世有关。我在小镇上念书时已然悄悄地埋掉那段往事，不再轻易碰触，学会坦然面对。在我看来，人间尘事无非是欣喜和悲酸。现在我即将离开村庄，去往遥远而陌生的城市，像老鹰一样活着，像蚂蚁一样活着，像树木一样活着，没人会注意我，也没人会在乎我是谁。我只活在自己的心里。这是多么惬意的事。当梦想即将实现时，村庄的朴实和善良慢慢地呈现出来，几乎汇集了世间的所有美好。我发现原来逃离是通往目的地的另一条路径。

“你长大了，知事理了，是时候还给你了。”

父亲递给我一个泛黄的信封，手微微发颤，眼里闪出一丝不安。我没有接过信封，也没有说话，定定地盯着他，似乎他眼里藏着什么阴谋。父亲连忙避开我的目光，望向空旷的田野。夕阳下，禾苗、蜻蜓和狗构成某种背景和暗示。父亲想了想，从信封里掏出一张破旧的纸和半只玉镯塞到我手里。我捧着纸张和玉镯，知晓那是什么，轻轻地闭上眼，心里漫过一股暖流，往事再度浮现，竟不敢确定是否真实——存在记忆里的过往是真实吗？

我说不清了。

“是条汉子了，要学会担当。”

父亲又拍了拍我的肩膀说。我忽然发现自己的肩膀比父亲高，此时我又注意到父亲的头上生出许多白发。父亲为我们操碎了心啊。他头顶的白发像一枚枚尖针刺来，使我感到一阵绞痛和悲酸，眼角不由得湿润了。父亲没有看我，目光掉在河里，被河水揉碎。这条与我息息相关的河流，要把我的思绪带到哪儿去呢？父亲，河流，抛弃我的亲人，构成一桩村庄伤心往事。我站在往事这端，恍如隔世。

我望了望父亲，又望了望信和玉镯，掂了掂，扬手抛进河里。玉镯噗地没入水中，信封在半空中晃了几下落在水面上，被河水带走了。当年我的亲人就这样把我抛弃的吧？这想法使我内心涌起一股报复的快感。我是在报复素未谋面的亲生父母呀。我抛弃他们留下的信物，彼此扯平，谁也不欠谁。

父亲愣在那里，目瞪口呆。我向父亲挤出一丝微笑。父亲也对我挤出一丝微笑，嘴角抽搐几下，欲言又止，把手搁在我的肩上，轻轻地压了压，站起来离开河岸。当父亲的身影消失在视线里，我立即跳下石板，连衣服也不脱就猛地扎入河里，闷到水底寻找玉镯。我捞到了玉镯就匆忙爬上岸，顺着河岸追赶而去，却追不上那封信了——或许漂走了，或许溶在水里了。我紧紧地捏着玉镯，慢慢地跪在河边，为不曾谋面的父母呜呜饮泣。

那天我浑身湿透地走进家门。父亲怔住了，嘴巴顿然洞开，似乎明白了什么，又似乎什么也不明白。母亲呆呆地望着我，等待着我开口说话。我没有说出到底发生了什么。我清楚，从此以后那只玉镯和往事将被永远埋藏。

那些年在城里念书，我对尘世的看法发生了改变。回想起来，影响我的竟是陌生人。那时逢了周末，我时常站在校门口，望着街上人来人往、忙忙碌碌，谁也不认识谁。我心底涌起一股奇怪的感觉——晃在眼前的人群，岂不是活在陌生的世界里？故乡山坡上的树木和野草不也如此吗？欣欣向荣，互不相识，只在等待着属于自己的阳光。我仿佛看到了尘世的另一面，与村庄截然不同的生存空域。我不由得感到迷茫。那么多人处在同一个尘世里，却一辈子也不会发生交集。这是件多么令人沮丧的事。我再次想起我的亲生父母。他们抛下我，隐没在尘世里，成了街头不起眼的陌生人，渺小，微不足道。或许他们从我面前走过，只是没有发现我。我也没看到他们。我们都被尘世里的灰尘覆盖。我们都将像灰尘一样随风而去。

我原谅了他们。

我相信他们的选择是无奈的。那种无奈早已陷在一种捉摸不透的命运里。我无数次想起那个清晨，如若我父亲没有起床，起床而没有走向河边，走向河边而没有发现我，那么我和他就不会遇见，而我早已沉入河底，化为河流的一部分。世间将不会存在一个我，更不会出现我以这般方式思考人生。我愿意相信所有事情都有因由，都在某个时刻定格，悲伤也罢，苦痛也罢，在旁观者的心里归为虚无，与那个不存在的我也毫无关系。

我的心境在这些道理中归于沉静。

然而我的心境再度被一个出现在初春里的女人搅乱。那时阳光被云层遮拦着，隐约看到一片暗黄，地上残留着污雪，北风在空中呼啸，把人们刮进家门不敢露头，猫狗们也消失得无影踪。女人披着黑色皮大衣，头戴一顶红色绒帽，举手投足间，散发出与村庄不一样的气质。我和孩子们被那股气质镇住，被吸引着。女人站在我面前，目不转睛地盯着我，似乎我欠她一大笔款项。身边的孩子瞅瞅她，又瞅瞅我，满脸好奇与迷茫。这让我莫名恼火，转身疾步离去。

“等一等，孩子，我是你妈啊。”

女人在背后大声叫喊。我内心一震，浑身酸软，双脚就挪不动了。我慢慢地转过身，看到她慌慌张张地追过来，两条胳膊胡乱摇摆，把身上的贵气甩掉了。她顾不及形象，直勾勾地盯着我，生怕我突然蒸发掉一样。

“孩子，我是李静静，我是你妈啊。”

她跑到我跟前喘着粗气说。我没有说话，冷冷地盯着她。她四十多岁的样子，脸上抹着脂粉，皱纹仍然显见。这种刻意掩饰而暴露出来的岁月痕迹更让人触目惊心。她立在那里手足无措，风吹来，几束漏在帽檐下的散发飘荡着。她的嘴唇哆嗦不已，却说不出话来。她似乎快要哭了。我心里怦怦乱跳，莫名的恐慌漫上心头。我不知该说什么，挥手驱赶着身旁的孩子。他们就唱着乱七八糟的歌奔跑而去，很快消散在河对岸，操场上剩下一条孤零零的狗向这边望来。她怎么说是我母亲呢？难道她就是把我抛在河面上的人？难道她就是那个让我曾经日思夜想的人？这不可能！她怔怔地望着我，突然想起什么，从挎包里掏出一只小盒子，小心地捧着，似乎捧一块冰，双手微微发颤。她慢慢地打开盒子，把半只玉镯端出来，轻轻地递给我。我盯着那半只玉镯，许多记忆被强行打捞出来，脑子却渐渐地空了，什么也没有了，心头传来一阵“噗噗”的声响，不知是什么在断裂。她就是我的母亲吗？

是！不是！这怎么可能？我的亲生父母早已不在人世。那她究竟又是谁，无缘无故地跑到我面前充当我母亲？就算她是吧，那又怎么样呢？我似乎找到了症结，心绪逐渐平静下来。我把玉镯还给她。玉镯竟折射出一道白光，硬生生地扎向我的双眼。这么阴冷的天，怎么会折射出这般光来呢？我不想往下细究，把脸别开，望着远处山林静默着。那道白光却不依不饶，竟化成一把锐利的刀，划破衣物直捅心扉，血汩汩直流。我不由得莫名烦躁，对女人极为反感。

“您找错人了。”

我板着脸冷冷地说。她没有说话，像个做错事的孩子站在那里，双手仍旧微微发抖，身体跟着发起抖来。好半晌，她才抖着嘴巴，说：“孩子，我昨天找到南山村，是你阿爸阿妈告诉我，说你在这里教书的。”

怎么可能是我父母让她来找我呢？不可能！然而内心里的“噗噗”声更响亮了。我不由得感到慌乱，似乎一场灾难即将来临，却又无可逃遁。在整个童年，这种情绪如影随形，怎么也甩不掉，现在再次汹涌而来。我不想陷入悲伤的情绪里，也不想跟陌生人费口舌，转过身向宿舍走去。女人并不识趣，在背后急急地跟来。

“你回去吧，别费什么心机了。”

我没好气地说。女人愣在那里，刚平息的哭声再度飞扬，使我更加心浮气躁。我不再理会她，快步走回宿舍，把她抛弃在操场上。她缓缓地矮下去，再矮下去，跪到湿漉漉的地面上，哭声逐渐虚弱下去，最后安静无声。她究竟要干什么？非要把我逼疯吗？我气呼呼地跑回去吼叫着：

“你到底要干什么？好，就算你是我的母亲，可我会认你吗？”

女人的哭声戛然而止，怔怔蹲在地上，满眼慌张地望着我，慢慢地站起来，回头看了看破败的教室，垂下头默默地走出学校。我望着她渐行渐远，最后消失在山腰上，心口涌起一阵绞痛。

她真的是我的母亲吗？她为什么把我抛在河里呢？她不怕我被河水吞没吗？我紧紧地闭起眼睛，把内心的声音驱掉，不管她是谁，甭想再闯进我的生活。我几乎用整个童年来忘掉伤心往事，现在却被她蛮横地掏挖出来，就凭她是我的亲生母亲吗？就算她是我的亲生母亲，可她已经抛弃了我。我存在与否与她还有什么关系呢？她在多年之后突然出现，毫无道理地闯进我的生活，这不是再次把我抛进河里吗？我回答不了。这些问题像一群发疯的蜜蜂，在我的脑子里嗡嗡乱转。我狠狠地拍着脑袋，却怎么也拍不掉那些蜜蜂。我跑到河边把头没进河水里，沁入骨髓的冰冷使我清醒下来。

不几天，李静静再次出现。她和母亲一起出现。她们像一对故友，各自撑着一把雨伞走来，冒着雨翻山而来，脚上沾满泥巴和树叶。她们在走廊上挂好雨伞，双双站在我面前，一同静静地望着我，眼里滋长着同一种爱怜。我在这片爱怜里，看到她们的内心都如同田野一样宽广。我望着这两个同样饱经风霜的女人，心里怎么也激动不起来，反倒觉得她们在演戏，竟一时不知说什么好。她们也沉默不语，相互递着眼色。四周一片寂静。

"阿妈，你别犯傻了，我是阿爸从河上抱回家的，没有你和阿爸，我也就不存在了，在这个世界，我只有一个阿妈。"

我半天才憋出这句话，是说给母亲听的，也是说给李静静听的。我瞟了她们一眼。她们先是愣一下，接着面面相觑，而后不安地望着我。母亲眼里隐藏着得意，嘴角抖了抖，欲言又止。李静静眼里压抑着失落，咬着嘴唇，也没说出什么。我把目光移出窗外，阴雨依旧没完没了，山川被茫茫雾气笼罩着，怎么也看不透。

“孩子，你安好就好。”

李静静说。她的话像细碎的阴雨，飘落下来便是一片冰凉。好与不好与你何干？我没把这句话说出来，只是狠狠地剜她一眼，转过身向村庄里走去，把两个各怀心事的女人抛在背后。她们呆呆地望着我离去，已然明了我的心思。她们不禁为我担心。她们的儿子变得如此冷漠，会伤了别人也伤了他自己。她们又毫无办法，任由眼角溢出泪花。她们拍掉鞋帮上的泥巴和树叶，相互搀扶，默默地走上山路。

我躲在一棵桂树背后，偷偷地望着她们远去，消失在山林里，心里有什么跟着消失了。我猛地蹲下去，掏出烟狠狠地抽，阴雨淋湿腾起的烟雾。雨滴掉进我的衣领里，冰凉顺着肌肤迅速散开。我想着这两个女人，一个给予我生命，一个抚养我成长，不论缺了谁我都不复存在。她们于我同等重要啊。在生命这链条上，我们是相互牵扯的结，没有她们就没有我，没有我，她们也不会有交集。现在，她们一同小心翼翼地走向她们的孩子：他能接受这一切吗？他的心成了一块铁吗？他心间埋藏着太多的幽怨而感受不到亲人特有的那份温度吗？在他的潜意识里，反抗、报复和叛逆一直存活着，连他自己都不清楚。这是他寻求对抗从而活着的一种方式？以伤害为代价的方式？伤害对方的同时也伤害着自己。

在许多时候，我在刻意寻求一种自我伤害，从而感受着一种满足和快感。我胡思乱想着，眼角溢出泪来。我道不清这泪因何而来。

那天之后，李静静不再出现，母亲却隔三岔五地到来。从南山村到我教书的学校，之间隔着几重山，且不通公路。母亲每回来看我都是步行的。她年事已高，腿脚不灵便，如此来回折腾，怎么让人放心？我每回都劝着母亲不要来，有空我就回家。母亲每回都捏着双脚苦笑地说：“下次不来了，这路挺远的。”不久之后，母亲又拖着那双疲惫的脚摇曳到我面前，让我又怨又怜。母亲每回都有理由，比如揣着姐姐寄来的信送给我，比如说来这里找巫婆算命，比如说帮父亲采草药……我知道母亲为什么。她生怕失去我，生怕我像当年突然出现一样突然消失，从此成了别人家的孩子。母亲竟愿意为此编造谎言。她每每望着我，眼里尽是不安，心底充满了矛盾，既希望我认自己的亲生母亲，又担心我从此一去不返。她希望我好好地生活，又担心我离去之后活得不好。她太爱我了。我没有血缘关系的母亲啊！我不敢让母亲再这么来回折腾，就拿一个月的工资买了两瓶好酒，送给教委办主任，请求调到交通相对方便的学校教书。

“小杨啊，现在老师少，工作不好调动呀，你再坚持坚持，等有新的老师来就把你调出来吧。”

教委办主任为难地说。他没有收下礼物，却硬留我吃饭。我知道再怎么说都没用，调动之事多半因人而异，这饭还吃得下吗？这年代没有熟人做什么都费劲。我能做的是满眼幽怨地盯着他。

“别这么盯着我，要不你来当主任试试？”

他被我盯烦了，说。我又剜他一眼，转身走出门去，他都要无赖了，还请求什么呢？我走到桥头，遇见一脸疲惫的李静静。这个女人真是阴魂不散啊。我心头噗地冒出这句话。她也看到了我，竟慌张不已。我装作没看到她，把头别向另一旁。她跑过来拉住我的手臂。我没说话，用力甩开她。她晃了几下跌倒在地。我没有去扶她，扭头往街上走去。一个女孩蹿过来抓住我，说：

“你撞了人想一走了之？”

“我撞了又怎么着？你是警察吗？多管闲事！”

“对，本姑娘就是警察，就要管管你这种人。”

“松开！”

“快过去道歉！”

我想甩掉女孩，却怎么也甩不掉。她夹着我的胳膊，力气很大，像铁钳一样。我不由得恼火了，举起手甩过去。她一把抓住，顺势一拉，我整个人便往前跌去。她把我按倒在地。我的脸皮擦着地面，细碎的沙石擦着皮肉，酸痛不已。这女孩果真是警察！警察又怎么样，轮得到你管这事吗？

“姑娘，姑娘，快放开他，快放开他，这不关他的事，不关他的事，是我自己不小心摔倒的。”

李静静边跑过来边说。女孩看了看李静静，又看了看我，满脸迷惑地松开了手。我站起来冷冷地剜了她们一眼，连身上的灰尘也没拍，转身往街面走去。我知道背后贴着李静静可怜巴巴的目光。她这副模样做给谁看呢？我没有回头，没有理会她，加快了离开的脚步。我把她抛弃在街头上，如同她当年把我抛弃在河里一样。那些远去的村庄、河流、黑狗，以及弥漫整个山野的雾气，再次一一涌现，在面前晃荡着。我感受到一阵绞痛的快感。

我快要哭了。

我望着街上的人们、街旁边的房屋、马路上的车辆，忽然觉得整个尘世离自己那么近，又那么远，飘忽不定，不禁哈哈大笑，泪水喷薄出来。

之后，我再没有见到李静静，我母亲也不再到学校来看我，生活重归安宁，山林仍旧静默。我的心却回不到过往，一片杂乱，怎么也安静不下来，被掏空一般。在那些夜里，我跌入同一个梦境。我在梦里看到一条河，河面上漂着木盆，一个孩子在悲伤哭泣。我时常在孩子的哭声里惊醒，木然地坐在床沿上，屋外一片黑暗和寂寥，偶尔闪着几只萤火虫，夜莺没有啼叫。童年光景再次浮现。我又看到那个遥远的清晨，父亲穿过忧伤的雾气，把同样忧伤的我抱回家。

可是，李静静为什么要把我抛弃，又为什么在这个时候出现？我回答不了。此时追究这些问题还有什么意义？难道能决定我是否原谅她？是啊，我应该问一问她，这一切到底都是为什么。这个女人却不再出现，我也不知该到哪儿去找她，如一个梦境突然消失，再也追寻不回来。我哑然失笑，想这该是尘世之事吧，没有理由就是理由。我劝自己放宽心，都随风而去吧。我把身心拉回讲台上，每天上课下课，日出日落。

“你阿妈，哦，那个城里的女人，李静静，她快不行了。”

杨树根说。当时是傍晚，阴雨绵绵，杨树根撑一把破伞出现在操场上。我怔怔地望着他，好一阵没能明白过来。他的嘴抖了抖，说：“是你的阿妈。”我脑子里嗡嗡地响着，立即闪出“死亡”两字。我被什么猛扎着，浑身一颤，绞痛漫过全身。我的脚失去力量，整个人慢慢蹲下去，怎么也直不起来。怎么会呢？她怎么会死呢？她是我母亲。我母亲怎么会死呢？她才多大年纪呀！她怎么就这样死了呢？我心头满是绞痛，对她的怨恨随之消散。

我叫喊着：“大哥，我要去城里，现在就去！”

杨树根说：“天快黑了，怎么赶去呢？还是明早再去吧。”

我哭喊着：“不，不，就现在，她都快要死了，她是我阿妈呀！”

杨树根不再说什么，撑着雨伞跟我一起往山外赶去。我们来到小镇时已是凌晨，街面上静悄悄的，没有一个人影，几盏昏黄的街灯在晃荡，映出一地的肮脏和泥泞。我急得在街上来回踱步。

杨树根说："老四，你看都没车，还是先住下吧，等明早再赶路。"

我没听劝，想了想，往派出所跑去。派出所值班室还亮着灯，必定有人上班。我笃笃地敲门。值班警察从门里边探出头。我们看到对方都怔了一下。警察就是把我按倒在地的女孩。她满脸惊讶地说："怎么是你？来报案吗？"

"不，不，我想借车，把我送到城里。"

"送你？你没看现在几点了，以为在谈恋爱啊？"

"我真有急事啊。"

"说说吧，到底是什么急事？"

"是……是我阿妈快不行了，就是……就是……上回那个女人，你还记得吧？我要到城里去看她，晚了怕来不及了。"

我说出这句话，心里一阵酸痛，整个人颤抖起来，眼泪都快要淌下来了。我生怕被她看到，连忙把脸转过去。女孩沉默着，想必这让她为难。一位穿警服的中年男子从门外走进来，问："小肖，什么事呀？"

"所长，他要借车到城里。"

"借车？"

所长看了我一眼，又看了女孩一眼，似乎看不懂我们之间的关系。女孩瞅了瞅我，把目光投到窗外：那里一片昏暗，几点灯光从不知谁家的门窗里漏出来，摊在孤寂的夜色里，像一条条受伤的鱼尾巴。女孩把目光收回来，又瞅了我一眼，从椅子上站起来，说："所长，他是我男朋友，他阿妈病重，想让我送他到城里。"

所长说："那还等什么啊？赶快走呀！我来值班。"

所长在我的肩膀上拍了拍。我心头一热，泪又在眼眶里打转了。

女孩看到了说：“你就这点出息啊？告诉你啊，我可只是在骗所长，你别想就此占我便宜，不然有你好看的。”

我强忍着不让泪水淌下来，紧跟着她走向警车。她连夜把我们送到城里。我们赶到医院时，李静静已奄奄一息。医生说她患了肺癌，晚期。我明白她为什么会出现在二十多年前的河岸上了——想在临死之前看一下孩子。她抛弃过他，不知能否得到他的原谅，她仍然不管不顾地去寻找。但是，她为什么不早点去寻找呢？早五年，十年，抑或在更早的时间呢？她有什么难言之隐？这些问题塞满我的脑袋。她就要死了，就要离开尘世了，又要把我抛弃了，她到底为什么一而再地抛下我呢？

我为自己没有认她而懊悔。要是认了她，她还能说话，能跟我讲起过往，或许能告诉我，那个改变我命运的清晨到底发生了什么。老天啊，她躺在那里，面如土色，呼吸越来越弱，似乎一根稻草都能压倒她。死亡在她的床榻旁徘徊。我闻到死亡的气息。我们的命运将在死亡的河流里再次各奔东西。

她醒了，眼睛微微动了，一点一点启开，散出一丝浑浊的目光。我握住她的手，僵硬，冰凉，像冬天里的树枝。我想安慰她，说些什么话，又担心会吓着她。她是那么虚弱，如同一片落叶，漂在洪流上，随时会被卷入水底。她看到了我，认出了我，脸上跳了一下，接着僵住了。她的嘴唇抖了抖，呼吸快喘不上来了。

“孩子，是我的错，原谅我，好吗？”

“我不怪你。”

“孩子啊，能见到你，我也满足了，只是，只是还有你阿爸，他老了，患了失忆症，什么事都记不住了，连我都认不出了。”

“不要说话了，留些力气，我会照顾好他的。”

她不再说话，没了力气，眼睛慢慢眯缝着，好半晌，眼皮忽地迸开，说：“你，能，能，叫我一声妈吗？”

我像被什么扎着，似乎反应不过来，呆呆地望着她：叫吧，她是阿妈，她就是我梦萦魂牵的人啊。我抽了抽嘴角，却怎么也叫不出来。她脸上泛起一丝笑意，眼皮慢慢地沉下去。她的手猛地从我手间脱落，僵在床沿上不动弹了。她停止了呼吸！她死了！我的阿妈在我面前死了！我感到天空忽然坍塌，巨大的石块向我压来。我看不到前方，也不能呼吸，胸口积压着一股郁气。

“阿妈——”

我嘶喊着。她已然听不见。她去了天堂。她放下一切世事，连同她的孩子。老天在捉弄人啊，怎么能如此安排我们生死相遇？一股悔恨在体内膨胀，怎么也找不到出口，我扬起手猛扇自己。杨树根跑过来抱住我。我奋力挣扎，还在他手臂上猛咬着。他忍着痛，死不松手，直到我冷静下来。

那几天我像是没了魂灵，全靠杨树根帮忙料理李静静的后事。我的母亲，生育我的女人，化成一堆灰白色灰烬，缩在一个黑色的骨灰盒里。她就这样从尘世里消失，于她来说，她在这个尘世里到底是什么呢？是思念？是希望？还是茫然？这就是人生吗？倘若如此，那为什么人还会对死亡感到恐惧？是舍弃不下某些东西，比如种种愉悦或者亲情？好像是，又好像不是。我能确定的只是，生活无限宽广，而死亡是一个没有尽头的黑洞。

我和杨树根走进一家敬老院，找到一个叫欧职刚的男人。他是我的亲生父亲。我原来姓欧呀，身上流淌着欧氏血液。这使我对一个陌生人感到莫名亲切。那个陌生人站在一棵榕树下，痴痴呆呆地盯着叶子。他在看什么在想什么？他那失去记忆的头脑里是否会偶尔想起他的孩子？他能想到他的孩子来找他，把他带到山野里去生活吗？他什么都想不起了，谁也不认识了。这让我无比感慨，认出我的母亲死了，而活着的父亲却失去记忆。他们的生与死又有什么区别？对尘世，对亲情，他们一同失去感觉，没有爱，没有恨，世界对他们呈现出同样陌生的面孔。他什么也记不了了，生命还有什么意义？哦，不，活着就是意义！

从欧职刚的档案里，我知道了他是下乡知青，却没有找到关于那个清晨的记录。他们一定是为回城而把我抛弃的吧？电影里大多是如此演绎。不，不是这样，太糟糕了，这不符合我的想象。那我所想象的人生又是怎样的呢？我不敢回答自己。

我和杨树根带着李静静的骨灰和欧职刚回到村庄。我把骨灰撒入伤疤河。她一定没想到，二十多年前她的孩子漂泊在这条河上，二十多年后她的骨灰撒在河里。她与她的孩子在同一条河流里存在，不同的是，她的孩子活着，而她化为虚无。这是生命的必然吗？我不知道，也不想知道。

我父母没有责怪我把欧职刚带回家，他们觉得那是我必须做的。他们热情地接纳这个失忆的男人，似乎他从来都是家里的一员。失忆的欧职刚如同一个小孩，每天端坐在家门前眼巴巴地望着太阳，抑或趴在地上看蚂蚁，偶尔被相互追逐的猫和狗吓得放声大哭。我不知怎么安慰他，就带着他走出村外，最后总是来到河岸边，坐在那里一同望着河水，心头漫过一股清流。那该是父子间所特有的情感吧。尽管他感受不到，我却觉得自己是那么真实，似乎迷路多日终于找到归途。他目不转睛地盯着河面，眼里偶尔闪着光，似乎想起过往。这令我备感兴奋，想着他该恢复记忆，成为一个正常人。那么他定然会在某个时刻，讲起那段掩埋在岁月里的往事吧？我猛地一惊，似乎发现另一个自己，虎视眈眈地盯来。

父亲洞悉我的内心，动起治好欧职刚的念头，每天给欧职刚熬药，还跑到城里抱回一大堆医学书。每每望着父亲上下忙碌，我心里的感动和感激慢慢地被愧疚所覆盖。父亲，这个把我从河里捞起来的男人，现在又在铸造着我的另一条生命。原来人不只有一条命呀。我忽然明白积压在心底的是什么，不由得泪流满面。

却已沉默不语

杨凡众跪在地上。面前是一抔新土。土里埋着他的孩子。周围是一片竹林。坟就在竹林里。那是埋着夭折的灵魂的乱坟岗。他一动不动地跪着，整个下午保持着同一个姿势——懊悔的姿势。他多么懊悔自己没有守在孩子身旁给予保护。孩子死了。怎么就死了呢？他从不敢相信死亡就飘在身边，如影随形，似乎只是睁眼与闭眼的事。现在孩子闭了眼。他突然愿意相信人是有灵魂的，以前他不相信，现在相信了，相信再小的孩子也一样有灵魂。他想象着孩子的灵魂栖落在竹子上，如同一只小麻雀静静地瞅来，窥见他孤寂的泪水和孤苦的内心。他抬头望向周身的竹子，终究猜不出孩子栖落在哪根竹子上。他想和孩子说话，却不能，只有静静地跪着，那是最好也是最后的交流方式。他多么爱孩子。他想让孩子知晓他有多爱他。他只能跪着，唯有跪着。太阳被他跪到天边，露出疲惫的神情，他仍然没有改变姿势，似乎身体里冒出许多根须，把他牢牢地扎到了泥土里。头顶的天空像一个巨大的锅盖罩着，使他感受到被蒸煮般沉闷。事实上，那个下午风和日丽，天空洗过一样清爽洁净。这让他感到难过和困惑。他的孩子死了，天空怎能如此晴朗呢？那像是与他无关，又像是在嘲弄着他。

“我孩子死了。”

他对包工头说。他在南方伐木，那里山深林密，看不到尽头，大树下弥漫着一股股阴气，时常能看到野兽出没，让人仿佛置身于聊斋故事里的场景，教人莫名心慌。他和工友们总大声谈论女人，比赛着说黄段子，以此解闷，也以此壮胆。他不喜欢这种日子，转念想到年底能带回一笔钱才安心。没料到工作没满一个月，家里就出事了——是孩子出事了。他得回家，必须回。孩子是他的天。工头不给他结账。他不吵不闹，抬头呆呆地望了望天，好半晌才垂下头来低低地说："我孩子死了。"他不知道为什么说出这句话。他一点也不想说这句话。他不愿相信那样的事会发生。他不想一语成谶，连忙在心里祈祷。但是，他收到了加急电报，寥寥几个字：孩亡速回。那几个字如同几把斧头向他劈来，砍在心坎上，血汩汩地淌出来，视线模糊了。那是生，是死，是生死别离。在外的人收到村庄里拍来的电报，家里必定发生生死变故。他曾为亲戚家拍过那样的电报。那种时候他心里特别空落和难受，想找人干架的心都有。这回是谁跑到小镇上给他拍电报的呢？亲戚？村长？还是小学老师杨昆成？他想不出是谁，也无需想。工头听到他的话，怔了怔，忽然明白什么似的，转身到工棚里结了账，还把手放到他肩上，轻轻地压了压。他感受到一种纯粹的友好和安慰。他越来越后悔说那句话。他觉得那是拿孩子的死来索要工钱，是乞讨，是要挟，亵渎了孩子的灵魂。

"叭！"

他往自己脸上狠狠地甩了一巴掌。那声脆响很快消失在竹林里，了无痕迹，如同他感受不到疼痛一样。他望见阳光从叶丛中漏下来，落在地上，斑斑点点，仿佛是孩子抛洒的泪光。他眩晕着，紧紧地闭上双眼，看到孩子向他跑来，身后是一条小狗，小狗身后是田野、木桥和小河湾。孩子越来越近。他闻到孩子身上散发的泥土气息，触手可及。孩子跑到他面前，忽然支离破碎，化成一张张表情各异的脸：微笑、狰狞、仇恨……他恨！恨自己！恨害死孩子的人！

他的孩子与他没有血缘关系。那是过继来的孩子。他有女孩，没有男孩。原本他应该是有一个男孩的，因为计生队，没有了。

“所有超生的孩子都要交罚款的。”

村长说。村长说这话时低垂着脑袋，样子极不情愿，似乎有什么人在背后逼着他。村里人没想到村长会说这话，连村长都怀疑他自己的话。他记得那是一九八一年的夜晚。村庄里在放电影，电影放到一半，村长从放映机旁站起来。往常村庄里放电影，村长总会出现在放映机旁，满脸微笑着向全村人讲话，把政策告诉村民们。那种夜晚，村长总会喝一碗米酒壮胆，在人们面前说话才有底气。那个夜晚，村长没有喝酒，脸色苍白，如大病初愈，结结巴巴地讲了一大堆政策。起初人们竖着耳朵聆听，等待着村长讲完就可以继续看电影，迫不及待。当村长说超生要交罚款时，场地上的人们骚动了，再也没心情看电影，纷纷猜测着村长的话是否可信。

村里人没想到村长的话是一股冷风，把计生工作队从山外刮到了村子里，工作队有十余人，有戴眼镜的，有穿制服的，有套大头皮鞋的。他们的出现把村里人吓得纷纷缩回屋子，紧紧地闩上门，把一阵阵凌乱的脚步声堵在门外，整个村庄弥漫着莫名的紧张气氛。人们不知所措，满心忐忑，趴在墙缝里往外望，看到计生队径直走向超生的人家，满脸严肃地递过罚款单，毫无商量余地。认罚的人家翻箱倒柜凑着钱。超生人家不敢吭声，心神跟着散乱一地。村长夹在其中，左右不是，不时为超生人家求情。

“要不你帮他们交罚款？”

计生队说。村长语塞了，呆立着，两眼慌乱地盯着他们。村长对此没有一点办法。村里人也都害怕了，连村长的话都不管用了，他们知晓了，这不是一阵说刮走就刮走的风。村里大多数人不敢超生了。生了两个女娃的人家多半想再生一个男娃，于是偷着生。如若第三胎是男娃便是件高兴的事，罚多少钱都愿意；如若还是女娃，有的认了命，有的把女娃送人再生。

村里没人谈起这些往事。那是村庄最为痛楚的隐秘。杨凡众洞悉这些隐秘。他和小学老师杨昆成是亲戚，两家离得近，时常相互串门。杨昆成老婆就是村庄里的接生婆。这些生生死死都没逃过接生婆的眼睛。杨凡众到杨昆成家里下棋，多半留在那吃饭和喝酒。接生婆也就偶尔会说起这些事。有时她满脸悲伤，那定是出了事，要么孕妇难产，要么生下死胎，要么女婴被主人家放弃了。

“你不知道，那婴儿很漂亮，可是他们不要，也不知道谁能要，他们要一个男孩，不要女孩，那么漂亮的女孩，说不要就不要。罪孽啊。”

接生婆死后，杨凡众仍然记得她的话。每每想起这些，他心里总是堵得慌。接生婆故去了。她在弥留之际，没有悲伤，脸上挂着如释重负的神情，似乎早就渴望着死亡的来到。她平静地跟家人交代身后事，还劝家人不要伤心难过。她的家人痛哭流涕，唯独她男人杨昆成一脸淡然，眼里偶尔闪出一丝茫然和落寞。这对夫妇在生死面前感悟到某种生命之外的东西。没人说得清那是什么东西，能肯定的是包含着忏悔。接生婆背负着愧疚。没人责怪她。那是整个村庄强加给她的，只因她是接生婆。每年清明祭祖，杨凡众立在坟前遥想往事，总感觉接生婆端坐在坟头上，安详地眺望着日渐落寞的村庄。他立在墓地里，每每看到前来扫墓的全都是男子，嫁出去的女人不再回来。那些没有男丁的家族的坟地，荒草萋萋。那是任何一个村里人都不愿面对的未来。他似乎理解了村里人，也理解了自己。他们在一如既往的日夜里感受到同一种存在于冥冥之中的东西，像是命运，又比命运更诡秘，至今没人能破解。

他们生下四个女孩后还坚持生。他老婆吴莲秋为此四处躲避计生队。那些年，村庄里的小伙伴们到山上放牛，不仅看管牛，更是盯着通往小镇的山路。那些小孩既紧张又兴奋，学着电影里的小八路，削一把木枪站在山坡上放哨，精神抖擞，满脸肃穆，某种神圣感油然而生。每当看到计生队出现时，连牛也不管了，慌慌张张地往村庄呼喊奔去。村子里顿然一片慌乱，想超生的妇人赶紧找地方躲藏，没钱交罚款的人家也把孩子藏匿起来。计生队多半扑了空，搜不到人，超生人家死不认账，说家里根本没超生。计生队也没什么办法。抓贼抓赃。这道理谁都懂。吴莲秋就这样东藏西躲才生了四胎，可惜的是事与愿违，生的全是女娃。在生第四个女娃之前，杨凡众联系了一户没儿女的人家，说如若还是女娃就送给他们。

第四个女娃也是接生婆接生的，生下来的那天夜晚就送了人，是接生婆抱着送走的，收养女娃的人家早已候在门外。他们激动得浑身发颤，小心翼翼地接过女婴，脸上泛满了爱怜，掏出封包塞到接生婆手里，说完几句道谢的话就匆匆离去，生怕再不走主人家会反悔。那时，杨凡众躲在屋门后，从门缝里望着别人把自己的女儿抱走，心里的一团肉被叼走了似的。他想冲出门追上去，把孩子要回来，双脚却怎么也没有挪动。他知道自己想要什么。他愣愣地盯着那束手电光在暗夜里愈来愈远，愈来愈弱，最后被巨大的黑暗吞没。世界陷入一片漆黑。一阵细弱的哭声在黑暗里飘来。他猛地一阵震颤，双脚失去了力气，整个人瘫在墙角里，双手抱头，暗暗垂泪。

“收着吧。”

接生婆把封包递给他说。他像看到毒蛇一样蹦着跳开，直勾勾地盯着封包，心里一阵阵抽搐：这不是卖女儿吗？怎么能把女儿卖掉呢？可是，不这样又怎么能再生呢？接生婆看透他的心思，没说什么，把封包塞到他手里，转身走进房间里。

他们来不及伤感，就准备生第五胎了。吴莲秋每天都担心碰到计生队的人，不论在家里炒菜，还是到山上劳作，都不得安心，走起路来总东张西望，像偷了谁家东西的盗贼。村庄里有不少妇女走路与她一个神情。她们惧怕着与计生队遭遇。

吴莲秋运气好，屡屡得以逃脱。一天下午，计生队再次涌进他们家，翻遍每个角落也找不到她的影子，一气之下就把楼底的一群鸭子赶出门。杨凡众呆立在门旁，脸色铁青，眼圈发红，一言不发。他的三个女儿挤在他身旁，一字排开放声大哭。她们的哭声像一场滂沱大雨淋湿了整个村庄。那时吴莲秋躲在屋后的废物堆里，屏住呼吸，一动不动，等着工作队离去。她又怀上了。她祈盼生下一个男孩。屋前传来鸭子的啼叫和女儿们的哭喊，使她心头一阵麻乱。她快忍受不住了，想冲出去理论一番，终究没有站起来。她不想放弃即将到来的孩子。她的手不由自主地搁在肚皮上，轻轻地抚摸着，感受着另一条生命的温暖。或许是个男孩呢！她想。心中的疼痛渐渐地消逝了。他们的态度异常坚决，即使计生队把整个家统统搬走，也动摇不了他们再生一个男孩的念头。

他们太渴望一个男孩了。

吴莲秋最终没有生下孩子。计生队在一个雨夜里出现在村庄里。那是黎明到来之前，天下着阴雨，稀稀拉拉，整个村庄沉在一片潮湿的睡梦里。计生队突然冒出来，人数比以往任何时候都多，被惊醒的狗一阵狂吠。村里人纷纷醒来，从窗口里探出头，看到村巷里晃动着许多手电光。人们知晓发生了什么，整个村庄陷入了惶恐与不安。

那时吴莲秋和丈夫睡在梦里，被屋外的声响惊醒，来不及点灯，在昏暗中胡乱穿上衣服就往外跑，却见计生队已经堵住家门。她不敢出声，也不敢亮灯，摸黑往牛栏爬去。牛卧在角落里，看到主人出现，哼着气以示招呼。她在黑暗里看到两只幽光。那是牛的眼睛。吴莲秋顺着幽光摸过去，踩在一堆牛粪上，臭味扑鼻。她忍着愤怒，没有骂出来，悄悄地摸到牛背后，心头才稍微平静。

计生队涌进门来。杨凡众说他老婆打工去了。计生队不跟他废话，一个个房间翻找着。三个女儿惊醒了，从床上爬起来，挨在他身旁，浑身发颤。大女儿眼圈红了，二女儿默默流泪，三女儿呜呜地哭。他没有安慰她们，连看都不看一眼。他生怕自己心软被计生队察觉。计生队从楼上找到楼下，没发现吴莲秋，满腹不满地准备走出家门。

“你这样只会害了你自己的。”

他们在家门口对杨凡众说。他没说什么，是不知该说什么，只对他们傻傻地笑，惶恐着，讨好着，也隐隐得意着。计生队长被那丝得意刺疼了，用手电映照着杨凡众的脸，而后从他脸上一直照到脚下，看到鞋帮上粘着牛粪。

“牛栏!”

队长叫道。他们涌向牛栏，几只手电筒照过去，照见了吴莲秋无处躲藏而又痛楚的脸，她蜷在牛栏里，身下是一摊血。她轻轻地摸了摸肚皮，知道保不了孩子了，泪水在眼里打转。她走出牛栏望了望杨凡众，嘴角抽动几下，没抽出什么话来。杨凡众也没能说出什么话。他知道说什么都没有用。他失魂落魄，跟着人群把妻子送到了医院。他多么渴望这个孩子，这几乎是他生活的所有等待。他仰起头想对着天空叫喊一声什么，胸口被什么堵塞着，怎么也发不出声来。

吴莲秋躺到手术台上。她感觉自己陷在泥潭里，又像错步走进一个陌生而幽深的梦境里。她隐约听到有人在说话、呼喊和哭泣。她感觉整个躯体在下坠，往深渊里下坠。深渊看不到底。那是一个黑洞，将把她吞没。她想攀住悬崖上的藤蔓，伸手却什么也抓不住。她想放声哭喊，声音消失在喉咙里。她放弃了挣扎和反抗，任由躯体往下坠。风在耳边吹，乱发遮住了脸膛。她看到村庄背后的山梁上站立着她的五个孩子。阳光照在他们的脸颊上，映出一片生机勃勃。忽然，大雨倾盆，五个孩子慌不择路地往山下奔跑。雨水淋湿了他们。他们跑着跑着，最后只剩下三个女儿，还有两个孩子不见了。她心急火燎，想呼喊她的孩子，怎么也喊不出来，急得淌出了泪。

“别太伤心了。”

医生说。她慢慢地睁开眼睛，看到一张戴着口罩的脸。她看不到医生脸上的表情，只在医生眼里看到一股溪水般轻柔的东西。她想挣扎着坐起来，跟医生说些什么。孩子没了。她只不过睡了一觉，只不过做了一场梦。噩梦！她真不愿从梦中醒来。她从一个噩梦跌入另一个噩梦。她感到无处逃遁。

“是个男孩吗？”

“别关心了。”

“是吗？”

“嗯。”

失去孩子之后，杨凡众和吴莲秋每每扛着锄头从家门里走出来，都是眼睑低垂，沉默不语，像是闭上了壳的蚌。他们脸上没有笑容，即使笑了，也皮笑肉不笑，如同风干的松树皮。他们身上的魂似乎随着孩子死掉了。

杨凡众仍然时常到杨昆成家里坐坐。杨凡众脾气倔，却对杨昆成信服。他到杨昆成家里，不像往常喜欢说话，也不与杨昆成下棋，只是整天蹲在柱子旁抽烟，腾起的一团团烟雾仿佛是他内心的忧愤在飘散。

杨昆成知晓他内心的苦闷。吴莲秋被送到医院那天，杨昆成从窗口里看到了，本想去安慰安慰杨凡众，披上了衣服，却没有走出家门。他不知如何安慰。他们生下一男一女后，老婆就结扎了。其实他也不愿那样。镇上说不结扎就别当老师了。他知道这个家需要他的工资。他不能丢掉工作。

“他叔，少抽点烟吧，那样对身体不好，怎么着，生活总要过下去，不能老想着过去，是吧？”

接生婆劝着说。杨凡众怔了怔，嘴巴半张着，目光直直地盯着她，似乎不敢肯定她是在跟自己说话。他的思绪游散在烟雾里，整个人也失去重量似的，如同一张纸贴在那里。好半晌，他才明白她说什么，慌忙别开目光，眼里一片混沌。那段日子他的目光总是那么混沌。

“都是给娃害的。”

接生婆感叹道。这个见过太多生死的接生婆，一眼就看穿杨凡众的心底，只是她没能帮助他。“不要想太多，只要孩子争气，男女都一样，要是男孩不争气，还不如女孩呢。”杨昆成劝着。他瞟了杨昆成一眼说：“男孩就是男孩，变坏了也是男孩。”杨昆成一时语塞，回过头望向自己的儿子，眼里浮出一丝紧张，生怕孩子会变坏了似的。

“这是心病，时间久了，会好的。”

接生婆说。杨昆成赞同地点着头。

一段日子之后，杨凡众的心病非但没好转，反而更加严重了。他每每走进杨昆成家里，目光就在屋子里游走，最后总落在杨昆成儿子的身上，神情痴呆，眼里偶尔闪出一道暗光来。他们都知道他在想什么，又都假装着没看见，谁也没有点破——那只会让人伤心。

那段时间，他时常坐在自家的门槛上，每每看到村里的男娃从门前经过，就目不转睛地盯着，直到把男娃们盯得心虚，转身逃命似的奔跑。娃娃们以为他患了病，从此不敢打他家门前经过，在路上看到他也远远地躲开。他似乎成了一个被遗弃的孤儿。他偶尔到杨昆成家喝酒，就闷头喝，直到烂醉如泥，也不说一句多余的话。

“孩子还活着的话，现在该叫阿爸了。”

他说。那回他又喝多了，舌头僵硬，吐出这句突兀的话。他说着就泪流满面了。杨昆成安慰着他，没料到越安慰他哭得越伤心。杨昆成什么也不说了。杨凡众的哭声勾起他的伤心往事，他也渐渐地感到烦躁，猛地抓着酒瓶往嘴里灌，把自己给灌醉了，伏在桌子上呼呼睡过去。杨凡众呆呆地坐着，手里抓着酒瓶，盯着不省人事的杨昆成，竟然发现内心里淌过一条清澈的溪水。他用衣袖抹掉眼泪，把杨昆成扛到床铺上，拉上门，趺趺撞撞地离开。

那之后，杨凡众再到杨昆成家，绝口不提男娃了，显然他接受了现实。那是他的命。在命运面前，他抗拒不了。谁也抗拒不了。他信命了。他愿意相信命运。杨昆成对此不置可否。

“总算活过来了。”

接生婆说。杨昆成摇摇头，又点点头，似乎并不确定。他们没想到的是，杨凡众并未释怀，还因此伤了人。村里一户人家为孩子办满月酒，第三胎，是男孩，人家高兴就设宴请全村人喝酒。杨凡众也去了。人们边喝酒边聊天，天南地北地胡扯。他对面坐着一个光棍，喝了几分醉，端着酒碗走到他面前，说：“来来，我敬一下岳父。”

杨凡众也喝了几分醉，听到光棍拿他女儿来取笑，整个人倏地蹿起来，话也不说一碗酒泼过去。光棍满脸是酒，连眼睛都睁不开。杨凡众还不解气，蹿过去把光棍踢倒。人们连忙拉住他，场面一时混乱了，把人家的喜宴弄得乱七八糟。主人家生了气报了警。警察在第二天到村庄里把杨凡众带走了。那时他的酒醒了，看着手上的手铐，懊悔自己一时光火，把光棍的肋骨踢断了。第二天，村长和光棍匆匆赶到派出所，说光棍断的肋骨不关杨凡众的事，是他在回家路上跌断的。警察看了看他们，做了笔录就把他放了。

那一架似乎把杨凡众打醒了，话也多了，还不时来跟杨昆成下棋。他们的日子渐渐地恢复正常。村庄里仍然不平静，计生队不时涌进来，该躲的躲，该藏的藏，如同一场没有尽头的持久战。

杨凡众逃离了那场战争，心里仍旧复杂，冷不防就陷入迷茫，连他自己都说不清缘由。他时常蹲在小山坡上，望着计生队在村里四处奔走。他羡慕那些满脸慌张四处躲避的妇人。她们还能生孩子。他最羡慕的要数李宇航。他原本是个懒汉，三十好几还讨不上老婆。村里人都以为他将成为光棍。没承想他离开村庄没多久，竟然带回一个外地女人。女人愿意跟他过日子，还给他一连生下三个男孩。他没钱交罚款，每当计生队来到村庄，就把小儿子塞到地窖里。杨凡众对此不无感叹，要是他，就算变卖房子也不让孩子担惊受怕。可是，他还能有孩子吗？他不由得泄了气。李宇航最后还是认罚了。那回计生队又来了。他照旧把小儿子塞到地窖里。地窖很隐蔽，不易被发现，但空气不流通，弥散着刺鼻的腐烂味，躺在里边让人窒息。他儿子自然不愿钻进去。他心里一急，甩了两巴掌。他儿子捂着脸，不敢再闹了，边抹泪边钻进地窖。那天他到别人家去喝酒了，天黑下来才想起地窖里的孩子。当他赶回家打开地窖，他儿子发了高烧，昏迷不醒，治了半个月才病愈，他心有余悸，心想不能再这样下去了，就背着包跟别人外出做副业，一去竟把命给丢了。他跟人家去伐木。一天惰性上来了，他就悄悄地躲在树丛里睡觉。工友们没有注意他，伐倒一棵大树，把他压死了。

他被送回村庄时，变成了一只黑色的骨灰盒。他的三个孩子跪在村口迎接他的灵魂。村里人默默地陪泪。杨凡众夹在人群里，看着跪在地上的孩子，心里有什么被钩倒了，而后又倏地立起来，瞬间一片生机勃勃。他又想男娃了。他望着跪在地上的男娃。他们身上淌着他们父亲的血，即使他们的父亲死了，依然在他们身上活着。他们的父亲以另一种方式存活在人世间。女孩能做到这些吗？过不了几年就都将嫁作他人妇。李宇航死了，没法交超生款。杨凡众萌生了收养他小儿子的念头。可是，他们是同村人，孩子愿意跟他过吗？他不敢肯定，最后放弃了这个念头。

但是，收养一个男孩是可以的。他为自己的主意感到兴奋，急匆匆地跑回家。

“我们有孩子了。”

他对她说。她疑惑地盯着他：怎么可能有孩子呢？他是不是想孩子想疯了？她的心猛地收缩着，泛起一阵莫名惶恐。他拍了拍她的脸说：“我们收养一个吧。”她“哦”一声，心间稍稍安落下来。他说：“不要本村的，要远一些的，要让孩子来了就断了回家的想头，只不过得准备一笔钱。”他老婆下意识地摸了摸肚子说：“那就权当交超生款了吧。”

不久后的夜晚，他抱着一壶酒兴冲冲地跑到杨昆成家里，当时杨昆成他们正在吃饭，他二话不说就坐到饭桌旁，笑嘻嘻地望着他们，还没等别人反应过来，他已给杨昆成倒上酒，又给自己也满上。

“阿哥，阿嫂，今天我高兴，就来喝口酒。”他喝了一口酒，用手抹了抹嘴角，满脸堆笑地说，“找到愿意过继孩子的人家了。”

杨昆成的脸皮抖了一下，怪怪地盯着他，似乎没听懂他说什么，转脸望了望自己的老婆。接生婆脸上一片安详，似乎早已知晓此事似的。杨昆成不禁跟着笑了笑，很勉强，心里边五味杂陈。他毕竟念过书，比村里人明事理，不赞成孩子过继这种事。

“那是硬生生把孩子从原来的命运里强拆出来，将影响孩子一生，富贵也罢，贫穷也罢，顺利也罢，坎坷也罢，都替代不了血缘关系的。”

他如是说。接生婆没有肯定，也没有否定，只是不时呆呆地望着天空，似乎望见那些来不及存活的灵魂。她在那些灵魂里看到她自己的良心与罪孽。年老体弱之后，她放下了接生的行当，每天烧香念佛，不再杀生，家里圈养的鸡鸭全送了人。起初，杨昆成不理解也不乐意，还跟她吵过架。她依然如故。杨昆成也渐渐地发现唯有如此她才得以心安，也便理解和接受她的行为。这个小学教员渐渐发现许多富贵人家或贫贱人家心头都缺个口，使生活陷入无关财物的困境里。生活如此相似。他想到了什么，感觉被某种诡异的感觉牵引着。他看不清前方，判断不出夜幕下隐藏着什么。那个晚上杨昆成盯着杨凡众，嘴角抽搐几下，发现他老婆在盯着他，脸上不由得露出尴尬的神情，什么也不说，频频地与杨凡众碰杯。

过了几天，杨昆成和杨凡众来到数百里外的一户人家。那户人家有四个男孩，大的十五岁小的五岁。他们父母满脸疲态，没有丝毫生气。乍一看，如同一对步入暮年的老人。事实上他们才四十有余。杨昆成看出那个家的境况，按杨凡众的家境来说，把孩子接继过去会更好。杨昆成似乎理解了这件事。

“我们要一个女孩。”

主人家说。他们大吃一惊，面面相觑：怎么能这样呢？用一个女孩换一个男孩，这不成商品交易了吗？“我们可以加钱。”杨凡众急了说。他不想这么做，不想把孩子送走，他们已经犯下一次那样的错误，直到现在心头都痛。“我们要一个女孩。”主人家坚持说。他们找不到话了。他们明白主人家的想法，收养女孩就是养儿媳妇。

“回去再商量吧。”

杨昆成说。杨凡众没有接话。他盯着主人家的孩子。其中一个孩子坐在墙角里，手里抓一把木头手枪，眯着眼瞄准窗外的远山，两条鼻涕越拉越长，快要掉落在地时，呼地吸回去，像被吓住的虫子缩回洞穴。杨凡众浑身颤了一下，似乎那两条虫子钻进了他的血管。他对孩子生出几分怜爱，想着这就是他的孩子呀。

男孩！

“换就换吧，钱我们还是给的。”

杨凡众说。他说这话时没有看杨昆成。杨昆成也没有看他。他愿意理解他，相信他做这个决定内心是疼痛的。他太想要这个男孩了。他跟孩子玩。孩子不认生，对他有好感。杨昆成见此心里感到些许安慰，却又为要把一个女孩送到这里而心慌。女孩会愿意吗？她的人生将被强拆，活生生地，从此困在这块陌生而贫瘠的地方，她还能从这里走出去吗？她的一生是否就此沉沦和毁灭？沉沦。毁灭。他如此想，内心不由震颤着，后背生出一阵冰凉，双手微微抖起来。

“送哪个好？”

杨凡众回到家问吴莲秋。他和杨昆成带着孩子回村庄当天，孩子父亲也跟来了。他把孩子送来，就要接一个女孩回去。吴莲秋怔住了，没想到事情会这样，一时回不过神来，像一棵枯萎的松树扎立不动，双眼紧紧地盯着杨凡众。他们送过一个女儿。她曾偷偷地去看那个女儿。女儿根本不认识她。她见到主人家对女儿疼爱，内心的愧疚才轻了些——那户人家家境好，那是孩子的福气。她知道那是自欺欺人。她们送走了孩子的一生，从此与她没有任何关系。他们活在各不相干的世界里。这是他们自己造的孽啊。

“他们的孩子也是孩子呀。”

杨凡众说。他看透她的心思。她点点头，又摇摇头，心乱了，的确如此，谁家的孩子不是孩子？人家心里一样备受煎熬。他们也一样渴望孩子，区别的只是男孩和女孩。或许这对于孩子来说不失为一件好事。她又在自欺欺人了，扬起手狠狠地甩自己一巴掌，把眼角的泪甩下来。

“那就老三吧。”

杨凡众说。她没说话，送走哪个都是心头肉。她明白要么送走女儿，要么把男孩送回去。她看了看男孩。男孩也看了看她，乖巧，不吵不闹。男孩父亲跟他说着什么。他紧咬着嘴唇，泪眼涟涟，硬是没有哭出来。许是他父亲告诉他以后他将在这里生活。他多么懂事。她打心里喜欢这个孩子。她说不清是什么缘由，或许是缘分吧，是命运吧，是上天以这种方式让他们成为亲人吧。她被这种想法感动了，内心更加纠结。

“你跟老三说吧。”

杨凡众说。吴莲秋望向他。他把脸别开。她拉了拉衣角走向三女儿。她把三女儿抱到屋子里，满脸爱怜地望着她，两滴泪滑落下来。“阿妈，你怎么哭了？”女儿问。她还小，不谙世事。二妹坐在角落里望来，满眼迷惑，也不明白母亲怎么哭了。大女儿感受到屋里弥漫着一股异样气味。压抑。慌张。惶恐。她知道这一切都与陌生男孩有关。她知道这个小男孩将是她的弟弟。她却想不到为此要送走小妹。她不愿意，又阻止不了。她恨自己不是男孩。她悄悄地走出家门，坐在屋外的木头上，月光落下来，几只萤火虫在飞。它们有家吗，家里有什么人呢，这么晚了还在飞？她越想越揪心，眼泪止不住爬下来。她把脑袋埋在双膝里，压抑着翻滚的哭声。

“呜呜呜……”

哭声从屋里飘出来。那是小妹在哭。伤心。悲怆。绝望。小妹知晓要被送走了吧？小妹一定不愿意被送走，一定不愿到陌生的地方生活。这里才是家呀。亲人与朋友都在这里。生生死死。祖祖辈辈。她倏地站起来，抹掉眼角的泪，转身往屋里跑，看到小妹蜷缩在墙角里哭着，极其惶恐。

“阿妈，别送走小妹行吗？”

她轻轻地问。吴莲秋没有回答，避开她乞求的目光，望向寂静的窗外，看到一弯缺月悬挂在天边。她知道什么都改变不了。她无法想象小妹在一个陌生人家里如何生活，要是被人欺负谁会保护她呢？她走过去把小妹抱在怀里。妹妹紧紧地抱住她，浑身发抖，像一只受到惊吓的老鼠。她抚摸她，想安慰她，却怎么也说不出话来。她抱着小妹走向她母亲。她母亲没有看她们，把脸转向窗外，留下一个枯瘦的背影。她发现母亲在默默淌泪。她知道母亲一样心如刀绞。她知道什么话都不必说，又觉得非说一句不可。

“阿妈，把我送走吧。”她咬着牙说，“妹妹她还小，不懂得照顾自己，我可以。”

她母亲被什么扎了一样，整个身子哆嗦着，瞪大双眼望着她，眼角积着泪水，强忍着没掉下来，说：“想好了？”

她点点头，每点一下，内心就被刀割一下，疼痛漫过全身。第二天她就跟着男孩的父亲走了。他们把她送到村口。她放下包袱，跪在地上，向她父母磕了三个响头，说：“阿爸，阿妈，我走了。”她母亲连忙把她扶起来，擦拭她眼角的泪水，说：“想家了就回来啊。”杨凡众垂着头，似乎那句话是双无形的手，把他脑袋死死地摁下去，从此再也抬不起来。这一走何时才能相见？或许此生再也不能相见？没人知道。她背着包跟在瘦小男人的身后，几步一回头地远去，消失在山腰上，剩下一片空寂的山林。

杨凡众很疼爱男孩，给男孩改名富安，为此杀了一头肥猪，请村里人喝酒。他时常把男孩扛到肩上，在村庄里招摇过市，见到路人就大声招呼，生怕人家没看见一样。他的腰板变得笔直、硬朗，笑声底气十足。杨昆成笑笑。接生婆也笑笑。他们都知道为什么。

然而，富安却没叫过他一声“阿爸”，不论他如何逗都没用。其实，富安有好几次已抖着嘴巴，结果又叫不出来。他也不知道为什么，似乎有什么在心里拽着。他甚至连说话的欲望都失去了，来到学校念书，从早到晚扎在座位上，纹丝不动，如同一根木桩，偶尔抬头望向窗外，眼里和天空一样空洞。

“他在想心事。”

杨昆成对杨凡众说。他们都注意到富安的反常。杨昆成一眼就看透孩子在想什么，明白孩子的沉默是因为思念。他思念他的家乡和亲人。他意识到自己不会再回到家乡，内心里有什么东西在生生地撕裂。他是一个被抛弃的人。他时常爬到树上，躲在叶丛里没完没了地想心事，多数时候他越想越不明白。杨凡众和吴莲秋对他很好，家里有好吃的全留给他，从不让他受到委屈。他常常想着想着就淌下泪。他不明白自己为什么会淌泪，好在没人发现。他喜欢躲在叶丛中，从树梢上望着地面上的人们，看他们在阳光里走来走去，像一群孤独的游魂。

那是一个奇怪的世界。

他常常躲在树上，在那里想念着远方。有一天，他趴在树上不愿意下去，天暗了还趴着不动。那时有几只鸟钻进来，立在树枝上歪着脑袋瞅他，见到他没有恶意，才放心地啄着羽毛，拍了拍翅膀，慢慢收缩起来。它们累了。它们想睡觉了。村庄里的灯光亮了，影影绰绰，炒菜声不时传来。

“富安，富安——”

杨凡众在叫喊。他听见了，但没有回应，不想回应，只在昏暗里叹了口气。他不知道自己从什么时候开始学会叹气的。杨凡众很快就走过这棵树，不久又折回来，一路询问、呼喊，没人能给他答案。他看到他如此着急，心间竟泛起一股报复的快意。他不知要报复谁，却知道非报复不可。杨凡众顺着石板路往村庄里呼喊而去。他不由得感到失望，怎么就没往树上找呢？不久，村庄里涌出一群乱糟糟的人，是他的父母和家人，全家人全部出动寻找他，吵吵嚷嚷，呼喊他的名字。他们满脸着急。他抱着树干既想哭又想笑。他忍着没出声。家人们就呼喊着走向旷野。呼喊声在回荡，很快消失在夜色里。他骗过了家里人，不禁想起电影里的地下党，心间有些沾沾自喜。

家人从旷野里折回来，个个垂头丧气，以为他逃走了，逃回那个遥远的家。他逃不回去，那个家太遥远了，超出了他的想象。杨凡众沉默着。三个女人低声抽泣。他实在忍不住就哭出声来。这一哭就被家人听到了。他们呼喊着把他接下树去。杨凡众往他头上甩了一巴掌。他的哭声被打掉了。吴莲秋跑过去紧紧抱住他。

那天晚上,他睡得很沉，梦见自己睡在树梢上，被一群鸟雀抬着飞到天上，风在耳边呼呼作响，远远地望见一片海。突然，一阵吵闹声惊醒了他。他醒过来发现窗外洒满阳光，穿上衣服跑出屋外，看到杨凡众挥着斧头砍那棵桂树。有几个村里人在劝他。他不为所动，虎着脸，埋头猛砍，挥舞的斧头把人们逼退了。人们只好去找村长。村长匆匆赶到时，那棵桂树哗啦啦倒下了。

“村长，你不用说什么，也不用为难，我知道这是风水树，就按村规办吧，该怎么办就怎么办。”杨凡众说。

“阿众啊，你何苦呢?”

村长说。他笑而不答。村长叫上几个老人商量如何处置。第二天，村里就杀掉了他们家的猪，全村人聚在村头喝酒。杨凡众并不难过，夹在人群中大块吃肉，哈哈笑着说：“只要孩子没事，再杀一头也没关系。”

富安听了这话，两眼泪汪汪，心间某块坚硬的东西软化了。他感受到了父爱。他喜欢那种感受，从此不再爬树，不再胡思乱想，找到了属于他的家。

“阿爸。”

他轻轻叫唤。那天晚上，杨凡众喝多了，让人架回来，倒到床上呼呼大睡。他就蹑手蹑脚来到床前，望着烂醉如泥的杨凡众，双手不住地拉扯着衣角。他想叫阿爸，嘴唇抖了抖，额头急得冒出汗水，也张不开嘴。他回到屋里喝了两碗凉水，感觉心里稳了下来，回到床前叫了声“阿爸”。

“你叫我阿爸了？”

杨凡众猛地醒来，抱住他，热泪盈眶。第二天，富安就叫得顺口了，杨凡众心头敞亮了。他真正拥有了一个男孩。他开始为孩子们的未来考虑，要供他们念书，支持他们考大学、考国家干部。这需要钱，他就背上帆布包跟村里人到外地伐木。没想到灾难随之降临。

出事那天，富安和村里一个孩子到河边网鱼。渔网是杨凡众买的。杨凡众时常到河里网鱼，他不在家，富安就把渔网拿出来，叫上一个孩子来到河边。那时烈日当头，阳光白晃晃地落在水面上，散出一阵阵银色水波，刺得人眼睛生痛。他们把渔网沉到河里，胡乱往河面上抛几颗石头，惊吓水底的游鱼，而后就跑到山脚下躲避阳光。另一个孩子坐不住，老想着网里网住鱼没有，几次邀富安去看看。富安感到有些困乏，坐在石块上，双手托住下巴，望了望硬扎扎的阳光，说：

“你去看看，我再坐一会儿。”

那个孩子就往阳光里跑，边跑边听到有人在叫喊：“阿公，让开啦，滚木头啦！”那叫喊没有什么稀奇。村里人到山上砍木头，多半是将木头顺着山梁滚落到山脚才扛回家。每当往山下滚木头时，村里人总会叫喊“阿公啊，让开啦”之类的话，那是叫给山神听的，也是叫给人们听的。听到叫喊声，人自然会避让。孩子回头望去，没看到人影，也不在意，继续往前跑去。此时，身后传来轰隆隆的声响。孩子再次回头，看到一根木头往山脚滚来。

“富安，快跑开，有木头！”

孩子叫喊着。富安站了起来，怔怔地望着，不明白那个孩子在叫喊什么。当他明白过来时，木头已经砸中了他。他倏地飞出去，像一张纸片轻飘飘地落在几米之外，贴在地上不动了。孩子哇哇地哭。李玉含从树丛中钻出来，慌忙跑到富安身边，把他抱起来往村里跑，身后滴着血水，染红了石板路。

富安救不过来了。

杨凡众赶回村庄已是三天后。杨昆成怕他失去理智，从早到晚守在村口等待着他。当他出现在山路上时，杨昆成小跑着去帮他提行李。他看了看杨昆成，喉结滚动着，却什么话也说不出来。杨昆成知道他想说什么，说："回来就好，先回家，回家再说。"他咽了下口水，转身往村庄里跑去。一路上遇到人，他也没打招呼，村里人也不计较，退到路旁静静地望着他没入村庄里。

他看到李玉含跪在他家门前，不用问，就是这个人害了孩子。村长站立在他身旁，杨昆成赶过去站到另一边，如同保护他的两尊门神。他站到他面前收住脚，冷冷地盯着，欲言又止，瞟了围观的人们一眼，转身走进屋里。屋里没有富安，也没有富安的衣物，只有三个垂泪的女人。她们看到他，哭得更伤心了。

"啊——"

他大吼一声，转身往门外奔去。杨昆成连忙跟着追出去。他不放心他。他受了刺激，糊涂了，没头没脑地奔着，还一路"啊啊"乱叫，把猫猫狗狗都吓得四处逃窜。村里人看到了，知道他心里苦，没人敢与他打招呼，只是满眼怜悯地望着他。人们看到杨昆成跟着追去，不由得感到迷惑。人们没问杨昆成为什么追赶，只是静静地望着他们奔跑。杨凡众跑出村庄，累倒在原来那棵风水树旁。他跪在地上抱住那根木桩，泪眼涟涟。他觉得是因为自己砍掉风水树，触犯了神灵，使孩子受到惩罚。他相信是神灵惩罚他的孩子，不然为什么死去的是他的孩子，而不是别人的孩子呢？他理不出头绪。

“带我去看看孩子吧。”

杨凡众说。杨昆成点着头把他扶起来，往对面山坡上的那片竹林走去。人们把富安埋在竹林里，待到春暖花开，将长成一棵竹子回到世间。杨昆成带着杨凡众来到富安坟前。那是一堆新土，从地面突兀而起，散发着潮湿的泥土气息。杨凡众被那股潮湿之气笼罩。他胸口压迫着什么东西，像是身旁的空气，像是树丛中的杂音，像是他内心里的呼喊。他猜不出来，呼吸越来越困难，快窒息了。他双膝跪在地上，什么话也说不出来。他的手伸向那堆新土，哆嗦着。他的孩子就埋在这土里。他难以想象这是事实。他多么希望这只是一个梦。哪怕是一个噩梦。忽然，他的手往土里扎，发疯般地往外扒土。

杨昆成心里一阵揪疼，走过去扶住他，被他甩到一旁。杨昆成不敢再劝了，此时此景怎能劝得了呢？他心里满是苦楚。他像一只逃命的地鼠，发疯一般扒土，似乎要把内心的苦楚全埋到地下。他的手扒出了血，也没有停下来。他失去了感觉，不知道疼痛。当他的手碰到棺材时，如同触到一颗地雷，整个人跳起来。他直愣愣地立在那里。他浑身颤抖，面如土色，回头望向杨昆成。他在求助。杨昆成正想走过去，他却猛地跪下去，轻轻地拨开土，仿佛怕惊吓了地下的孩子。那只小棺材露了出来。他又回头望来。杨昆成在他眼里看到了无助、悲伤和仇恨。他掀开棺材板盖，再掀开盖住孩子的黑布，露出一张青紫的脸。孩子是那么瘦小，如同风雨中的竹笋。他不再叫他阿爸了，也不再躲到树上了。他抖着手伸向孩子，发现手上粘着泥土，连忙往身上擦拭。擦不净。杨昆成连忙脱下外衣递给他。他没有接过衣服，而是把棺材盖上，用手把泥土填埋进去。孩子从此消失了。他想起被送走的小女儿、交换的大女儿，她们都还活着吗？他突然觉得活着并不是件容易的事。他没有说话，杨昆成也没说，似乎生怕惊吓着躺在地下的灵魂。

“让我待一会儿。”

他低低地说。杨昆成看了看他，在他肩上拍了拍，慢腾腾地下了山，剩下一条塞满荒草的路途。

竹林里剩下他和孩子的坟。他跪在坟前，一动不动。他想痛快淋漓地号啕大哭，却怎么也哭不出来。草丛里的鸟雀和松鼠偶尔发出一两声啼叫，使竹林更显孤寂。他望着坟堆，如若隔世。他再次眩晕着，身体跟着旋转，山川也旋转。他揉了揉眼睛，看到夕阳落下来，使山脚的三岔路口变得通亮。在通往山外小镇的路面上行走着两个外乡女人，扭着肥大的屁股往前走。他被刺痛一样把目光移开，望向那条通往村庄的道路，路上出现一个佝偻的老头，扛着一捆柴火，阳光从他身后照过来，影子越拉越长。他面前是一头慢悠悠走着的黄牛，身后追逐着两条小狗。第三条路是通往孤山的祖坟地。路上什么也没有，哪怕是一只野猫，旁边的杂草与树木都沉默不语。他似乎看到他的孩子立在路旁等待，像是在等待着他，又像是等待着别的什么人。他知道那是人生的必经之路。他不明白的是，为什么要让孩子承受这份苦难。他忽然想到了什么，想撑着站起来，整个身体却动都动不了。他的双脚麻木了。他只好侧着身子，慢慢地坐到地上。

他揉搓着麻木的双腿，扶住一根竹子直起身来。他甩了甩左脚，又甩了甩右脚，还试探地跳了两下，确定能走了，转身走下山去。他回到家找出斧头，坐在家门口磨着，霍霍的声响四处回荡，撞击着屋里每个人的心房。

“阿众啊，这事怪李玉含没注意，孩子走了，你要想活着的人啊。”

村长劝着他说。杨凡众看都没看他，目光落在斧头上，更加用力地磨着刀，霍霍的声响更加刺耳，一股阴冷的杀气扑面而来，压抑，窒息。村长一时不知该说什么，要是换作他失去孩子又会怎么样呢？这不是用几块山地可以解决的事，这是关于人命的事，又不只是关于人命的事。村长想离开这个令人窒息的屋子，终究没有移步。杨凡众埋着头，继续霍霍磨刀。吴莲秋倚在房门边，目光慌乱，双手紧紧地搓扯着衣角，心头涌起死亡来临的惶恐。

“阿众啊，要是心里过不了，就去报案吧，用刀解决不了问题，就算你把他杀了，孩子也回不来了，只把自己搭进去，还把这个家搭进去，这道理你不会不懂，是吧？”

杨昆成说。他生怕杨凡众提着斧头去报复，那样将害人害己。村长看了看他，抖着嘴巴想说什么。杨凡众始终没抬头，咬着牙霍霍磨刀。斧头锋利无比了，射出一道道寒光。

“去报案吧。”

杨昆成又说。杨凡众倏地站起来，看都不看杨昆成，提着斧头奔出门去。杨昆成不敢拦住他，一路紧跟其后。他不理会身后的杨昆成，杀气腾腾地往李玉含家走去。村里人看到，纷纷给他让路，心里不由得暗暗捏一把汗。他走过小木桥时，忽地收住了脚，紧紧地盯着河流。王菊花在洗衣裳。她是李玉含的老婆。她身旁是一个五岁多的小女孩。小女孩也在洗衣裳，怎么也没能洗净，不由得泄了气，把衣服甩在青石板上，撒着娇四下张望，发现木桥上镶着一双眼睛。阴冷。坚硬。她被恐惧罩住了，紧紧地抓住她母亲的衣角。她母亲也发现了那双眼睛，不由得怔住了，连忙把女孩挡在身后，手里的搓衣棒掉落下去，在青石块上弹两下，落入水里漂走了。她眼巴巴地目送搓衣棒远去。她顾不上了。木桥上的那双眼睛比斧头更锋利，砍在她们母女的身上。疼痛，却不敢叫喊，她们像两个受冻的老鼠瑟瑟发抖。

杨凡众不由得一阵迷糊，她们怎么还来洗衣服呢？该躲在家里哭泣，跪在神坛面前祈祷，大气不敢喘一下才对呀。可是，她们真真切切出现在河边。他想到了猫头鹰，想到乌鸦，想到无家可归的野狗。他觉得这些景象就是自己，孩子的突然死去使他的内心无家可归。他发现自己一个人在流浪。他感到自己也陌生了。他是谁？这个抓着斧头的男人是谁？他从哪里来又要到哪里去？杀人？杀人！他颤一下，接着双手颤个不停，斧头从手里脱落，掉在地板上。他抓起斧头转身往村庄里走去。

第二天，他跑到小镇的派出所报案。李玉含非死即狱。这是他必须付出的代价。他来到派出所门口，看到里边有几个人在办事，民警埋头填写着什么，一股冷气从头顶压下来。他有些恍惚了：把李玉含送进牢狱又能怎么样呢？孩子再也回不来了。他们并无冤仇，要不是意外，或许永远相安无事。问题是孩子死了，消失了，尘土一样被刮走了。

他似乎看透了什么，又似乎被什么看透了，逃也似的跑出派出所大门。他跑到桥上，阳光落下来，刺疼他的眼睛。街上的人们在他眼前晃动，面目模糊，他心里也渐渐地模糊了。他来报案，内心却感到不安。他想不明白怎么了，是错把李玉含当成一个坏人吗？那只是一个意外！这意外把他推进泥潭。他的目光四处游移，看到一条狗缩在电线杆下，慌慌张张地往街面望去。它在看什么？该死的狗。他往那条狗走过去，想狠狠地踹它。他不明白自己为什么要这样。那条狗发现了他，没等他走到面前就跑远了。

他望着那条狗仓皇逃窜，发现心里边有什么跟着逃窜了。他拖着脚走回村庄，提起斧头往李玉含家走去。他在李家门外扎住了，盯着那扇虚掩的门。虚掩的门使他为难。为什么不设防呢？他可以毫不费劲地闯进去。问题是，别人已经想到这个结果。人家在等他的惩罚抑或报复。他很想大声呼喊，嘴巴却紧锁着。他想到了小镇上的那条狗。那条仓皇逃窜的狗。现在，他要杀掉狗一样杀掉李玉含吗？他回答不了。他从没想过要杀人。那么就此要放过他吗？怎么可能就这样放过他呢？他脑子一片混乱。

他蹲坐在门口。他只能蹲坐在门口。

村里人看到了，想劝又不知如何劝，都不敢靠近他，只在远处观望，眼里尽是茫然。人们既不想发生什么，又似乎盼着发生什么，始终没人说话，整个村庄陷入死寂。死亡的气息弥漫开来，逼迫得人们惶恐不安。

李玉含从窗口里看到了他，心里一阵慌张，但他没有躲避。他不愿意躲避。该来的总会来。他不知道山脚有人，要是知道，打死他也不会往山下滚木头。可是，孩子死了，怎么说都没有用。他有罪。他为此陷入悲伤和绝望。他想过逃走，又不想把老婆和孩子推进艰难的境地。他留了下来，跟老婆交代许多事。王菊花淌着泪为他收拾衣物。

杨凡众坐在那里，不说话，不骂人，连目光都不往门里瞅。李玉含想出门与他交谈，又怕激怒他，对自己不利。他想既然他不报警，又没冲进来，是盯上别的什么了吗？不会是自己的家人吧？他被这个想法吓住了。

“大家是一个村的，从没有什么冤仇。你们都是好人。可发生了意外，孩子走了，谁都不想看到的事。阿众没有去报警，没让警察抓走李玉含。这就是良心。李玉含犯了大错，要么蹲牢狱，要么抵命，要么赔偿，他没有逃走，那也是良心。你们都讲良心。

现在得想出一个折中的办法，是吧？”

村长说。村长把杨凡众和李玉含、杨昆成、几位老人以及几个村干部和组长叫到村部商讨。杨昆成没说话，人们也没说话，都想不到什么办法。杨凡众和李玉含低垂脑袋，在等待着什么。

“我想能不能这样，让阿众再生一个，弥补这个孩子。”村长说，“阿众的老婆结扎了不能再生，李玉含的老婆还能生……”

人们的目光全落在村长身上，似乎他是一个突然入侵的陌生人。杨凡众和李玉含同时倏地直起身，相互对视一眼，又匆忙挪开目光，各自慢慢地蹲下去。杨昆成圆瞪双眼，怎么也想不到村长出此主意。他想说句什么反对的话，结果什么也说不出来。几个老人抽着旱烟，目光飘散，沉默不语。

“这些天来，我一直在想这个办法，既然坐牢偿命解决不了问题，这个办法还是值得考虑的，免去了坐牢，也得到了孩子。”

村长又抽一口烟，说。人们在烟雾里看到一个面目全非的村长，仍然没有谁说话。杨凡众和李玉含的目光仍旧扎在地上，一同看到几只蚂蚁在爬行。他们觉得自己就是一只蚂蚁，爬不出漫漫长夜。

“都说说吧。”

村长的目光在大伙脸上扫着，没扫开一个人的嘴巴。杨凡众把脸别开，望向一片杂乱的窗外。李玉含哆嗦着，慢慢地站起来，似乎想挣脱什么，又什么也挣脱不了，无助地望向天空。那里悬挂着几朵浮云。村长不再说什么。人们也没说什么，站起来各自散去，剩下杨昆成像个傻瓜缩在那里。这个村庄里最有文化的人，忽然觉得曾让他骄傲的文化，此时成了某种看不见的耻辱。

“我去自首。”

李玉含说。夜里，他翻来覆去睡不着。他老婆王菊花也睡不着。他们都在想心事。他们在想着同一件心事。王菊花咬了嘴唇，望着身旁沉在睡梦里的孩子，心里翻涌千般滋味。她怎么愿意跟别的男人生孩子呢？太荒唐了！怎么能出这样的主意？可是，除此之外还有别的办法吗？她也想不出来。

“我不想你坐牢。”

她咬着牙说。她说着就把脸别向窗外，村里点亮的灯光，从窗口漏出来，影影绰绰。她把头抬起来，望见天边悬着一弯缺月。她觉得她就是那弯缺月，照亮着大地，又被大地遗忘。她发现脸上一片冰凉。她知道那是什么，但她管不住。这人生有太多她难以管得住的东西。她太渺小了。

山梁上有一个木棚，守山用的，猎人偶尔在此歇脚。杨凡众把木棚修葺一番，置上锅盆，铺好床被，有了些许家的味道。他和王菊花将在那生活，直到她怀上孩子。他们在后半夜离开家门，摸黑走出村庄，悄悄地爬上山梁。那时整个村庄沉在睡梦里。他们不想让人看见。那不是婚嫁。他们心里虚空着，借助夜色掩盖。家人没来送他们。家人找不到送他们的理由，假装睡着了。他们都清楚却没说出来。他们被命运牵着，如履薄冰，在家人的假寐里走向另一种生活。完全陌生的生活。是放荡，是承受，抑或是别的什么？他们不清楚，又心知肚明。他们不敢猜家人在黑暗里目送他们时脸上是什么神情。他们一阵心虚，恐慌笼罩下来，而某种诱惑雾气一样飘荡着，捉摸不定。他们就被这种诱惑牵引上山梁。他们没有亮灯。是不敢。生怕撞破什么。他们感觉到神灵的存在。神灵隐藏在夜色里，静静地注视他们。他们没有说话，不敢说话，找不到话可说。

他们来到山上，头发和裤角被露水打湿。他们坐在门框上，四周很安静，淡淡的月色映在山梁上，树丛里偶尔传来野猫的叫声。委屈。孤苦。凄凉。他们回头往村庄望去，即使被好几条山梁挡住视线，他们却清晰无比地看到各自的家人。他们的家人彻夜难眠，扒着窗口望着山梁，昏暗塞满了视线。他们想到了放弃，但没有说出来，放弃意味着重新寻找另一种解决的办法。他们没有信心找到另一种办法。他们对未知的未来感到恐慌。

夜深了，月亮落下山，巨大的漆黑吞没整个山野，夹着凉意的风吹拂他们的脸膛。他们颤抖着，计算着——此时不是仇敌，此时即是仇敌。他们将以仇敌的方式化解恩怨。王菊花感到困乏了，眼皮不住地往下挂。她在黑暗中脱掉外衣爬上床。杨凡众仍旧坐在门槛上，一动不动，内心一片慌张和迷乱。他想起当新郎的那个夜晚，也如此慌张和迷乱。他高估了自己内心承受的能力。

“睡吧，晚了。”

王菊花说。她在叫他上床睡觉。她像是他的妻子。她就是他的妻子。

他看了看山林，一片漆黑，无边无际。他想了想，站起来关上门，拖着脚走向她。她吹灭了煤油灯。屋外的黑暗奔涌进来。他看不到她了。他也看不到自己了。他觉得整个身心陷入一片泥沼。他想到了他的妻子、她的丈夫，以及家人和亲人。他们睁着一双双幽暗的眼睛透过漫无边际的夜色飘来。那是一把把利剑，刺破他的心扉。他疼痛、麻木。无处哭喊。他没想过要退却，也想不到能往哪退却。他看到了自己的心魔。他是自己的狱。他在黑暗里慢慢地跪下去，低低地抽泣。她伸出手，碰到他的脑袋。她想收回来，却搁着不动，像被什么吸引。那不是她。她知道那不是她。难道身上还存在另一个自己？她这么做或许只是为了安慰这个男人，也是在安慰另一个男人。他们都是她的丈夫。她爱这两个男人吗？这已经不能用爱来解释。她不是野蛮人。她不是。

她是懂道理的。她发现有时懂道理还不如什么也不知道。她为此忧伤。她也只能忧伤。她跟一个不是丈夫的男人住在一起。他们要创造一个孩子。这创造与道德有关，又无关道德。这是引领他们走出困境的路径。这个不存在的孩子拯救了他们。这个孩子并不知道这些，在他还没存在的时候，命运已被注定。她想，这个孩子像她，还是该像他，或许吸取他们俩人身上最优秀的部分组成另一条生命？她不知道。她只知道自己的手仍搁在他头上。她在给予他鼓励和暗示。他们之间隔着的那堵墙就倒塌了。他没想到以这种方式倒塌。他以为很艰难，事实上周身的漆黑掩盖了他们内心的欲望与羞涩。他把她拥入怀里，紧紧地抱着她。她迎合着他。他们在痛哭中撕碎对方，两颗疲惫的心灵一同落在洒满朝阳的草地上。

天亮了。

他们赖在床上不起来。他们相互望着对方，昨夜里的那份羞涩不复存在。他们感到有一种什么东西正充斥着心房。他们想拒绝那种东西。那种东西却愈发坚硬，蛮不讲理，冲撞着他们的神经，迫使他们慢慢地接受。他们的身心慢慢地安静下来。他们想到了什么，一同爬起来穿衣服，走到屋外的阳光里。

他们日出而作日落而息，山风、野雨和鸟语花香伴他们入梦。梦境安静而纯粹。两个月后，王菊花怀孕了。他们紧紧相拥，泪流满面。他们为对方擦拭眼泪，擦出满脸的伤感和落寞。他们就要离开了，回到山下的村庄，回到各自的生活里。他们习惯了这种生活，简单而实在，远离嘈杂与浮躁，与山为伴，溪水流淌，没有烦忧。但他们知道这只是一段插曲，一切都结束了。

“我们不走了好吗？”

王菊花说。杨凡众怔怔地看着她，听不明白她的话，是不想听明白。这话过于突兀和遥远，瞬间使人彼此陌生。他瞅着她，使劲地瞅，似乎认不出她来。她眼里泛着贪婪，像一匹饥饿的母狼，想占据整个生活，包括山林、空气，以及他们自己。他们在对方眼里看到一个贪婪的自己，真实的自己，活在心底的自己，他们被另一个自己打败。他没能忘记一切只是协议。他明白女人终究不如男人。他没有应答她。他也知道她在说这句话时已然知晓答案。他们都无法逃避这个答案。那是罩在他们头顶的枷锁。他们都无能为力。她只是想问一问，无关乎答案。她的手下意识地搁在肚皮上，感受到了另一个跳动的灵魂。

“过三天再来接我。”

她说。他怔怔地盯着她，既没说话，也没摇头或点头。他越来越迷糊了：女人到底要干什么，以此要挟他留下来？不可能！他们不能像野人一样住在山里，从此远离一切嘈杂与混乱。

“我只想再待几天。”

他既不点头，也不摇头，只是静静地看着她。他常常静静地看着她，眼里充满怜爱与悲悯。他不禁怀疑自己动了心。这是危险的。他突然感到了危险。他知道危险从何而来，因何而来。这不是爱情，只是情爱。他想到那个未出世的孩子。他的孩子。她的孩子。他们的孩子。那个比他们生命更重要的孩子。要是那个孩子不是男孩而是女孩呢？他似乎被谁猛敲了一闷棒，整个人眩晕着，陷入一片虚无。他被打败了。他不知道被谁打败了。他没有说什么，也没能说什么，山林异常茂密和幽深，似乎容不下一句多余的话。

他埋下头生火做好晚饭。那是他做的唯一一顿饭。他为她准备晚餐。最后的晚餐。他提着刀走向野兔。他要杀掉野兔给她补补。野兔是掉进他设的陷阱的。野兔没想到在山林里存在埋葬它的陷阱。它无法挣扎、哭泣和反抗，眼里是一片空洞，连悲伤都没有。她看着野兔，心里一片慌乱，接着泛起凄凉。她想到了自己，想到眼前这个不是丈夫的男人，他们何尝不是掉入陷阱的野兔？她充其量只是一只野兔。她心里颤了一下，在他举起刀时，冲过去夺过那只野兔，紧紧地护在怀里，泪眼涟涟。他怔住了，想到了什么，把刀搁在墙角。他想为她擦拭眼泪，却没有伸出手。他终究没有为她擦拭。他不是给她擦拭眼泪的人。他不是。那谁是呢？他回答不了。他返身走下山。夕阳西下。他隐没在披着淡红色纱布的山林里。她的心也隐没在山林里。

第三天凌晨，山梁上着了火，火越烧越大，一条条火舌在空中飘荡，把漆黑的夜晚烧出一个巨大的窟窿。杨凡众哭喊着往山梁奔去。村里人也跟着奔去。他们跑到山梁上，漫山遍野全是火，人们傻了眼，还能怎么扑救？杨凡众顾不上这些，抱住脑袋往火堆里冲。王菊花还在火里。她有了身孕，是他的孩子。他不能丢下她不管。男人们惊叫着冲到火里把他强拽出来。他的半边脸被烧焦了，乌黑的血淌下来，触目惊心。他啊啊号叫，撕心裂肺，不知是疼痛，还是担心着王菊花。

人们跑到山顶辟出防火道，阻止了山火的蔓延。那场山火烧了整整一个夜晚，大片山林化为灰烬，灰烬里不时出现被烧焦的野兔尸骨。这些尸骨让人们揪着心，不约而同地往小木棚赶去。他们找不到小木棚了，不存在了，被烧掉了。王菊花也被烧掉了，没有留下一点痕迹。王菊花就这么死了。她是在睡梦中离开尘世的吗？但愿，当时她是在做一个梦，做一个不再醒来的梦，远离夜晚与苦难。人们在心里为她祈祷。杨凡众后悔不已，怎么能把她留在山上呢？她一个弱女子怎么能战胜山野里的孤独和来自内心世界的恐惧呢？他觉得是自己害了她。

人们在废墟里找到一封遗书：

谁都不要怪，这是我自己做的，和什么人都没有关系。

和别人没关系？和村里人没有关系吗？这句话像一块千斤巨石压迫着人们的神经。村里人像丢了魂似的闷闷不乐。村长在王菊花坟前跪了整整一夜，第二天人们发现他面色沧桑、满头白发。接生婆也在那些天里故去。秋来叶落，山川静语。村庄像被挖掉内脏般空寂和落寞。杨凡众再也没开口说话，似乎被烧成了哑巴，整天呆呆地望着山梁。那里埋葬着王菊花，以及未来到世间的孩子。

“你爱她吗？”

吴莲秋问。他闭上眼睛，没有回答。她再问。他仍然沉默不语。他想沉默已是最好的回答。他不由得颤了一下，赫然发现心底有一个黑洞，慢慢扩大，再扩大，深不见底，倏地把整个人吞噬进去。他想大声叫喊，怎么也叫不出声，唯有脸上那块巨大的伤疤闪现出一道刺目的暗光。他知道，余生将在这道暗光里煎熬。

在一个雨夜，他悄悄地走出村庄，消失在人们的梦境里，从此不再回来。

他偶尔会往村庄寄钱，从没留下姓名和地址，谁都知道他不想让人找到他。

他活着，他又已经死了。村里人每每谈及他，总是满脸失落和伤悲。谁知会是如此结局呢？所有人都太想当然了。他们找错了路，山野里压根没有路，自以为的出路只是幻影，通往死亡境地。这个发现使村里人难过，也成了他心头的伤痛。他每天都在心底祈祷，想着赎罪。他对王菊花的死耿耿于怀。那是他离开村庄而坚持活下去的理由。他觉得她不该死。罪恶与惩罚不该由她来承当。她一个弱女子怎么能承受？他常猜想，她自焚是因为内心里存有希望吧？她被内心的清醒和希望给抹杀了。她不是一个麻木的人。有时候活着就得自我麻木，就得自我欺骗，如同山崖上的草木枯荣。可她是一个人呀。

这些想法像藤蔓一样缠在他心头，越缠越紧，十余年过去了仍然如故。他似乎明白了为什么有人选择出家，削发为僧成尼。多年后的一个下午，他走过菜市场，看到一个女大学生在卖猪肉，猜不出她干这一行是为了讨生活，还是别的什么原因，甚至只是为了炒作。女孩看了看他，似乎看透他的心，眼里浮现出一丝不屑。他看着她用屠刀切好一块块肉，齐整地摊在案板上，动作纯熟，如同一个老屠夫。他自嘲地笑了笑。

此时，他注意到一个小男孩，站在另外一个肉摊摊位里，十五六岁模样，脸型与年轻的他无异。他似乎被什么猛搓着，往事翻涌，心头怦怦直跳。他挪着脚慢慢地往男孩靠近。这时孩子的母亲从旁边直起身来。他看到了她的脸。那是王菊花的脸。

王菊花！

她没死?!

他一眼就认出她来了。她还没有死?！他想拨开人群蹿过去，双脚却扎立不动。他明白了那个孩子是他的孩子，是他和王菊花的孩子。王菊花没有认出他来，只是瞅了他两眼，目光便被他脸上的伤疤硬生生地弹了回去。她不敢再瞅眼前这个丑陋的男人，那块巨大的伤疤太吓人了。她慌忙把目光移开，等待新的顾客和生意。他感到心脏快要冲出来了，多么想告诉她发生的一切。可是，告诉她又能怎么样呢？物是人非。她还是她吗？他又还是他吗？他们都已经不是自己，过去的自己都已死去，此时活着的只是另外一个自己。他用手挡住脸上的伤疤，又发觉这个动作纯属多余。她根本不认识他。他们早就隔着两个世界。

他们都已在别人的心里死去。

尘 落

1

刘海东服毒自杀了。这和一张布告有关，布告是在五个月之前贴在小镇墙头上的，那是胡少军贴上去的。胡少军是林荫镇的副镇长，贴布告这等蝇头小事原本是办公室秘书的活，然而吴建国却指名道姓要他去办。

多年之后，胡少军仍然记得那天的情景。那天他心里一团糟，那段时间以来他心里总是一团糟。他母亲患上一种怪病，服了许多中药和西药，病情没有好转，却把家里的积蓄都花光了。他坐在办公室里感到烦闷，便走出门外站在一棵茂盛的玉兰树下。树荫外是大片剥了皮的阳光，蛮横无理地赖在地上，还发出一阵阵挑剔的嗞嗞声响。这应该是一年中最炎热的日子。

“这该死的天气!”胡少军在心中狠狠地骂着。此时他的手机唱起了杨坤那首《无所谓》的歌，那是他设置的手机铃声。他喜欢杨坤沙哑的歌声，很多时候他觉得生活就是一首沙哑的歌曲。他有些懒散地掏出手机，那是从旧货市场淘回来的诺基亚。看到手机上显示着“猪头”两字，他眼睛便被什么刺痛了，心里跟着咯吱一下紧缩起来。“猪头”是他给吴建国起的代号，他不喜欢这个代号叫“猪头”的吴建国，所以他让杨坤尽情地歌唱，等到歌声快要结束了，才皱着眉头按住接听键。

“胡副，你必须亲自把布告贴出去！”

吴建国站在省城的窗台前打来电话，那是一家五星级宾馆的窗台。当时窗台外哗啦啦下着大雨，目之所及，行人和车子像一群逃亡的虫子。这世间谁人不是逃亡的虫子呢？这想法使他觉得窗外的雨滴穿透厚厚的玻璃滴落在心头，他的情绪便被淋湿了。他就在那时拨打了胡少军的电话，胡少军却迟迟没接听，他心间陡然冒起一股莫名的火气。所以当电话接通后，他几乎是对着手机吼叫起来，千里之外的胡少军被吼叫声击中了。一直以来，他总觉得自己的耳膜像活靶，而吴建国的指令就是一块块石子，每每都毫无偏差地击中靶心。他时常为此感到懊恼和沮丧。事隔多年，胡少军还记得那天听到吴建国对他发号指令的情景。当时他的手像被黄蜂蜇了一般颤抖起来，手机差点掉落在地。他不由得捏紧手机，拿到面前，目不转睛地盯着屏幕。那个有些破败的屏幕终于出现“通话结束”的字样，他才咬牙切齿地骂了一句，然后把手机用力地摔进包里。那时他想起了鲁迅笔下的阿Q。他觉得自己有些像阿Q。他一点儿也不喜欢这种感觉。然而这种感觉却在他心里盘根错节，使他感到窒息。他知道，不管心里多么不愿意，终究都要按着指令去办事，谁叫“猪头”是他们林荫镇的镇长呢。

在三个月之前，胡少军以为这个镇长的位置是他的，镇里的所有大小干部也都这么认为，每每在私下里都叫他胡镇。他总是一脸正经地说别乱开玩笑，心底却已然乐开了花。他中专毕业就被分配到林荫镇，开始了漫长而脚踏实地的工作，八年前被提拔为副镇长。八年过去了，大家都认为他头顶上的“副”字该去掉了。八年，当年的单身汉的孩子都能打酱油了，何况一个小小的镇长呢？然而换届时，他头顶上那个“副”字岿然不动，县里选派了比他年轻的吴建国来当镇长。他成了一只泄气的皮球，工作时难免带着情绪了。吴建国用一只眼就把他的心看个通透，于是对他就不那么友好了，时常对他指手画脚派这派那，俨然把他当成一个秘书使唤。他知道吴建国是在杀他傲气，他也知道吴建国把他的傲气杀死才会善罢甘休。现在吴建国又对他的傲气大开杀戒了。他抬头望向天空，看到几朵浮云被遗忘在那里。他脸上不禁泛上一丝苦笑，心也渐渐地沉下去。

“不就是贴一张布告吗？有什么了不起！”

胡少军一边在心底嘟哝，一边往头上扣了一顶草帽，然后像一头上了年纪的老黄牛，拖着脚往火辣的烈日里走去。他记得，当时烈日像炭火一样噼里啪啦地落下来，把街头那些零零散散的人们统统驱赶到屋檐下，往日里疯狂奔跑的猫和狗都安静下来，连不知疲倦的蚂蚁也不见踪影。那条狭窄而破败的街道陷入了一片死寂。胡少军就踏过那片死寂，默默地把布告贴到墙上。当时街上的几个好事者不顾头顶烈日，从阴凉的屋檐下蹿出来，一脸讨好地凑到他身旁，问：“胡副，都贴什么好消息呀？”

“你们不识字吗？”胡少军头也不回地说，“自己看看！”

好事者们碰了一鼻子灰，便知晓胡少军遇到了不顺心的事，便不敢再招惹他，于是装模作样地盯着布告。那些懒散的目光落在布告上，他们终于把布告看明白了：元旦之后，不论是谁，离开人世都必须送到城里去火化。他们的目光忽地坚硬起来，眼珠也瞪圆了，像一只只饱满的西红柿。他们脸上显现出同一种惊慌失措。于是他们号叫起来：“大家都看啊，都快来看呀，死人都要拿去烧啊！”

躲在屋檐下的人们便伸出头来，看到几个好事者满脸慌恐，便纷纷丢掉手里的活涌过来。人们围住了宣传栏，也把胡少军围在里头，几条狗还对胡少军瞪着眼，似乎胡少军是制造这起恐慌的罪魁祸首。人们七嘴八舌地问着胡少军，说："胡副，这是不是真的？"

"胡副，怎么就不给埋了呢？"

"胡副，难道埋进祖坟也不给吗？"

"胡副，如果我们非埋不可呢？"

……

胡少军干咳了两声，把人们杂乱无章的声音压下去，说："我在这里告诉大家，这布告上讲的都是真的，这不仅是我们林荫镇，而是全县、全市都这样规定的，谁不按规定做谁吃不了兜着走。"

人们的目光纷纷投向胡少军的脸，却被那顶因浸过雨水而变得一片灰暗的草帽挡住了。人们便把目光拉回来，你看看我，我看看你，终于看到对方脸上渐渐泛起一股古怪的神情，似乎一场灾难即将来临。人们不动，也不说话，似是一片沉默的森林。

胡少军挥挥手，说："大伙都回去吧，都把这消息传下去。"

人们又面面相觑，终于摇摇头说："镇里这是在弄哪样啊？"

人们边说边摇着头四下散去。胡少军站在那里望着一张张落寞而去的背影，心间涌起一股说不清道不明的滋味。

2

那段日子，在林荫镇的街头巷尾，到处都在谈论着那张布告。刘海东每每听到人们谈起，心间总是一阵比一阵虚空。此时他已经九十岁了，身上的肉像被抽掉一样越来越瘦。这个干瘦的老人越发思念他的女人。他女人在三十年前患病撒手归西。他想死后就去找她，照顾她，不再让她一个人孤单。然而那张布告却使他感到惶恐不安，要是死后真的化为一堆骨灰，那么她还能认出他吗？他心里一点底也没有了。

刘海东问他儿子，说："刘邦，你说政府贴的布告，是真的还是假的？"

刘邦白他一眼，说："谁说得清？"想了想又说："实在不放心就去问政府吧，对，去问那个胡少军，布告是他贴的。"

刘海东觉得刘邦的话有道理，于是来到街边蹲下来等着胡少军。那天傍晚胡少军刚出现在街面上，刘海东就拖着脚走过去拉住胡少军的手臂，说："胡副镇长，我想问你一件事，你贴的布告，上边说的话是真的还是假的？"

胡少军说："老人家，那是政府的布告，是真的。"

胡少军说完就走了。刘海东呆若木鸡地立在那里，他的魂灵似乎被胡少军带走了。当天渐渐暗下来时，他便边往回走边自我安慰，想这事多半是雷声大雨点小，也不必当真。

那段日子小镇上死了两个人。一个是年迈的老伍病故了，他的子女在一片号啕痛哭中把老人送上了山冈。刘海东参加了老伍的葬礼，当看到老伍跟着棺材埋到地下时，他心间有了些许太平，接着又泛起些许落寞。不几天，镇上开拖拉机的王二出车祸死了。他的家人也把他葬在山冈上。王二是死于非命的，按理说死于非命的人都要抬到河边去烧掉，还要把死者的骨灰撒进河里，让生生不息的河水带到遥远的地方。据说，那样死者的魂灵才得以升天，才不会回到阳间祸害活着的人。然而人们非但没有烧掉王二，还把他葬到高高的山冈上。政府连这个都不管，又怎么会把寿终正寝的老人送去火化呢？刘海东终于相信那张布告只不过吓唬人罢了，悬了多日的心终于渐渐平静下来。

几天后刘海东在街上遇见胡少军，说："胡副镇长，你还说布告上说的是真的呢，现在不是死人了嘛，也没送去县城火化呀！又唬我这把老骨头不是？"

胡少军说："老人家，布告上说，元旦之后死去的人才送去火化。"

刘海东"哦"一声便没下文了。他呆呆地立在那里，刚平息几天的心又倏地悬了起来。那天他像一根木头在街上行走，后来他又艰难地爬到山冈上，那里埋葬着他的女人。坟堆上长满了杂树和荒草。他把杂树和荒草一根根拔掉，然后颓然地坐下来，静静地望着坟堆。

那些夜晚，他总是梦见自己的灵魂脱窍而出，变成一只鸟飞越山林，然后落在他女人的坟头上。他每每在半夜醒来，那时天空静默无语，月光悄悄地栖在枝头。他爬起来坐在床沿上，静静地等待着什么，可黎明总在漫长的等待里到来。当天空逐渐充满光亮时，他拖着枯树枝般的脚离开床沿，蹲在门口望着逐渐忙碌起来的小镇，喃喃自语起来，说："我怎么还不死呢？"

起初刘邦听到这句话，心里总是一阵惊慌，每每好声劝说着："爸，你别胡乱想着什么，不用你干活，好好地过日子吧。"刘海东没吭声，只把眼睛轻轻地抬起来，望向山冈上那片荒凉的坟场，脸上悄然爬上一片轻软的东西。刘邦便知晓他父亲心不在此了。后来刘海东时不时唉声叹气起来，说："我怎么还活着呢？"刘邦听多了心里便烦躁起来，于是在一次酒后恶声恶气地说："你要是真想死，就学着人家，一瓶农药就了事了，啊？"

刘海东先是怔了一下，接着心里豁然起来，怎么就没想到这个法子呢？这真是个好法子啊！只要赶在元旦之前死去，那么就可以埋在山冈上，于是自杀的念头便油然而生。

3

一天夜里，刘海东买回一瓶敌敌畏。那时刘邦不在家，屋里黑乎乎的，只有那条黑狗立在门旁，使劲摇晃着那条老态龙钟的尾巴。刘海东便知道刘邦又去赌钱了。这些年，这个小镇像着了魔似的，人们整天聚在一起赌钱。派出所时常去抓赌，结果越抓越多。小镇上的许多生意和田地都给荒废了。刘海东想不明白那些人都怎么想的。他曾无数次劝过刘邦，说："儿啊，这赌钱养不了家的，干些正事吧。"岂料，刘邦拍着胸口说："你知道楚汉之争吗？那时刘邦就是个地痞，说起来还不如我正派呢，我才打打小牌根本不入流，要是哪天我也和他一样成了流氓，我可就发大了。"末了还加一句，"你给我取名刘邦不也正有此意嘛。"刘海东便哑口无言了。摊上这么个儿子还能说什么呢？他忽然理解了多年前儿媳妇的不辞而别。于是他耷拉着脑袋在门口蹲下来，黑狗也跟着蹲在他身边。刘海东轻轻地拍着黑狗，心间不由得又一阵绞痛，泪就下来了。黑狗看到了，连忙用舌头舔着他的脸。

这些天刘海东没有出门，在家里收拾东西，把散乱的衣物折叠到箱子里，把脏衣物抛到盆子里，然后蹲下去弓着腰搓洗起来，累得满头大汗。

刘邦从外头回来，不由得惊讶起来，说："爸，你什么时候这么讲究了？"

刘海东埋着头没理会他，只是更加使劲地搓着衣物。他把衣物晒起来后，便在堂屋里想着还搁下什么事没有，于是把整条街的熟人都想过了一遍，结果只想到以前他偷看过王寡妇洗澡。那事也不能全怪他。王寡妇家与他们家相邻，而他的房间窗口恰对着王寡妇的洗澡房。一天傍晚，他无意中见到王寡妇在洗澡，第二天便把那扇窗给牢牢地钉上了，直到王寡妇再次嫁人才重新启开。他想去向王寡妇道歉，结果走到门口又折了回来，死都快死了，还计较这些干吗呢？那就当一场梦吧。他还答应过和李五下棋。李五不是他对手，却一直要跟他下，终于用脑过度昏倒在地，现在还躺在医院里。他去看望过李五，劝他好好休养。李五艰难地翻起身，说："我一定要赢你，不然死不瞑目。"他只好接受挑战，说："等你出院后再分胜负。"现在他没时间等李五了，不由得在心底感叹起来，于是自言自语地说："老伙计啊，我只能到那边去等你了。"

元旦的前一天，刘海东把一封遗书压在枕头下，然后坐在床沿上，深吸一口气，便从床底下掏出敌敌畏。他呆呆地望着敌敌畏，嘴角往上提了提，目光跟着沉静下来。他站起来整了整衣物又坐回床沿上。他又深吸一口气，用力地拧开瓶盖，举起来往嘴里灌。

此时黑狗从门外忽地蹿进来，咬住他的衣袖使劲地拉扯，使他无法喝下那瓶敌敌畏。刘海东只好把瓶子搁在一边，说："阿黑啊，你跟了我这么多年，我们也算是兄弟了，我走后你不要太难过，该吃就吃该睡就睡吧。"

黑狗立在那里盯着他，眼里闪出一道泪光。刘海东不想看着黑狗的眼泪，于是把目光转到窗外。那里是一片空荡荡的天空。忽然，他猛地拍打着脑瓜，担心起来：这农药不会是假的吧？如若是假的那他不就死不成了？可谁又知道这药的真假呢？他的目光落在了黑狗的身上。黑狗也呆呆地望着他。他便蹲下去抚摸着它的脑袋，说："阿黑啊，这是农药，不知真假，要是假的那就坏事了，所以我想……”

他哽咽起来说不下去了。黑狗就用身子搓着他的腿脚，嘴里发出哼哼的声响。刘海东抹了一下脸，说：“阿黑啊，要不你来试试行吗？”

黑狗望着他不住地点头。

刘海东说：“你真的愿意？”

黑狗又点着头，还用脑袋轻轻拱着他。刘海东就轻轻地拍了拍黑狗，然后到街上割了一斤猪肉。他把农药倒在肉上，再把肉搁在黑狗面前，说：“阿黑啊，我对不住你呀。”

黑狗的目光便在他脸上和那块肉上来回徘徊，最后垂下头哼哼地啃咬起来。黑狗啃咬几口又抬起头望来，眼睛里充满一种古怪的神情。刘海东受不住黑狗的目光，便拖着脚走出门外，蹲在门旁吧嗒吧嗒抽烟。好半晌，刘海东才回到屋里。此时黑狗僵在地上，嘴吐白沫，双眼圆睁，死之前定然痛苦不堪。刘海东跪到地上呜呜地哭起来。他用一块破布擦拭着黑狗，又用梳子梳溜黑狗身上的乱毛，把它打扮干净了，再找来一只木盒子，把黑狗抱进去，轻轻地上了锁。最后他想扛着木盒子出门，可那具枯瘦的身子已然使不出半点力气。刘海东只好到街上去找刘邦，让他把黑狗扛到山冈上埋葬。

刘邦说：“一条狗死就死了，干吗还要埋呢？拿来煮火锅不好吗？”

刘海东没有理会，脸上挤着越来越多的悲伤。刘邦的心软了下来，于是把黑狗扛到了山冈上，埋在刘海东女人的坟旁。

刘海东说：“就让黑狗陪着你妈吧。”

刘邦觉得他父亲走火入魔了，也不再劝着他便自个儿下了山。刘海东孤单单地坐在山冈上，夹着寒意的阳光照过来，把整个山冈涂上了一层忧伤。

天渐渐暗下来时，刘海东在黑狗坟前磕了三个头，又到他女人坟前磕了三个头，最后拖着干瘦的身子蹒跚下山。他回到家时，天已经一片墨黑。此时他从窗口望见在那条破落的街道上晃荡着几许人影，怎么看都像是几个木偶。他不知道这些木偶都在忙什么，也不想知道他们都在忙什么。现在他就要离开了。他那张松树皮般的脸，露出一丝淡淡的笑容。他在昏暗中抓起那瓶敌敌畏，拖着脚机械地走向那张寂寞的木床。

4

那天刘邦和几个赌徒在街上喝酒，直到半夜才醉醺醺地回家。他支着两条晃晃悠悠的脚走进门，便被一股呛人的农药味硬生生地逼退两步。他踉跄了几下才稳住身子，酒也跟着醒了一半。他顺着那股农药味寻去，终于发现他父亲横在床上人事不省。床边倒着一瓶敌敌畏。刘邦立即明白发生了什么，顿时吓出一身冷汗，酒也被吓醒了。他慌忙把他父亲背起来往医院奔去。他还没到医院大门口，便大声叫喊起来："医生，医生，救救我父亲，他喝了农药!"

医生们把刘海东推进了急救室。刘邦在门外边站也不是坐也不是，眼睛一刻不离地盯着急救室的门板。他感到累极了，靠在冰凉的墙上，紧紧地闭上眼睛，嘀嗒嘀嗒的闹钟声绕在耳旁。好半天，医生才从急救室走出来，站在他身边解下口罩，说："我们尽力了，节哀吧。"

刘邦愣在那里了，整个人耷拉下来，嘴巴张了老半天也吐不出半句话。医生望着他，再想说些什么，终于摇着头走了。刘邦靠在墙上，慢慢地顺着墙矮下去，再矮下去，终于抱着头呜呜哭起来。

此时，刘邦才发现父亲如此重要，如此不可缺少。尽管父亲在晚年已经成了一根木桩，整天傻乎乎缩在墙角里，甚至还碍手碍脚。现在父亲以自杀的方式离开了，他的世界便突然塌陷了下来。

刘邦背着父亲离开医院。头顶的天空一片昏暗，怎么也看不透，街灯像迷蒙的眼睛闪着暗光。刘邦感到背上是一座山，把他压得快喘不过气来。他一步一晃地回到家，轻轻地把父亲平放在床上。此时已是凌晨，四周寂静如水。他坐在床前不知该干什么了，心里一团乱麻。他轻轻地拉扯着父亲的衣角，又生怕惊醒了父亲。他又拉扯着被子和枕头，想让父亲睡得安稳一些。他终于把那遗书拉扯了出来。

邦儿：

我去找你妈去了。政府布告上说，凡是元旦之后死的人都要火化。我不想火化。我走后，你不要再这么赌钱了，去找一个过日子的女人吧。两个人相依相伴，才是日子呀。我这样走，你不要太难过。你就把我葬在你妈身边吧。别的就没什么了。有空时就把山上那几亩荒地都种上树吧，不出几年就长大了。

刘海东

刘邦终于明白了他父亲为什么自杀，连忙从口袋里掏出医院的死亡证明，却见证明书上写着死亡时间是凌晨三点，也就是说他父亲是在元旦之后死去的。刘邦猛地从床沿上蹦跳起来，匆匆忙忙往医院赶去。他找到值班医生，把他父亲的遗书和死亡证明一起递过去，说："医生，我求求你，把死亡时间改一改吧，我父亲害怕火化才喝农药死的。"

医生接过遗书看了看，说："刘邦啊，这事不是我不帮你，而是帮不了，我做不了主。昨天下午院里还开了专门会议，镇长特地来到医院强调了政府的规定，从元月1日凌晨起逝世的人都将火化。"

刘邦扑通跪了下去，说："医生，我给你下跪了，我父亲就这点心愿，你就行行好吧，求你了医生。"

医生连忙把刘邦扶起来，说："刘邦啊，你别这样，医院有规定，在这个风头上谁违规谁下岗，这规定从上到下都一样呀。我家里上有老下有小，我不能丢掉这份工作。你父亲的想法我理解，你的心情我也理解，但是我真帮不了你，还希望你能够体谅。"

医生用手拍了拍刘邦的肩膀，似乎想说什么，结果却欲言又止，于是静静地往窗外望去，那里的树木、房屋和电线杆逐一明亮起来。

又一个黎明已经到来。

刘邦望着这个新年的第一个黎明，心里却是一片昏暗。他扭回头又望了医生一眼，知晓说什么都没用了，于是拖着脚走向那条疲惫的街。刘邦回到家叫上亲戚来料理后事。亲戚们陆续赶来，各自忙碌着。刘邦失魂落魄地坐在角落里。这时镇上的两个干部走过来，递给了他一支烟。刘邦没看那是什么烟，却知道那一定是好烟，然而他没有伸出手去接，而是狠狠地剜了他们一眼，用目光把那支烟挡了回去。

刘邦知道他们来干什么，说："你们走吧，这种时候来找茬不合适。"

两个干部望了望刘邦，又望了望进进出出的人，而后默默地退出门去。

他们回到街上就给镇长打电话，说："吴镇，我们压不住呀。"

镇长挂掉电话然后拨通胡少军的电话，说："胡副，刘海东在元旦当天去世了，也就是元旦之后去世的第一个人，你知道该怎么办吧？"

当时胡少军正在医院里守护着他母亲。他母亲在昨夜里又犯病了，疼得满床翻滚。他和女友茜茜把母亲送到医院。母亲折腾了一个夜晚，在黎明快要到来时才疲惫地睡了过去。胡少军也困乏极了，转头望着身旁的茜茜，心里一阵酸楚。他把手轻轻地压在茜茜的肩上，想安慰她几句贴心的话。结果还没等他张嘴，吴建国的电话就打进来了。

他挂掉电话后咬牙切齿地骂了一句。

站在不远处的茜茜听到了，便知道镇里又有工作了。她走过来搀扶着胡少军的手臂，把脑袋轻轻地搁在他的肩膀上，说："少军，镇里有事你就先回去吧，这里有我呢，你就放心吧。"

胡少军望着茜茜一副小鸟依人的模样，心便像被小刀扎着一样，想避却避不及，终于疼痛了。他原本打算在元旦小长假里带她到市里去散散心，顺便把婚纱照给拍了。现在吴建国的电话又把一切给搅黄了。胡少军心里窝着火，倒是茜茜劝着他，说："你快去吧，工作要紧。"胡少军站着没有说话，也没合适的话可说，最后把她轻轻地拥进怀里。

胡少军带着一肚子气赶回小镇，又马不停蹄地赶到刘邦的家里。他把刘邦拉到人群外，说："刘邦啊，老人家走了，我也很难过，你知道政府现在的规定，这不用我说了吧？"

刘邦看了看胡少军，然后掏出遗书递过去。胡少军捧着遗书，觉得手越来越沉，最后都快撑不住了。他连忙把遗书还回去，目光避开遗书也避开刘邦，有些慌乱地从口袋里掏出烟，往嘴里叼一支，又递给刘邦一支，于是他们就蹲在一起吸起烟来。

刘邦说："胡副啊，这是我父亲的心愿，有句老话叫死者为大，我不能不办是吧，你就睁只眼闭只眼吧。"

胡少军说："刘邦啊，你知道这是我的工作，而且老人家他离世时镇上的人都知晓了，又怎能瞒得住呢？"

刘邦说："既然如此，我们就没话可说了，你请回吧，我不想在我父亲的葬礼上吵架，不想他老人家死后不得安宁。"

胡少军弹了一下烟灰，说："这样吧，你再考虑考虑，最迟明天要把老人家送到县城火葬场。"

刘邦不再说话，只白了他一眼，然后转身走进灵堂里。

那天晚上小镇上的李伯病逝了。胡少军得到消息后，又带着两位干部走进李伯的家门。李伯的家人翻着白眼望向他们，似乎他们不是干部，而是从阴曹地府来的催命鬼。李伯的家人没好气地说："我们不是在为难你们，刘海东不是死了吗？要是他去火化了，我们绝无二话。"

胡少军知道说啥也没用，便转身去找刘邦，说："刘邦，李伯也不在了，他的家人同意把老人送去火化，你不要再拗了，不要让大家为难。"

刘邦盯着胡少军，紧紧揣着拳头。刘邦的拳头最终没有挥出去，而是插进口袋里转身走开，给胡少军留下一个决绝的背影。

5

第二天刚破晓，胡少军的手机就唱起了杨坤的《无所谓》，他半眯着眼睛按了接听键。电话是办公室小吴打来的，小吴在电话里叫喊着："胡副，胡副，不好啦，刘邦在夜里把他父亲送上山去了。"

胡少军的头嗡地一下大起来，连忙掀开被子蹦跳下床，胡乱披上衣服带着两个乡干部往山冈赶去。他们赶到山冈上时，刘邦已经把他父亲埋葬了。此时刘邦蹲在一堆新砌的坟前。他向胡少军他们瞟了一眼，然后就把目光转到别处。他的嘴角往上抽两下，又抽三下，没抽出什么话来，只是从身后抽出一把水果刀，狠狠地往地上扎去。水果刀直挺挺地立在那里，显得那么孤单和突兀。胡少军的目光便落在那把水果刀上，想起房间里的那把水果刀。他居住的房间是单位的老房子，起建于民国十四年，墙上斑驳陆离，下雨天还浸着水，住在里头似乎住在历史里，常常让他想起《百年孤独》。他早就想走出这分孤独，早就想到城里买一套新房，然而他工资微薄，再说茜茜没工作，他母亲又生病，实在凑不足买下城里一套房的钱。老屋里就有那么一把水果刀，和刘邦的水果刀一模一样。茜茜时常用那把刀切西瓜，刀口锋利，往西瓜上轻轻一碰，西瓜嘣地一下便破成两半了。胡少军记得在一天下午，屋外下着夏天的雨，哗啦啦的雨声充斥着整个世界。茜茜把一个西瓜破成两半，接着她怔怔地站在那里，说要是这刀把一切都能切成两半多好。茜茜说这话时满脸落寞，似乎她不是在切西瓜，而是在切着他们的生活。他们的生活曾经充满热情与希望，现在却被那把普通的水果刀切得千疮百孔。现在这样的水果刀扎在刘海东的坟头。这种摆设很不协调，甚至说得上荒诞。这使胡少军想起周星驰的电影，总是那么古怪而让人喷笑。诚然，此时他是不敢发出半点笑声的。

多年之后，胡少军回想起那个清晨，仍然记得头顶上是一片沉闷的天空，扎在地上的刀锋闪出一道刺目的寒光。当时在场的人都知道那道寒光意味着什么，于是不由自主地收住了脚，唯有胡少军没有被寒光吓住，而是面无惧色地向前走去。

胡少军走到水果刀前，说：“刘邦，你这样跟政府规定对着干是不对的，政府早就贴了布告，有了规定。现在，李伯的家人都同意，你为何就不能遵守呢？要是以后大家都效仿的话，谁能担起这个责任呢？我不行，你也不行，我们大家都不行。”

刘邦向他翻起两只白眼，始终没有说话，默默地蹲在那里抽烟，烟雾弥漫了他的脸。当他的脸重新清晰起来时，他眼里闪出刀锋一样的寒光，这道寒光比刀锋来得更加凶狠。胡少军不由得倒退了两步。刘邦嘴角便抽了抽，把一丝轻蔑抽了出来。这使胡少军恼羞成怒，便向刘邦怒目而视。刘邦拔起地上的水果刀，像只瘦猴一样蹿起来。刀锋上的寒光便闪到胡少军的脑门上。胡少军的心头倏地跳起来。

多年之后，胡少军回想起当时的情景，心里总是泛滥着一阵酸楚。那时他希望身后的工作人员上前劝阻，让他找到抽身而下的台阶。然而他们直愣愣地站在那里，不动也不吭声，似乎眼前的场景与他们无关。他们是被刘邦手中的刀吓傻了，还是在等待着一场精彩对决？

这两个该死的浑蛋！

胡少军想，如果他手里的权限足够大，那么他就会给他俩穿小鞋，最后找个事由把他们统统打发走。这样的草包留着干什么用？要知道往常这个时候，茜茜正在老屋里做饭，等着他吃上热腾腾的饭菜。茜茜绝对是个体贴而会持家的女孩，胡少军不能让她失望和悲伤。于是他的目光开始躲闪起来，终于避开刘邦手中的刀锋，落到坟头上。他好像看到刘海东盘坐在那里，那张枯皱的脸上爬满了哀伤。胡少军的双脚瞬间软了，扑通一声向坟头跪了下去。在场的人们都惊呆了，刘邦手里的刀也颤抖起来。人们愣在那里望着胡少军一板一眼地磕头，不知他肚子里在卖什么药。胡少军从地上站起来，没有拍掉膝盖上的泥土。

他说："刘邦你改变主意了吗？"

刘邦仍然没说话。胡少军也不再说话，只是用手指了指刘邦，然后头也不回地退下山去。刘邦在胡少军的背上看到了一片寒风。他知道躲避不及的冬天就要到来了，心间忽地冻成一片冰天雪地。他知道是胡少军让刺骨的冬天提前到来了。

6

刘海东化成了一堆灰白的骨灰，缩在一个书包大小的黑色盒子里。盒子是用一块红布包裹着的。据说那样能使死者的灵魂得到安宁。刘邦望着那只盒子，心里忽地空了。他不知道人死后是否有灵魂。现在他愿意相信魂灵是存在的，这样他还有父亲和母亲。他愿意相信他们的灵魂能够相遇，从此相互守候。然而他父亲化成了一堆灰尘，他母亲还能认出他来吗？他越想越揪心，想了想，就给他父亲补办了一个像样的葬礼。

下葬那天，刘邦请来了超度师父，又请来了三对吹丧师父——这让吹丧师父们感到不满。往常谁家老人逝世，都只请一对师父，现在却请了三对，让他们如何吹呢？没有这样的规矩。

刘邦说："你们都有意见？还是担心吹不过对方？"

吹丧师父听了，自然都不服气，于是鼓起腮帮拼命吹奏。许多年过去了，小镇上的人们仍然记得当时的情景，人们说那可是林荫镇绝无仅有的风景。三对来自不同地方的吹丧师父，比赛似的吹奏喇叭，他们的面孔鼓得像气球。所以那天悲伤的喇叭声弥漫了整个小镇，把人们的眼角都吹出了泪花。刘邦还请了五个妇女来哭丧。五个妇女像刘海东的儿媳妇一样，跪在灵堂前号啕痛哭。刘邦站在那里望着她们，忽然觉得自己像个外人，而这些痛哭流涕的妇女才是他父亲的亲人。那天前来送葬的人很多，就连那些平日里与刘邦一起赌钱的小混混也挤进了送葬的队伍里。人们一路放着鞭炮，一路踏着悲伤，披麻戴孝地把刘海东的骨灰送到山冈上。

许多年后，人们都无比感叹地说那场葬礼很像样，刘海东走得值了。然而那天刘邦心里却是空荡荡的，他望着那支宏大的送葬队伍，忽然觉得队伍里缺少了什么东西。到底是什么，他又说不上来。当人们帮着把刘海东的骨灰葬到地下时，刘邦忽然觉得他的心也被埋了起来。这使他又想起了仇恨。他想到了胡少军，那个逼着他把父亲火葬的人。他想起这事心里就一阵绞痛。他们都是他的仇人。他越想越恨，非找他了结不可。

那天晚上，刘邦猫着腰来到那栋老屋外，那时天色一片昏暗，屋顶上刮过呼呼的寒风。刘邦缩着脑袋盯着胡少军家的门口，终于看到门板吱地开了。胡少军裹着军大衣走出门来。他反身关上门，紧了紧衣物，然后提着一只袋子走来。刘邦暗暗高兴，便从地上捡起一块砖头。当胡少军离他不足两米远时，他便举起砖头，正要砸过去时，一束灯光迎面照来。那是一辆摩托车的车灯。刘邦把砖头收到身后，等着摩托车过去后，胡少军也走远了。于是他就蹑手蹑脚地跟上去。他看到胡少军没有走向街面，而是走向漆黑的郊外。

刘邦一路尾随而去，终于跟在胡少军身后爬到山冈上。那是一片坟地，刘海东就埋葬在那里。

刘邦终于看到胡少军走向自己父亲的坟地。刘邦心间呼啦啦蹿起一股火，他咬着牙就想冲过去把胡少军打翻在地。

此时胡少军却在坟前跪了下去哭诉起来："刘伯啊，我对不起你啊，你想保个尸骨，我都不能让你如愿啊。可这是我的工作啊，我母亲身体一直不好，我没完成任务就会丢工作。我没了工作，这个家怎么办？你也知道我那女朋友，我们都谈七年了，到现在都还没结婚，那是因为我们买不起房呀。我一个人的工资只够我母亲治病，养养家，而茜茜她没工作。你说这种时候，我还能把工作丢掉吗？再说了，再说了还有李伯，他也是元旦那天逝去的。你们都是在那天离去的，你们为什么就不能早一天呢？可是如果你们早一天，后来的人也总有一个当头呀，我也总会面临这样的工作呀。要是真有灵魂的话，你们就一起上路吧，有个伴，不凄凉。刘伯啊，我知道你儿子刘邦恨我，那就让他恨吧。这事就是遭人骂遭人恨。要知道这事情不是我姓胡的做，就是姓李或姓杨的来做，总之都会有人来做。这是规定的事，能不执行吗？刘伯啊，你就原谅我吧！我在这给你老人家磕头赔罪了。"

胡少军给刘海东磕着头，然后从袋子里掏出纸钱，在地上烧起来，说："刘伯啊，我给你烧些纸钱了，拿到那边去花啊，不够的话就托梦回来。刘邦不来送就由我来送，你老人家要一路走好啊。"

躲在树丛里的刘邦像被点了穴，一动不动。他怎么也想不到胡少军是来忏悔是来赎罪的。他心里有些乱了，接着涌起一阵酸楚。那时他发觉自己脸上爬着一阵冰凉。他知道那一定是泪水滑落下来，然而他却不用手去擦拭。他知道有些东西不是想擦就能擦掉的。

后来胡少军又在坟前坐了一阵，连抽了八支烟才站起身来，说："刘伯啊，以后你就对那边的老人说，这是侄儿的工作，希望大伙支持我。”

他说着就站起来拍了一下裤子，然后顺着山梁走下去。刘邦这才从树丛中爬出来，静静地立在坟前。那时他望见山腰上闪着一只手电光，当那只光亮渐渐地暗下来后，他忽地发现内心里闪起一束越来越亮的光。

通往云端的路径

1

我的命运和一个黄昏有关。那个黄昏，我七岁，李宇航也七岁，那时我们从田野里抓来两只蚂蚱，折断它们的翅膀，然后躲在稻草堆后让它们厮杀。它们耷拉着脑袋，毫无斗志，怎么也不让人如意。李宇航不耐烦了，站起来拉下裤头，就往蚂蚱身上撒尿。

吱啊吱啊——

蚂蚱发出沉闷的叫唤，吓得我们连连后退，李宇航忙乱中把尿拉到了裤子上。我正想笑话他，才发现叫唤并非来自蚂蚱。我们趴在那里伸着脑袋寻找声源，看到李宽和李广兄弟俩出现在河谷里。他们把一个人按倒在地，用膝盖顶住那人的后背，还反剪着那人的双手，又用麻布捂住那人嘴巴。那人在挣扎，含糊不清的叫唤从他的嘴里发出来。我们看到他双眼翻白，在看到稻草堆背后的我们的一瞬间，眼里闪出几道比星星还亮的光芒。他使劲地扭动身子，像是要往我们这边奔来。结果，他的努力都是徒劳。我们看清了他的脸。那是疯子傻根的脸。

村庄里没人喜欢傻根。他整天在村巷里和田埂上游荡，见了女人就歪着嘴巴淌下口水，见到小孩就嗷嗷叫着追赶，弄得整个村庄鸡犬不宁。前不久，他还把一个老奶奶的裤子给扒了，要不是被村里人及时发现和制止，还不知道会发生什么呢。

我们不知道他们在做什么，屏住呼吸趴在那里观望。我们看到傻根的双腿胡乱踢蹬，越蹬力道越弱，最后两脚一伸，不动了。他们踢他，没有反应，用手在他鼻子下探了探，看样子是在说他没气了。

没气了？

死人了！

他们是在杀人！！

他们把傻根给杀了！！！

我吓得浑身发抖，尿水直往外冲，湿了半边裤裆。李宇航也吓得瑟瑟发抖。恐惧像黄昏里的夕阳，弥漫着整个天空，像巨大的网从头上罩来。我们想哭不敢哭，想逃不敢逃，既害怕被发现而和傻根一样丢了命，又害怕死了的傻根变成恶鬼把我们活活掐死。无论如何都没人知道我们死在这里。我们的父母找不到我们，以为我们又去偷了王寡妇的黄瓜。我母亲只要找不到我，就怀疑我去偷黄瓜，而且是去偷王寡妇家的。我不知道我母亲为什么总是这么怀疑，或许与我父亲有关。传言，我父亲在某天凌晨出现在王寡妇的家门前。我父亲解释说他是路过。那件事没人再追究，只是我母亲每每找不到我时，总是那般对我无端怀疑。到底是不是这个原因都不要紧，现在我们的双脚软得像泥巴，连站都站不起来。我们只好捂住自己的嘴巴，不让李家兄弟发现。

后来，李家兄弟抬着傻根爬上对面的斜坡。他们爬到半坡就停住了，嘴里说着什么就把傻根抛下去。傻根像根木头般往坡下滚去，把一些杂草和矮树撞得东倒西歪，最后噗地扎到沟底，纹丝不动。山川死寂。我们再次惊吓得张大嘴巴，心脏都快要跳出胸口了。他们四下望了望，没有发现我们，拍了拍手转身而去。

我们商量着要不要跑，却见他们又出现了。他们急匆匆地赶着一头母牛而来。那是傻根家的母牛。我认识他们家的牛。他们把牛赶到半坡上，用手在牛背上来回搓着。牛眯着眼睛往上伸着脖子。他们用麻布蒙住牛的双眼。牛看不见了。他们挥动一根木棒，往牛的前脚打去。牛跳弹起来，落地时站不稳，不住地往坡下滑，怎么也刹不住，越滑越快，最后像一块巨石滚下去，扎在离傻根不足一米远的地方，身后腾起一阵尘土。母牛哞哞叫着想站起来，四只脚却怎么也支撑不起来。它的脚断了。李家兄弟走下坡去，扯掉牛眼上的麻布，拍了拍牛的头，然后往村庄扬长而去。

不久后，一群吵吵嚷嚷的人往沟里走来，他们手里拿着木棒和麻绳，围着死去的傻根和母牛看了看，然后在村长指挥下把傻根和母牛抬回村庄。人群消失在视线里，我们还是不敢动，直到天色暗下来，我们才拔腿往村里跑去。

我回到家就钻到被子里，连饭都不敢起来吃。母亲以为我病了，也不理会我，她一定又怀疑我去偷王寡妇的黄瓜了。我不想跟她计较，只盼她来问我看到了什么，但是她就是不问这个问题。我不知道她为什么不问。我就等着我父亲来问。我父亲却在外边忙着，他正和村里的男人们宰杀那头母牛。我在心底埋怨着他们，怎么都没一个人来安慰我呢？我睁着眼蜷缩在床上，目不转睛地盯着门板，生怕有什么破门而入，后来迷迷糊糊地睡了。

第二天，村里人坐在一起吃牛肉，吃傻根家的肉。我扒着窗口说那牛可怜。母亲瞟我一眼，说那牛罪有应得，把傻根撞下坡让他摔死了。我想跟母亲解释，当看到她满脸不耐烦时，什么也不想说了。

我扶着墙壁走出门，迈着微颤的腿来到傻根家。他母亲坐在家门口，手里端一只碗，碗里盛着牛肉。她没有吃牛肉，而是呆呆地望着在喝酒的人们。傻根父亲没有出现在人群里。他在屋子里喝闷酒。我刚想把看到的说出来，却见村长正和李宽、李广兄弟碰杯，一肚子的话忽然消失。我傻乎乎地站着，忘了自己来干什么。当傻根母亲抬起眼望来，我在她呆滞而哀伤的眼里看到一个巨大的黑洞时，不由得浑身发抖，转身拔腿就跑。

我跑回家躲着，哪里也不敢去，在心里盼着李宇航说出一切。那样的话，我就会站在他身后支援他。我敢保证，打死我也要支援他。

然而，他和我一样沉默不语。

从那时起，我们的友谊慢慢地淡漠了，不再一起玩耍，甚至看到对方都会刻意走开。我们心里搁着连自己都不知道是什么的东西。这种东西迫使我们不敢向对方靠近。后来我父母到外地打工，我哭着吵着要跟去，似乎不跟着去就会没命。他们甩不掉我，只好把我带在身边。从此，我不再回来——是不愿回来。

然而，我仍然忘不掉傻根的死，实在受不住了，就跟我父母提起此事。他们没感到半点惊讶，似乎早就知道此事了。他们什么都没说，各自忙着自己的活去了，似乎我的话是真是假都无关紧要，只有他们的生活才重要。可是，傻根是被谋杀的呀。我忽然发现天天看着的世界原来是那么陌生，令人难以看透。

后来我找到了原谅他们的理由，连村长都和李家兄弟碰杯喝酒，他们又能怎么样呢？我悄悄地把这件事埋在心底，竟变成一个噩梦。多年来，那个噩梦如影随形。在梦里，我看到一群看不清脸面的男人，提着寒光闪闪的刀向我追来。我慌不择路地逃命，每回都被他们按倒在地。他们用麻绳绑住我的手脚，然后抛木头一样把我抛进河里。我来不及呼救，河水已劈头盖脸淹过来。我想挣脱麻绳冲出水面，却怎么也动弹不了，整个人渐渐地沉入水底，窒息了，周身剩下一片寂静的死亡。我猛地惊醒过来，多数时候竟不知自己是否尚在人间。

在那种噩梦连连的夜晚，我在心底发誓一定要考上警校、当上警察，侦破那起噩梦之源的谋杀案。

2

我父亲不明白我为什么要读警校，我的高考分数足以进入重点大学，然而我却毫不犹豫地选择了警校。毕业时，我父亲为了让我留在城里不惜四处送礼托关系。当年我父亲带着我们来到城里，没成想竟然混成了一个包工程的小老板，挣到不少钱，在城里买了房，还买了一辆八成新的宝马。我们的日子并没有因此而走上阳光大道。我父亲和母亲之间的矛盾和隔阂越来越大，三天两头争吵不休，甚至大打出手，当然多半是我母亲被揍得鼻青脸肿。这种状况持续半年后，他们终于分道扬镳。我不愿深究他们谁是谁非，相比于那起埋藏在心底的谋杀案，他们遭遇的生活算不上什么。他们只是遇到错误的人而已。他们的分开只不过是在改正这个错误。后来，我母亲改嫁到浙江，从此我们再没见过面，我不知道她过得怎么样。我父亲娶了一个四川女人，那个女人比我母亲年轻、漂亮，也愿意给予我母亲般的疼爱，只可惜她无法知晓我心里隐埋着什么。我与她之间的缝隙无法弥补。尽管如此，我在心里对她还是感激的，觉得她是一个陌生的亲人。事实上，我身上流淌着四川人的血。我父亲是从四川倒插门才到了南山村，因此时常受到村里人的白眼和欺负，最后愤而带着我们远走他乡。在混成人样后，我父亲再也不愿回来。我赞成我父亲的这种做法。我父亲没回去，我也就不用回去，就不用去面对那段噩梦般的过往。

但是，我却没有按我父亲的想法留在城里，而是选择回到穷乡僻壤的林荫镇。我父亲瞪着那双死鱼眼，说："你不知道老子为了让你能留在城里花了多少钱疏通关系吗？"我坐在沙发上没吱声，即使花掉整个世界，我也不会改变决定。我父亲在屋里踱来踱去，我后妈劝他别动气，他气得瘫在沙发里捂着胸口说："你给老子一个回到乡下的理由吧。"

"我要去破傻根的那起谋杀案。"

"傻根？谋杀案？那都多少年前的事了？"我父亲被什么猛击似的说，"你脑瓜是不是读书给读傻了？那根本就不是谋杀案，全村人都知道的能叫谋杀？"

我不再吱声，不想浪费口舌。

"好，好，好，我不跟你争这个，也知道九头牛都拉不回你。你可以回去，要是你破了这个什么谋杀案，老子从此往后不再管你，你就是去把美国总统抓了，老子也不拦着你。要是你破不了，就老老实实地滚回来！"

就这样，我如愿以偿地回到林荫镇，在派出所里当一名民警，内心掺杂着许多道不清的情感，似乎是兴奋，又像是沮丧，甚至还有绝望。林荫镇离南山村不远。我对南山村既爱又恨。它生养了我，却在我面前生生地把世界撕碎。这些年来，我每每回想起故乡，脑子里总会浮现出用杉木搭建的百来座房屋，轻轻盈盈地散落在山腰上，炊烟袅袅，牧童骑着老牛回归。那条绕过村庄的溪流安静地向夜晚流去。这种景象总被傻根的死所代替，让我噩梦连连。我心里充满着矛盾，既渴望回去，又不敢贸然回去，被什么阻隔着。每到圩日，我多半到街上巡逻，期盼与村里人不期而遇，然而已相隔十多年，没人能在街上认出我。

林荫镇派出所的所长姓李，叫健康，我不大喜欢这个名字，觉得不够男人，却对他拥有十余年警龄，具有丰富办案经验感到敬佩，每天看到他目光如炬、办事沉稳，心里就很踏实。上班几个月后，我觉得是时候侦破那起谋杀案了，便把十八年前的那个黄昏告诉了所长。他奇怪地瞅了我几眼，答非所问地说：

"你知道怎么去云端吗?"

所长说的云端是一个村屯。林荫镇有15个自然村。所长、我和警员小吴各管辖5个自然村。云端属于我管辖。起初，我兴致勃勃地到各个村屯走访，每个村屯都安然无事，连小偷小摸都不曾发生。这种毫无收获的走访让我沮丧，感觉这与我当警察侦破案件的想象相去甚远。所长却特别喜欢到各村屯去，每回都喝得满脸通红，手上还提着鸡鸭什么的。我特别不屑这种行径。

我确实还没到云端走访，他怎么知道我还没去呢？难不成他在云端安插了线人？我有些放心不下，次日便往云端走去。从小镇到云端没通公路，需要翻过几重山。我花了整整四个小时才到达。

云端，其实不在高处，而是落在沟底，两边山崖高峭，中间淌一条小溪，每到雨季时常发生泥石流，还曾埋过好几个村人。沟里的人能搬走的都搬走了。现在只剩下几处低矮的房子，被遗忘似的散落在那里，摇摇欲坠，似乎一阵风雨便能使它们倒塌在地。从坡上往下望去，见不到炊烟，也没有牛羊和人影，似乎早已无人居住。我心里不由得发怵，倘若有人在这里杀人放火，连鬼都不会知道。

我从地上捡起一根木条，拍打着拱到路面上的野草，吓跑躲在草丛里的蛇，然后才放心地往沟里走去。转过一处山崖，就看到低矮的房子了，有三个老人在树荫下打纸牌，旁边蹲着一只黄狗。黄狗看到我，忽地蹿到我面前，前脚往前一耸，脑袋向下压着，腰背往上拱成一张弓，后脚使劲地蹭着地，尾巴和毛发竖立着，龇着牙，目露凶光，随时准备向我攻击。

“阿黄，这样对客人的呀？”

老人斥责着。黄狗立即停止咆哮，毛发瞬间耷拉下去，摇了几下尾巴，转身跑到三个老人身旁。我跟着过去。三个老人，两男一女，头发都花白了，脸皮皱得如同干树皮。他们手里各自拿着一沓牌，黄狗面前也放着一沓牌。三个老人轮流出一圈后，狗就抬头望了望他们，满脸期待。旁边的老人就翻起狗面前的牌，抽出两张打下去。

“我帮狗出牌。”老人解释说。

我总算看明白了，三缺一，把狗叫上来充数。村子里没别人了？怎么轮得上狗来充数？

“村子里没别人了，能搬的都搬走了。”

“就剩下我们三人和这条狗了。”

“你也快要搬走了。”

老奶奶对一个老头说。老头立即垂下脑袋，似乎搬离是件不光彩的事。老奶奶又安慰他说，“你不要难过了，到城里好好享儿孙福。”老头猛地抬起头，茫然地望着他们，欲言又止。黄狗从屋子里叼来一只板凳。我接过板凳抚摸它的脑袋，它便用头撞着我的脚。它把我当成熟人了。

他们知道我是警察后，把村子里的事全都告诉了我，要搬走的老头姓李，另一个老头姓黄，老奶奶姓吴。李阿公的孩子在城里购置了房产，早就叫他搬到城里一起生活，以便照顾他的生活。他就是不想搬到城里，一直拖着没去，直到身体欠佳，不得不答应。

“人得服老呀。”

李阿公感慨地说。另外两位老人就笑了笑，黄狗也眯着眼睛对他笑。他们都笑得很勉强。我想了想说：“城里各方面的条件都方便。”我说完这句话就后悔了，这话不管是对留下来的老人，还是对即将搬走的老人，都是一种刺激，就连忙把话题引开，说，“阿奶家里什么情况？”吴奶奶摇了摇头，说：“就我一人了。”她说着就抬头望向山坡，那里是杂草丛生的坟场。她眼里充满哀伤和茫然。

“都走在她前面了。”黄阿公说，“我家里情况比她好些，我还有一个儿子，去广东打工十多年了，还没回来，也没给个信。我到镇上问过几回，派出所都找不到他。”停了停他又说，“总会回来的，这里是他的家。”

李阿公拍了拍他的肩膀。吴奶奶也静静地望着他，眼里现出一丝夕阳般的轻柔。他们这样子让我心酸，我站起来说到村子里转转。那条黄狗蹿到我面前，往村子里蹦跳而去。那里房屋破败，荒草到处乱窜，老鼠肆无忌惮地出没。他们不该住在这里了，即使没有天灾，突发的病痛也会要了他们的老命。李阿公倒是要搬走了，可是还有两位老人呢！我心里堵得慌，回头想再跟他们谈谈，赫然看到他们跟在身后，冷不防把我吓了一跳。

“去做饭，杀只鸡。”

黄阿公说。李阿公点头附和。吴奶奶看着他们，笑了笑，转身往回走。我们继续在残墙断壁里转，来到三具棺材面前停下了。两位老人走上前，捡起搁在一旁的扫帚轻轻地拂掉棺材上的尘土，眼里流露出一丝满意和爱怜。

我们回到屋子前，老奶奶在满地追着鸡。她看到我们就叫道："这鸡跑得太快了，我这老腿跟不上。"我正想劝他们不要抓鸡，两位老人已卷起衣袖冲过去。李阿公被绊了一下，整个人往前摔去。黄阿公就笑着说他不中用。李阿公连忙爬起来，顾不上拍掉衣裤上的尘土，不服气地去追赶着鸡。我心里又泛起一阵酸，不想被他们看出来，也卷起衣袖过去帮忙。黄狗也蹿过来围堵鸡，一时间鸡犬不宁。

吃饭时，三位老人轮流给我夹肉，几乎把整只鸡都夹到我碗里了。他们把我当成久别而归的孩子。我突然想起我的父母亲，不知他们过得怎么样，越想心里越不是滋味。那天回到镇上，月亮已爬过山顶，我回头望去，那条弯曲的山路隐没在夜色里。我想象着三位老人围在石板边，黄狗蹲在他们身旁，偶尔向山路上望来，却总是看不到任何人影。

3

我再次前往云端，是接到黄阿公报案，说有人要谋害他们。我赶到云端只遇见黄阿公和吴奶奶。他们围着石板打牌。初秋的阳光落在他们背上，晃晃悠悠，我内心顿然涌起一阵隔世之感。黄狗最先看到我，竖起尾巴摇了摇，叫了两声，没有向我跑过来。它把两只前脚搁在石板上，看着两位老人出牌。它不参与打牌，给两个老人当起了裁判。它用左脚收拢黄阿公出的牌，而右脚则收拢吴奶奶的牌，两不相犯。两位老人转过身看到我，也没站起来，只是对我笑了笑。他们的笑里有一丝干枯的味道。

"阿公，阿奶，我来调查一下你们报的案。"我走到他们面前说，“把情况说得详细些。”

“让我来说吧。”黄阿公说，“是我报的案，这些天我老觉得有人要对我们不利，怕是要谋我们的财。”

我说：“见过那人吗？长什么样子？”

吴奶奶说：“没见过人。”

黄阿公说：“山上肯定有人，躲着找不到。”

我合起本子盯着他们，看到他们脸上挂着焦虑，心里的火消了下去。我坐在石板上，拍拍黄狗的脑袋，没有说话，想着他们是被自己吓着了，兴许是太久没人来过的缘故吧。

“小杨，你不相信呀？”

“我们没有乱说，真的是这样的，我们害怕哪一天就被害了，我们都老了，要是有人要害我们，我们是没什么办法的。”

我依然没有说话。

“你能不能隔几天就来一趟呀？”

“是啊，我们还养了些鸡，你来了就杀鸡，池塘里还有鱼。你要多来，让那些人知道这里有公安局的才不会对我们下手。”

“可是，阿公，阿奶，这不是办法呀。”我咽了咽口水，说，“云端离镇上不是一二里地，来一趟就得花一天时间呀。”

两位老人面面相觑，脸上的焦虑更重了。我看着他们，想从他们脸上看出破绽，然而越看越触摸到他们内心的恐慌。他们到底恐慌什么呢？这穷山恶水会有人惦记着谋害他们不成？

“阿公，阿奶，如果住在这里觉得不安全，我倒是有一个办法。”我停了停，说，“可以搬到养老院去住，像李阿公一样住到城里，院里住着不少老人家，大家相互聊天做伴，平日里还有护工照看，不过要交一些费用。”

两位老人没说话，脑袋慢慢地垂下去，陷入了某种沉思中。

他们是担心费用问题吧，这个我可以找我父亲帮忙，只要我同意调回市里，他就会同意我的要求。我父亲这个暴发户，其实需要我在他身旁给他撑场面。我能理解他内心的焦虑和不安全感。

“李老头不在了。”

“他儿子送他回来的，只是一盒子骨灰。”

我被什么猛击一下，这才注意到屋檐下只剩下两具棺材。我一时反应不过来：李阿公搬到城里，各方面条件都比这山沟里强，怎么说死就死了呢？我不由得想起冤死的傻根，以及傻根的父母——他们是否尚在人世？我忽然感到胸口压着什么，呼吸变得有些困难：要是傻根父母不在世了，侦破傻根的冤案还有多少意义？

我来到李阿公的坟前烧了几炷香，然后往山外赶去，顾不及两位老人的顾虑。我得赶在傻根父母健在时把冤案破了。我就这样走向南山村。离村庄越来越近时，噩梦般的窒息感再度涌来，迫使我直想逃离，可我最终还是硬着头皮往前走。

事隔多年，眼前的村庄和记忆里没有多大区别，依然是百来户人家散落在山腰上，只有那条绕过村庄的溪流瘦了，河床的枝叶上挂着纸张和尼龙袋，时间在这里似乎停滞不前。

我来到叔父家。外公外婆在我们离开村庄后双双故去。叔父一家人惊讶不已，村里人也惊讶不已，谁也没想到在小镇上当警察的竟是我。叔父很热情，且满脸得意，把亲朋好友都叫来做客。我能理解叔父。我是镇上的干部，是警察，还是叔父的侄子，叔父为此感到荣耀，那天出去打酒就一路大声嚷嚷，生怕人家不知晓他当警察的侄子回来了。

我对餐桌上的人们都不熟悉，难以把他们重叠在记忆里。人们对我却没有陌生感，似乎我只是离开了一阵子。我装着和人们一样热情。人们告诉我这些年村庄里发生的事，说得最多的是去广东打工。人们说到李东做假币被判无期徒刑时，口沫横飞，甚为惋惜，似乎做假币不是犯罪，而是英雄。我不免感到尴尬。

叔父最先明白过来，说："青书啊，你是警察，该抓的你就狠狠地抓，这没什么不对，猫有猫道，鼠有鼠道，大家都是为了生活，对吧？"

我不知如何作答，就问起李宽和李广。叔父说，李广在海南打工和人打架被砍死了，当时他面对一群人，那群人欺负村里的小英，他挺身而出把小英救下，却被打成重伤，送到医院时就没气了。他是一个了不起的人。小英现在成了李家的女儿，每年都要带着丈夫回来看望李家父母。

"那李宽呢？"

我急切地问。人们你一言我一语地说起来。人们说，李广死后，李宽不再外出打工，回到村里承包了几十亩荒山，种上茶叶，竟然挣到钱了，富裕了，被选为村主任。人们说村里人都服他，不只是他有钱，在此之前村里时常和隔壁村为山地什么的打架。他是个不怕死的人，每回都冲在最前边，别人都怕他。有一回，两村人又为引水入田而打架。溪里的水不多，两村人都要用，说不上几句就动手。李宽带着大家把对方打跑了。他没把水全部引入我们村的水田里，而是一分为二。两村人都服了。后来隔壁村还请他去做客，从此两个村就友好了，还有几个女孩嫁到我们村里来。

"你还在村里时，隔壁村哪有女孩嫁过来？"

人们这么说，不由得勾起我对童年的回忆，脑子里又浮现出李家兄弟杀害傻根的场景，心里越来越烦躁不安。我说不清是什么使我烦躁不安，只觉得村里人被李家兄弟给骗了，他们把杀人凶手当成英雄。我感到要揭发他们的真面目已非易事。

晚饭后，我走进傻根的家门。那扇门很破旧，掩上了，还露出巴掌大的缝隙，猫猫狗狗随便进出。门框上残留着撕掉一半的对联，蜘蛛网挂在门檐上，粘着灰尘和几张枯叶。傻根母亲戴着老花镜在缝补衣服。她老了，脸上皱纹层层叠叠，握着针线的手微微发颤。然而她一眼就认出我，说："是青书吧？都长这么高了，听说你在镇上当警察了，有出息啊！孩子，快坐快坐。"

那晚我才知道傻根父亲不在了，只剩下她孤单一人。我心里不是滋味，寒暄几句，留下几包糖果，没有提傻根的事。

4

我又回到南山村，人们对我笑脸相迎。我边给人们散烟边有意无意地提起十多年前的那起命案。人们警惕地盯着我。他们不知道我要干什么。那是十多年前的事了，要是我不提再也没人提起。人们对此不感兴趣，叼着烟无趣地四下散去。

晚上，我让叔父把亲朋好友叫来做客，还特地交代把李宽一起叫来。没多久，李宽和一大帮亲戚走进来，各自找凳子围着饭桌坐下。酒过三巡，我借着酒气说："当年傻根的死大家还记得吧？"

人们怔了一下，年长的都不说话，抓着酒杯相互看了看，似乎不明白我在说什么。年轻的则满脸茫然，他们对傻根的死没有任何记忆。我偷偷地斜了一眼李宽。他若无其事地端坐在那里，无法从他脸上看到内心里的喜或悲。他始终没有看我，也没有看大伙，目光有些落寞地掉在酒杯里。叔父见场面尴尬就笑着说："那是老皇历了，多年前的事了，不提了，来喝酒。"人们纷纷举杯敬我，说着恭维话。我又斜了李宽一眼。他脸上的神情仍然如故，似乎傻根的死与他无关。怎么可能和他无关呢？他就是一个双手沾血的杀人犯！他只不过戴上了面具，没人识破而已。我内心涌起莫名的兴奋，想象着把他脸上的面具撕下来的场景，蒙受欺骗多年的人们该多激动——死者得以安息，生者得以宽慰。

饭后，我有些微醉，叔父也喝得有些多，我们坐在屋外的木头上，月光淡淡地洒下来，村庄安眠，万籁俱寂，偶尔传来几声零碎的狗叫。

“叔父，村里人怎么都不愿谈傻根的事呢?”

“青书啊，这都过了多少年了，傻根又是个傻子，死了就死了，还提这干什么呢?”

“问题是，那是谋杀。”

“这话不能乱说。”

“我亲眼看到的，还有李宇航，就是李宽和李广俩兄弟干的。我一心想当警察，就是要把凶手抓出来，给受害者一个交代。”

“就算你说的是真的，谁又能证明呢？你说你看到了就可以抓人呀？再说了，你有没有想过受害者是否需要这样的交代?”

叔父没等我回答，站起来拍了拍我的肩膀，转身往屋子里走去。我也跟着回到房间里，想着叔父的话，似乎有道理，又似乎蛮不讲理。不管怎么样，傻根是被谋杀的，这是不争的事实。酒意泛上来，我迷迷糊糊地睡着了。那天晚上我又做了噩梦，梦见李宽提着刀追来。我慌不择路地逃跑，跑到一条死胡同里，想折身往回跑，却见李宽提刀立在路口，阳光落在他背后，使他面目显得更加可憎。我大叫着醒来。叔父听到叫喊连忙跑来。我不好意思地说我做了噩梦。叔父满脸质疑和惊讶。

次日，我吃过早饭到村子里转悠，人们热情地跟我打招呼，那份热情里掺杂着敬畏。村里人想把我当熟人又担心因此冒犯我。

这使他们的热情变得有些刻意。我知道我和村里人之间存在隔阂，不仅因为年月久远，更因为身份各异。我是人们仰望的警察。村里人对镇上的干部都如此。我忽然发现自己踩踏在石板路上，却怎么也走不进村子里。我感受到某种看不见的东西，硬生生地把我和村庄隔开。我看到的村庄只是表象，甚至是假象，心间不由得隐隐作痛。

我又走进傻根家，找张凳子坐下，跟傻根母亲聊家常，后来我干咳两下，说："大姑，我是为傻根哥的事来的，这些年我一直在想着傻根哥的事，他是冤死的，现在我当上警察了，有能力为傻根哥申这个冤。当年我和李宇航亲眼看到他被害的，那时还小，不敢说出来。"

她的手抖了一下，针线掉落在地，怎么也捡不起，干脆不捡了。她拍拍衣脚，说："青书啊，我要出去了，就不留你吃饭了。"我还想说些什么，她已转身走进屋里。这是逐客了。我只好悻悻地退出去，想着她为何不愿旧事重提：她担心被李宽报复吗？担心李宽像当年加害傻根一样加害于她吗？

必须将李宽绳之以法！

我恨不得立即将李宽抓走，为民除害。我告诫自己要冷静，办案讲究的是证据。我得先找到人证和物证。我在村庄里走访村民。人们对此轻描淡写，压根就没觉得傻根的死有什么问题。我想只有李宇航站出来证明，那起谋杀案才会浮出水面。李宇航却不在村庄里，常年在外漂泊，连春节都很少回家。我必须找到他。

没想到，李宽居然来找我。我不禁感到意外。李宽说："我带你去看一个人，或许你会明白些什么。"我见他满脸真诚，便跟着他爬上村庄背后的山坡，来到一片竹林里，他指着一个低矮的土堆说："我知道你为什么来，你是为傻根而来，他就躺在这里，对他来说还有更好的归宿吗？要知道，在这个世间，有些事情是没有对错的。”

我没有接他的话，他以这种方式欺骗村里人，但是忽悠不了我。他知道我是冲着谋杀案而来，没有咬碎钢牙死死诡辩，竟跑到我面前承认罪行。他以此告诉我这件事并非如我想象。我不由得在心底暗笑：就算你是一只看不见的鹰，我也会有办法抓住你。

我回到镇上又跟所长提起这事。记不起我是第几次提这起谋杀案了，所长总是嗤之以鼻，还告诫我别没事找事。但是，那天晚上我借着酒疯说：“李所，我们是警察，必须把这起谋杀案侦破了。”他被惹毛了，吼叫着：“轮不到你来教训老子，老子当警察时，你还不知道在哪吃泥巴呢。”他涨红着脸，不知是喝酒还是动怒的缘故，抑或两者掺杂。他脖子上的青筋暴跳起来，像一条条蚯蚓即将破土而出。我不再说话，不是无话可说，而是不想再说。我恍惚看到有一堵难以攀越的墙，把我和所长硬生生地隔开，我们处在两个不同的世界。

“老子会害你吗？你听老子的就对了，你还嫩着呢。”

他继续吼，音量没那么响了，却依然透着咬牙切齿的恨意。我瘫坐在椅子上，耷拉着脑袋，忽然对警察这个职业产生怀疑。他看了看我，脸上泛出一丝得意，把手搁在我的肩膀上，轻轻地压了压。

他给予我安慰，我却感受到嘲讽。

“小杨啊，我能理解你的想法，我当初也和你一样愣头青，一心想破案立功。但是，你要知道，很多时候，你要怀疑自己的眼睛，你所看到的可能是假的。你听我的没错，以后遇的事多了，你也就明白了。”

他接着说，音量连降了两个八度，甚至有些语重心长。他又把手搁在我的肩上，使我感到那是一条蛇，浑身泛起一片鸡皮疙瘩。我强忍着没把那只手从肩上拨开——给领导留面子这道理我还是懂的。他不再说话，若有所思地摇了摇头，然后迈着有些飘忽的脚步离开。我望着他的背影渐行渐远，最后消失在那条破旧的街道尽头，剩下几盏散发着暗光的街灯，似乎在嘲讽着这个偏远的小镇。此时街上死气沉沉，一条灰毛狗从角落里钻出来，四下张望，然后拖着脚向阴暗的角落走去。我无法确定那是不是一条无家可归的狗。

我在心里骂着，抓起一瓶桂花酒猛地往嘴巴里灌，直到把自己灌得两眼昏花站都站不稳才罢休。我喝多了，心里反而愈加清醒：所长不愿查，那就由我自己来查吧。

我再度想起李宇航。

5

那段时间，我惦记着傻根的谋杀案，看什么都觉得奇怪，甚至发现中午的阳光都是紫色的。我怀疑自己眼睛出了问题，跑到医院里去检查。医生白了我两眼说："你想破案想破头了。"那是个年轻的女医生，她在调侃和嘲笑我，但我没跟她计较。她诊断我的眼睛没问题，那才是我要的结果。

我离开医院回到街上，对着满地的紫色摇了摇头。我不知道为什么要摇头。我时常这样没由来地摇头。

这天我再次摇着头，忽然整个人都僵住了。我看到黄阿公和吴奶奶出现在街口，摇摇晃晃向我招手叫喊：

"小杨，小杨——"

他们的声音穿过尘埃飘忽而来。我站在那里望着他们走来，这才想起已经有一段时间没去云端了。他们突然出现，如同从虚拟中走进现实里。我不由得怀疑起来，他们这个点出现在镇上，是从半夜就起来赶路吗？还是在半路上露宿？

我心里有些空，心头涌起一阵厌恶。我厌恶这两位老人吗？我难以理解自己，也难以原谅自己。我被谋杀案整得心神恍惚，然而这也无法成为厌恶他们的理由。他们拖着古稀之躯翻山越岭，肯定是遇到了非来不可的事。要是我去云端探望，他们还会如此辛苦吗？他们成了一双引领着我探向内心的眼睛。我看到了隐藏在自己内心里的污垢。

"小杨啊，你好久没去云端了，知道你忙，我和阿奶想来问一问你，上回你说的那个什么养老院的，能跟我们再讲讲吗？"

"二老打算搬去养老院？"

"我们想来想去，还是觉得到那里合适，人多，热闹，也安全。"

我不由得感到有些窘。在镇上，平日里没什么大事，却每天都有一大堆芝麻绿豆大的烂事等着去处理，似乎怎么都做不完，确实没有太多时间去往云端。要是他们愿意搬到养老院，那是再好不过了。

"您二老等着，我现在就把车开来，带您二老到县城的养老院看看，要是觉得合适我们就搬去，要是觉得不合适，我们再商量。"我想了想又说，"您二老真的应该搬到养老院，要是住得不舒服，我们再搬回来。"

两位老人相互看了看，像是没出过远门的孩子，对不可知的未来产生莫名恐慌。我于心不忍，却又没有更好的选择，总不能让他们死在山沟里，发臭了，腐烂了，都没人知道吧——我讨厌内心突然冒出的念头。

我开车带着他们来到养老院，找到负责人带我们参观，两位老人跟在我身后，满脸担忧。我不住地安慰他们说没事。他们频频点头，跟着负责人边走边观望，看到院里有许多老人，有的在休憩，有的在下棋，有的在打太极……他们不免感到紧张，又掩饰不住地兴奋。他们心领神会相互一笑。我装作没看到，把脸别到一旁，暗暗地松了一口气。

负责人见两位老人比较满意，就拿出表格让他们填。他们把表格推给我说："小杨啊，我们不识什么字，这表你就帮我们填吧。"

我接过表就一一填写，在"家属"那栏犯难了，他们都没有家属了，怎么填写呢？万一他们有什么事，养老院又该找谁？我咬了咬牙填上自己的名字——但愿他们没事。我把表格递给负责人，心里猛地沉了一下。

"到那边交钱。"

"还要交钱呀？"

"要交多少呀？"

"老人家，不多的，每月才一千多。"负责人说，"就交你们的伙食费、住宿费和护工费这几样，很划算的。"

"姑娘，能不能这样，等我们先回去再合计合计，如果我们决定来的话，小杨会送我们来的。"

他们不安地盯着负责人，生怕她会把他们强行留下。我连忙把他们带到街上，请他们到小饭店里吃米粉。两位老人都喜欢吃米粉，黄阿公夹一块肉到吴奶奶碗里。吴奶奶咧着嘴笑了，露出光秃秃的牙床。吴奶奶也挑了几根粉条到黄阿公碗里。我心里一阵酸，连忙把脸别开。

在赶回小镇的路上，两位老人很少说话，各自看着窗外的风景，想着心事。我猜不出他们在想什么，就告诉他们不用担心养老院的费用，不够的话我会找公家报销。当然，这种费用是无处报销的，但我有办法说服我父亲。两位老人“哦哦”几声，便陷入沉默。我想再找些什么话来打破这寂静，又找不到什么合适的话。我干脆戴上耳塞，边听着歌边开车。

回到小镇时，天色已晚，我在小镇的旅馆帮他们开了一间房。他们看了看我，似乎有什么话要说，终究没说出来。我了然地笑着说：“明早我来请二老吃东西再回云端。”他们点着头，站在旅店门口，目送我回派出所。

次日，我来到旅馆，看到他们从两个房间走出来。这回轮到我不好意思了——他们俩一人住一间。

“我和你阿奶商量好了，还是搬到养老院去。”黄阿公说，“你阿奶说城里好，她说喜欢去那里。”

吴奶奶点着头。当天我就把他们送进养老院，生怕他们会突然反悔似的。所长对我的这个决定赞赏有加，还为此请我喝酒。所长不是大方之人，却请我喝酒，很是难得。那天我喝醉了，是甘愿喝醉的。

然而没到一个月，养老院就给我打来电话：“你好，是杨警官吗？你父母回到家了吗？”我感到奇怪，说：“没有呀，什么时候的事？”养老院说：“那你快来一趟。”我心里一阵抵触，想说他们并非我父母，也非我亲戚，结果还是驱车往县城赶，在心里不停地发牢骚！我连自己亲老子都没这么侍候。

我赶到养老院时，负责人满脸无辜地说：“你父母昨天从养老院出走了。”我急着问：“到底怎么回事？”

“你父亲和另外一个老人打起来，幸亏我们劝阻及时，两人都没受伤，只是情绪受到影响有波动，你父亲就带着你母亲出走了。”负责人停了停说，“不知道他们什么时候出走的，到现在都不见他们回来，我们在县里四处找都找不到，所以才把你叫来。”

“别我父亲我母亲的，他们不是我父母，知道吗？”我吼叫起来，“你们是怎么看护的？我们的钱白交的吗？”

“对不起，杨警官，是我们工作疏忽，现在找人要紧。”

我瞪了负责人一眼，转身钻上车开到街上。负责人在背后喂喂地叫着。我懒得回头应答，从后视镜看到她淹没在车尾卷起的尘埃里。活该！我边在心里叫骂边驾车乱转，偏僻的胡同里，河水边，城郊的桥洞下……我都一一查看，没有两位老人的身影，却看到几个流浪汉裹着破毯子蜷在桥底下睡觉。我上前询问有没有人见到他们俩。他们呆呆地望着我。我想了想，摸出钱夹，抽出几张钞票，每人一百。他们相互看了看，接过钱还是摇了摇头。

我在心里直想骂人，觉得被流浪汉骗了——拿钱不办事，难怪会落到如此地步。我又对自己的这种念想感到恶心：你知道他们经历了什么吗？你有胆量去深究他们背后的故事吗？我逃也似的回到车上，启动了车，又熄了火，打开后座抓了一袋面包，给那几位流浪汉送去。我把面包搁在他们面前，没有看他们就转身走开。我害怕他们呆滞得近乎绝望的眼睛。我能做的只是送给他们一块面包。我为这种微不足道的施舍感到难过。我说不清为什么会如此难过。我忽然觉得施舍的这个人不是自己，而是别的什么人。那一刻，我明白了我父亲为什么非要把我留在城里。

我又在街头胡乱转了一通，不时给养老院打电话，得到的回答是仍没见到两位老人。难不成他们被人拐卖了？我被这念头逗笑了，猛地调转车头，往林荫镇赶去。我回到小镇时已是下午，顾不上天色已晚，跳下车就往云端赶去。我来到云端时天已漆黑。我看到沟里闪着一丝灯光，心里豁然明亮起来，心里的埋怨随之消散。我走到亮着灯的房屋外，透过窗口看到吴奶奶在给黄阿公涂药水。黄阿公满脸安定。黄狗蹲在他们身旁，双眼柔情地望着他们。我不禁满心疑惑，这段日子黄狗怎么熬得过来？我整了整情绪敲着门，说："阿公阿奶，是我，小杨，我来看望你们。"

两位老人一起涌到门口，目不转睛地盯着我，脸上呈现着同一种惊讶。我见他们如此，纵然有再多的不满，也说不出半句责备的话。他们似乎对我的到来既能理解，又在意料之外。我刚一落座，还没说话，吴奶奶已转身去把饭菜端上来。

"小杨啊，那个养老院，我们真是住不惯，还是觉得在这里舒服，所以就回来了，我们怕被你责怪，就没敢告诉你。你阿奶还为此骂我呀。"

"阿公呀，到底发生什么事，他们说你和人家打架？"

"也不是打架，只是推两下，那不算打架。"黄阿公垂着脑袋说，"那老头有事没事就逗你阿奶，惹你阿奶不高兴，我就过去推了他，谁知道那人不经推，一推就摔倒在地，养老院的人说要我们赔钱。我们赔不起就溜回来了，再也不去那了。"

"不舒服，我们就不去了，这里也不错。"

我安慰他们说，此时只能安慰。他们没有在城里生活的经验，不知晓那是人家在示好。我不由得可怜他们，陪着他们说话，说着暖心窝的话，不禁回想起我的父母亲来。他们现在都吃晚饭了吧？我不想见到他们，却担心着他们。

那晚我喝了酒——黄阿公埋在地窖里的陈年老酒。黄阿公还留着老酒，离开之前就打算回来的吧？我心里一紧，转念一想：那又怎么样呢？我端起海碗喝着，还没喝出味道，已经躺倒了。

次日，我回到镇上，再次被琐碎的工作淹没，警员小吴早就没心性了，三番五次地说要辞职。所长对此很是不屑，从没说一句安慰的话，似乎是小吴在无理取闹。所长对先进事迹推荐这样的工作很关心，让我写好上报材料。我反感这种工作，所有的材料都在网上摘抄，更确切点说就是在报着虚假材料。我想：弄个虚的就能评先进？连谋杀案都不敢查的警察，还想当什么先进！

真是笑话！

6

找到李宇航并不容易。我在村子里找人打听他的消息，没人告诉我，他家人更不愿说，似乎我会加害他一样。后来叔父到小镇上赶圩，才悄悄地告诉我他在成都。

我特地请假跑到成都，在城郊找到了他。他在那里置了一间小店铺，更确切点说，是他妻子置的店铺。他妻子是成都人。他像我父亲一样倒插门，从南山村远“嫁”成都城郊。他已是两岁儿子的父亲。他对我的到来没感到意外，也没表现出久别重逢的热情，似乎我只是一个过路的顾客，口渴了就到店里买瓶矿泉水而已。我在他身上看不到半点感念童年友谊的影子。我们的友谊早就跟着傻根死去。如果不是事先知道他的身份，在街上遇见，我压根就认不出他来。岁月如梭，我们都不再是记忆里的自己。

“我出去一下。”

他背对着他妻子说，没等他妻子反应，他已跨出店铺。他妻子在背后嘟哝着什么，是地方话，我听不懂，显然是对他不满。他没有把我介绍给他妻子，似乎不愿意让她知道我来自他的家乡，或许那是埋在他内心里的痛。我不知该说什么好，只向他妻子点点头。他妻子也对我点了点头。他妻子面善，眼里飘着莫名的忧郁。不知怎的，我忽然觉得自己正在搅拌着这个安静的家。

我们找到一家小餐馆，点了几个菜，又要了一扎啤酒。菜还没上来，李宇航就用牙齿咬开瓶盖，递了一瓶啤酒给我，我们碰了一下，仰头就喝。他咕噜咕噜喝掉半瓶，举着酒瓶示意我喝。我也跟着拿瓶子直接喝着。

“你也知道，都这么多年了，我有我的生活了，我已经有好多年没回去了，那些过去的事情我不想再去想，没有什么意义。”他喝掉一瓶酒后说，“你也知道，死的人是傻根，只是个疯子，连他家人都不追究，你干吗还要管这事？你跑到这里来找我，让我去指证李宽，你就没想过我的感受？再者说，就算我们说出一切，会有人相信我们吗?”

“那是杀人，是一起蓄意谋杀案，如果我们就这样瞒着不说出来，那么我们就是谋杀傻根的帮凶。”

他又抓起一瓶酒，仰起脖子往嘴里灌。我看到他脖子上有一片疤痕，像一条巨大的蜈蚣趴在那里，随时随地都能咬破他的喉咙。他喝得太猛，干咳起来，差点把酒喷到旁边的人身上。那人想责怪几句，见他瞪着血红的双眼，就什么也没说，埋头吃自己的东西去了。

“瞧。”

他举起右手晃了晃。那只手掌只剩下两根手指。我不由得一阵愕然：他这些年都经历了什么，竟然落到如此境地。我想开口问，又觉得不合适。他笑了笑说：“前几年的事了，在木材加工厂，被电锯割的，还好没丧命。”他说得轻描淡写，我心里却异常沉重，这就是生活吧。我们拥有一样的童年，却走着不一样的人生路。

“你也知道，对吧？我现在的生活就是这样，你现在是警察了，工作就是破案，我都能够理解，作为朋友我是应该站出来的。

可你也知道，我现在一家人就靠这个店铺生活，也只是饿不死而已。”

我从包里掏出一个信封，推到他面前说：“这是误工费，五千，如果案件破了，还有奖励的，这是局里的规定。”

他直勾勾地盯着我，似乎想从我脸上看出什么破绽。我淡然地笑了笑。这钱的确不是派出所的，而是从我父亲那里拿来的。我向我父亲开口要钱，只要数目不是很大，他从来就没问过我拿去干什么。李宇航看了看那个信封，用那只残缺不全的手抓起来，掂了掂，然后直接揣进上衣口袋。

李宇航跟着我回到林荫镇。派出所有事务急需处理，我不得不拐进派出所。李宇航先回南山村。第二天，我正准备出门，李宇航已在我面前。他掏出那个信封拍到我的胸口，说：“你也知道，我收不了这个钱。”我着急地说：“你反悔了?”他苦笑着摇头，没有解释，背着包转身走了。他回到村庄一定遭遇了什么，不然不会在一夜之间改变主意，而且如此决绝。既然他铁了心，再勉强也没有用。我连忙追上他，把那个信封塞进他的包里，说：“不是给你的，是给我侄子的。”他便不再拒绝。我们站在马路旁，有一搭没一搭地说话，却始终没有说起傻根，似乎那是一枚定时炸弹。

我想我该原谅他。

李宇航上班车消失后，我转身往南山村赶去，我得去探个究竟：李宇航为什么突然折回成都，难不成是李宽在使什么诡计?要是那样的话，我可得把他带回所里。对付流氓，有时用流氓的方式才有效。

我回到村口就被几个年轻人拦住了。那里设了一个关卡，旁边搁一盆水，又生一堆篝火。我立即明白村里人又在做法事驱魔。

我在孩童时见过那种法事。那时村里人认为有恶魔躲进了村庄，要做法事驱走恶魔，保住村庄平安。做法事那天，村里老人披着大褂，戴着礼帽，在风水先生的带领下，走向每条街巷，驱赶躲在暗处的恶魔。那几天全村人都吃斋饭，不允许一个陌生人进村，即便是从外地回来的村里人，都要先清洗掉身上的尘埃，然后跨过篝火才能走进村庄。关卡旁的那盆水和那堆篝火，是风水先生施过法的。没想到都这个时代了，村里人还相信这些东西。我心里不由得一阵难受。

我走过去给守关卡的年轻人递烟。他们相互看了看，犹豫不决地接过烟叼在嘴里，点燃，吞云吐雾，始终没人说话。我讨好地说："村里又做法事呀？这不，让我碰上了，真是好运气，让我洗洗进去。"几个年轻人面有难色地说："青书哥，村里说了，你不能进去。"我急了，说："我也是村里人呀，为什么不能进去？"年轻人说："这是村里人交代的，你都当了警察了，应该明白这道理。"我还想再说些什么。他们纷纷把脸别开，不愿再与我说什么，似乎我只不过是一个陌生人。我心里一阵堵，却不知该说些什么，就算硬闯也到达不了村里呀。我触摸到了那堵看不见的墙。

我站在路边往村庄望去，看到村里的老人穿着灰的、黑的大褂，排成一条长龙，跟在风水先生身后穿过村庄。妇人们挤在路两旁观望。孩子们追着长龙而去。我不由得想起童年时追随长龙的情景。那时风水先生不时地抛撒糖果，我和小伙伴们争相去捡。据说吃了先生抛下的糖果就聪慧健康。多年后的今天，我明白这不过是自欺欺人的迷信，然而当我看到村里人迈着虔诚的脚步，内心里依然有什么在缓缓沉降。我的目光越过村庄和田野，望见数百年前在此落脚的祖先，他们目光炯炯，嘴里念念有词，教导着人们心系太阳，向往月亮，告诉人们山林中居住着保护村庄的神灵……

啪——我狠狠地甩了自己一巴掌，把脑子里乱七八糟的念想甩掉。

我情绪低落地回到小镇，心里委实不服气，想着等村里人做完法事再回去。毕竟入乡要随俗。这个道理我还是懂的。我这般自我安慰。我想不明白村里人为何把我当成陌生人，不管出于什么原因，都不该如此蛮不讲理。

没过几天，我再次来到南山村，在村口的老树上，看到一块随风飘摇的木牌：

请杨青书绕道走

这个村子不欢迎

我顿时僵立在那里，整个人一阵怵麻，像被子弹洞穿身体。我被村庄驱逐了！只有那些纵火、抢盗、欺男霸女的人才会被驱逐。那一刻，我明白了李宇航为何选择退缩。他在遥远的成都谋生活，将在无数的夜里回想起这个村庄，尽管这里贫瘠而破落，却是他心灵里的最后精神驻地。也是我心灵里的最后精神驻地呀。我摘下悬挂在老树上的木牌，想都不想就抛进河里，它随波逐流，很快就消失不见了。

不用说，这一切都是李宽策划的，他想以此逃脱法律的惩罚。

想都别想！

我憋着一肚子气，大踏步地往村里走，竟没看到一个人影，人们似乎在一夜之间消失了，只有几条狗在角落里出没，对我的到来也不愿理会。某种莫名的恐慌瞬间涌上心头，我左顾右盼地走到村部楼底，正想呼问有没有人，忽然从四周钻出一堆人，吼叫着往我身上扑来。我还没反应过来，他们已将我按倒在地，卸下我腰间的手枪，还把我捆绑在村部的柱子上。我看到叔父也夹在人群里，看着我的目光甚是复杂。那些与我喝过酒的人也在，此时他们并不认识我。

我不明白他们在闹哪般，叫喊着："你们这是犯法，知道吗？你们居然敢抓警察，知道犯多大的法吗？"

人们往我嘴里塞一块麻布，我叫喊不出，也动弹不得。他们把手枪放在桌面上，离我有两米远。人们在门外挂一把大铁锁，然后各自散去。村部只剩下我一人，几只老鼠从墙角里钻出来，抬起头朝我望了望，发现没有危险，就肆无忌惮地满房乱窜。我从未受到如此欺辱，何况我还是警察，他们压根不知道自己在干什么，要承担什么样的后果，到时候只有哭的份。然而，村部再也没人出现，连叔父都把我给遗忘了。那个晚上，我饿着肚子，浑身无力，最让我难受的是，我尿到了裤子里。

第二天上午，所长匆匆忙忙赶到村里，跟人们费了许多话，我才被允许解开。我踉跄几下才站稳，拿回手枪，就想把李宽抓起来，不然难解心头之恨。所长狠狠地剜我一眼，说："你还嫌不够丢人？"我想争辩几句。所长压低声音说："你想我们躺在这儿？"我这才看到人们满脸的愤怒与仇恨。我不禁打了一个寒噤，咽了咽口水，跟着所长走出村庄。我始终没有回头，是不敢回头，害怕尿了裤子的糗事会四处流传。

7

所长把一封信甩到我面前，拉着马脸一句话不说。我不明就里，拿起信读着。那是南山村举报我的信。南山村人在信中说我想破案立功，利用警察身份诬陷村里人，制造一起莫须有的谋杀案。人们说像我这种为达目的而不惜把他人踩在脚下的人不配当警察，应该早日开除出警察队伍。村里人还声明，从此刻起，将我驱逐出南山村，要是我还继续惹事，就将林荫镇派出所往上告。信的空白处是全村人的签名和手指印。叔父的名字和手指印也赫然出现在其中。

“你脑子被牛踢了？告诫你多少次了，南山村发生过谋杀案吗？还是你想谋杀谁？”所长停了停说，“这事到此为止吧。”

所长没等我争辩就转身走了。我望着他隐没在门里，心里有什么跟着隐没，竟怀疑起自己来，难不成记忆出错了？那起谋杀案只是一场梦？是我臆想出来的？不可能！可是到底因为什么，连所长都在回避呢？那是一起人命案啊。我再次翻读那封信，看着全村人的签名和手指印，感到自己被村里人连根拔起，抛弃在无人的荒野里。我从此成为一个无家可归的人。

那些天，我闷闷不乐，做事丢三落四。所长就把我叫到办公室里说：“我能理解你，但不该影响正常工作，你叔父不放心你，还来找过我，让我转告你，要先想想活着的人。”

想活着的人，这就是回避谋杀案的理由？的确，我很少想起我的父母，很少想起我的亲戚朋友，连云端的两个孤独老人都很难敲开我的记忆之门。或许我该去看看他们，就把他们当作是家人吧。我这样自我安慰地走向云端，不料在半路上就遇到了他们。

“小杨啊，我们正想到镇上去找你，不得了了，那些人把山上的树一棵棵砍了，偷走了，都是晚上砍的，原本不想告诉你的，怕麻烦你，可你阿奶害怕，夜里都不敢睡。”黄阿公说，“我晚上都在她门外守着，她还是睡不着。”

吴奶奶急着争辩说：“是人老了，睡眠不好。”

“是什么人偷的？”

“晚上看不到。我到山上去守了几个晚上，那些人又没来了，他们在暗中观察，我哪天去守山都知道。”

我盯着黄阿公，没看出他有撒谎的痕迹，就让他们先回去，等我回到镇上汇报，再制订方案。他们拖着衰老而疲惫的背影远去。我回到镇上汇报。所长说：“那你就到现场去查看，要注意安全，别犯愣，我只叫你去看看，你能答应就去，不能答应就不要去。”

我连声说：“好好好，都听你的。”

所长说：“滚吧。”

我来到云端的山坡上查看，树木被砍得七零八落，没剩多少木材了。我决定晚上来守山，不信抓不到盗木贼。那几天我都没回到镇上，而是留在云端，吃了晚饭就和黄阿公走上山坡。黄阿公带着毛毯，准备打持久战，与盗木贼熬着。黄阿公如此年纪，又能熬多久？说不定哪天晚上就下不了山了。我心里一阵发虚，但又劝不了他，只好依着他。

起初，我们靠在树下，没有说话，黄狗也安静地趴着，生怕被盗木贼听见。山野里只有山风在刮，沙沙作响，空谷寂静得让人心慌。到了后半夜，仍然没什么动静，困意就泛上来了。我就和黄阿公说起话来。黄阿公似乎早就等着这时机，话匣子立即被打开，哗啦啦地把他的故事倒出来。

他告诉我说，其实他和吴奶奶曾是仇家，她儿子害了他儿子，一个死了，另一个被判了死刑。之前他与她老死不相往来。后来村里的人陆陆续续地搬走了，最后只剩他、她和李阿公，还有几间矮房。没人了，话都没地说了，憋得慌。他每天刻意从她家门前走过，这村庄没别人了，剩下的人应该好好相处。他已经不愿再去想着死去的人，活着更需要考虑。她却从不理会他，直到她房子里钻进一条眼镜蛇，她慌得大喊大叫。他和李阿公冲进她屋子。那时他们都吓坏了。那蛇有手腕那么粗，李阿公不敢动，他为了表现，拿起木棒砸中蛇，把蛇给打死了，最后埋在坡上。从那之后，他们之间才开始说话，相处甚欢。

他感慨地说："还有什么放不下呀！"现在，这么大的世界里只剩下他们俩了，恩啊仇啊爱呀恨呀，都与他们无关。

那几个夜晚，黄阿公跟我无话不说，似乎再不说就没机会了。我也跟他谈起南山村的事。黄阿公沉默半晌，说："山野里的树木都有它们生长的方法，你急也没多大用呀。"我似乎明白了什么，又似乎更加糊涂。

我依然无法放下。

第五天晚上，我们正说着话，发现山对面闪现一丝亮光，知道盗木贼终于出现了。我一下来了精神，盗木贼就在眼前，这是我当上警察后第一次真正面对盗贼。我们悄悄地往山那边摸过去，却没看到一个人影，盗贼跑掉了，只丢下一把电锯，我心里一阵惋惜。

第二天我准备回镇上时，告诉两位老人，盗木贼受此惊吓，会消停一段时日，让他们不用再担心。两位老人依依不舍地把我送到村口，死活往我手里塞了两只公鸡。我连忙推辞。他们就黑下脸，说要是不收以后就别来了。我不想冷了他们的心，提着那两只鸡回去，突然想起所长以往的派头来。

没过多久，黄阿公来到派出所，身旁搁一竹笼鸡，是请人帮他提来的。他满脸堆笑，连皱纹都泛着光，猜不出他在闹哪样。他指着那笼鸡说："小杨啊，我和你阿奶把山上的树全卖了，只剩村口那几棵风水树了，就不用担心别人惦记了。"

我这才明白过来，心里却有些许失望，说："这鸡你就拿回去吧，你和阿奶不容易。"

“这鸡你一定要留着，你阿奶说了，要是没把鸡留下，就叫我不要再回去了，我总不能丢她一个在沟里吧？哪天死都没人知道。”

话是这个理，却让人听了心里难受。我还想说服他把鸡拿回去，所长走了进来，明白怎么回事后，说：“阿公，那就把鸡留着，小杨他有空就会到沟里去看你们的，有什么事就让他去处理，他年轻，腿脚快。”

我心里憋着一股气，却不知该对谁发火。所长也不理会我，提着那笼鸡哼着歌走进后院。“你就是一个土匪。”我在心里骂着，却又庆幸所长为我解围。我想留黄阿公吃饭——至少该杀一只鸡让他也能吃到。黄阿公却急着回去。我只好送他到街口。黄阿公嘴角动了动，说：“小杨啊，要不你给阿奶买一碗米粉吧，她整天都惦记着你呢。”

我忽然醒悟过来，连忙把黄阿公带到粉店，陪他吃了一碗粉，又打包一碗。这样我才觉得心安些许。我知道他在安慰我，哪有用一笼子鸡换两碗米粉的呢？黄阿公却很满足，提着那一小袋米粉走出街头，阳光落在他干瘦的背上，风吹着路边的树叶。我心里一阵暖，又一阵酸，心里隐隐觉得有什么要发生。

我回到所里把心中的疑虑告诉所长。他摸了一下脑袋，说：“你抽空去看看吧。”我心里一阵不爽，到云端需攀爬几重山，要半天才能到达呀。黄阿公和吴奶奶他们也一样攀爬这山这水，他们活着比谁都不容易。这道理我懂。我只是不喜欢所长这副嘴脸。

我放心不下，又到云端去，只看到黄阿公，没看到吴奶奶。黄阿公正和黄狗在打牌。黄狗两条腿仍旧搁在石上，看着黄阿公给它分牌，发现我时就使劲地摇着尾巴。黄阿公转身望来，叫喊着，黄狗已蹿到我脚边。我晃了晃手中的一袋没煮过的米粉。黄阿公惊醒过来，蹒跚着叫喊而去："老婆子，你看谁来了？"

吴奶奶没出现，也没应声，倒是黄狗蹿到屋子里，然后站在门旁等待。我走过去轻轻拍着它的脑袋。它边舔着我的手边往里屋走。我跟着进去，看到吴奶奶靠在床上，面色苍白，黑色的老年斑特别刺眼，使我不敢直视，似乎那是死亡留下的脚步。我知道吴奶奶病了。我无数次想过他们病了怎么办，这里山远水远。他们故去后，谁来料理他们的后事呢？我每每想起这些，心里总堵得慌。吴奶奶看到我，高兴地招呼我坐，叫唤黄阿公去做饭。

黄阿公说："我去杀只鸡，给你补补。"

我想叫黄阿公别杀鸡，又觉得不合适。我知道这鸡是为我杀的，但黄阿公却说是给老奶奶补补。我怕黄阿公抓不住鸡，就跟吴奶奶说去帮忙。我刚走出门就看到黄阿公已经抓住了一只鸡。

"这只鸡是关在笼子里的，这是老太婆的主意，说这样就不用满地追着鸡跑，她总是赢着我。"黄阿公停了停又说，"要是她的身体也赢我就好了。"

他说这句话的声音很轻，似乎只是说给自己听。我装作没听见，心里为老人的身体隐隐担心。

8

没想到，吴奶奶是死于谋杀。当路人来报案时，我怔在那里半天没反应，脑子里成了一片泥浆，谁会这么干呢？老人都快要入土了。我对这个信息产生怀疑。所长吼着："还怔着干什么？"我才醒悟过来，跟着他往云端赶去。我们在半路上遇到黄阿公。他见到我们，整个人瘫软在地，浑身发抖地哭着："老婆子死了，被人害死了。"

我们边安慰边扶着他回到云端，走进吴奶奶的屋子，黄狗呆在墙角，耷拉着脑袋，毫无精神。它也陷在悲伤里吧。吴奶奶是被人勒住脖子而死，死相难看，吐着舌头，双目圆瞪。黄阿公看着尸体，转过身“呕呕”地吐着。我拍着他后背，把他送出门外，然后回到屋里查看案发现场，内心里竟涌起一股莫名激动，脑子里竟浮现出许多神探侦破案件的画面，甚至愣了神。所长瞪我一眼，我才把心思收回来。

屋子里一片狼藉，显然是被掏翻过，地面上留下一个半尺深的土坑。

“这个土坑是埋钱的。”黄阿公悲伤地说，“是我帮她埋的，谁想到被人发现了。”

“当时你有没有听见响声？”

“听见的，只是阿黄没叫，我以为是自己的耳朵出了问题，后来又听见响声，才发现不对劲。我想去看老婆子，却出不了门，门给锁上了，后来用斧头破开，等我出门后，发现阿黄躺在地上，给药倒了，到现在都还没清醒过来。”黄阿公喘着气说，“当我赶到时，老婆子已经没气了。”

黄阿公带着我和所长去看那被破开的门板。那把铁锁还挂在门上。我戴上手套把那把锁取下来，装进一尼龙袋里。黄阿公在一旁看着，偷偷地咽着口水。

“老奶奶在坑里埋了多少钱？”

“一万。我们卖树木得两万，一人一万。”

“为什么不拿到镇上去存？”

“老婆子说到镇上去取不方便，想想就用了这种办法，我们把钱放在家里感觉更安全，感觉那钱在陪着我们。”

“这段时间见到过什么人？”

“木头老板和砍树木的人。”黄阿公想了想，说，“还有一个卖货的，到村口见没什么人，连村子都没进就走了。”

“他们都跟你说什么了吗？”

“木头老板叫我把钱拿去存，不要放在家里，对我们是关心的，那些砍木头的说些玩笑话，让我别贪钱，小心钱财招灾。我知道山里人就喜欢开玩笑。老婆子出事后，我越想这些话越不像玩笑话。”

“你还记得是谁说的吗？”

“我没记住名字，但认得人。”

黄阿公回到他的屋子，拿一把斧头走到柱子前，把斧头递给我，说：“小杨你来，我把钱藏在柱子里了。”

我抡起斧头把柱子劈开，掏出一个布包，里面装着一万块钱。我把钱递给黄阿公。他把手缩到背后，似乎这钱会咬他的手。他面带惧色地说：“所长、小杨，你们都看到了，老婆子因钱而丧命，你们能不能帮我保管这钱啊？”

我说：“阿公，你可以把钱存到银行里，那里存放着安全。”黄阿公摇了摇头说：“要是那人再来的话，也会把我的存折抢去的。”所长转身对我说：“小杨你就帮阿公保管吧，这不犯纪律。”我不情愿地点点头。

我和所长分了工，我留下来处理阿奶后事，所长回到镇上请人来帮忙，又传讯木头老板和那几个嫌犯。吴奶奶下葬那天，镇上来了几个男人。他们是所长用钱请来的。没想到，叔父也带着一帮村里人来帮忙。那场葬礼没有哭声，也没有吹丧的喇叭，只飘荡着零零碎碎的鞭炮声。那天黄阿公在吴奶奶坟前长跪不起。我劝着他也没听。叔父和村里人强行把他背下山。那天晚上，黄阿公把自己灌醉了，迷迷糊糊说一些谁都听不懂的话。

那天晚上，叔父跟我说了许多话，他让我不要怪村里人，说我那是在犯忌，告诉我其实傻根的事，村里人都知道，傻根的家人也知道，他说："你该明白是怎么回事吧？"他说这么多年过去了，很多东西都不一样了，也不需要再说清了。他告诫我该想想活着的人。

我回想着叔父的话，是啊，如若破了这起命案，有多少活着的人会涉及其中？李宽会坐多年的牢，这是傻根母亲想要的结果吗？当年侦查此案的警察也知道吧？那么他们又是谁呢？或许，所长也是知晓的？我猛地倒吸一口冷气，发现自己面对的是一个缥缈不定、难以击败的隐形对手。

叔父他们离开时，都拍了拍我的肩膀。他们在给予我安慰和鼓励。当他们消失在山腰上时，我突然想通了，多年之后村里人谁还会计较我曾经的鲁莽和过错？我对着没有叔父他们身影的山腰笑了笑。苦笑。

黄阿公的情绪平静后，我立即赶回镇上，去审讯那几个嫌疑犯。所长却告诉我说，已排除了对木头老板和那几个人的嫌疑。不是他们又会是谁呢？难道是那伙出没在夜间的盗木贼？他们自然知道阿公和阿奶卖掉木头，对于他们来说抢钱远比偷木头来得直接，只不过他们没想到会发展到杀了人而已。那么找到盗木贼便可找到案件的突破口了。

我顿然兴奋不已。

所长对我的推断也备感兴奋，让我即刻赶往云端，摸清盗木贼的规律，再进行布控，争取一举抓获。我到云端，看到黄阿公坐在石板上，失神地盯着手里的牌，以至等他出牌的黄狗都有些焦虑不安了，鼻子嗯嗯哼着催他出牌。黄阿公冷不防地打了一下黄狗，说："你这狗东西。"黄狗缩着脑袋，可怜巴巴地望来。

“人都不在了。”

黄阿公耷拉着脑袋说，声音如游丝，却透着某种坚硬。我在这份坚硬里听到不满，甚至是愤怒。他有理由不满和愤怒。他早就对我说有人要谋财害命，我却没有当回事，最终发生了这起命案。可这能怪我吗？是我的责任吗？我哪天不是在处理一大堆芝麻小事？

“阿公，我会抓到凶手的。”

我说这话，在安慰他，也在自我安慰。我想，既然抓不了李宽这个凶手，那就先抓害死吴奶奶的凶手，不枉我当一名警察。黄阿公抬头看了看我，眼里弥漫着一层雾气，这场景似曾相识。他在怀疑我的能力，也怀疑我抓凶手的决心。我心里涌起一股不快，暗暗地下决心，一定要把凶手抓到。这回该是我立功的时候了。我竟为此感到兴奋。我没有表现出来。黄阿公看我一眼，似乎看出什么，最后把头别开。

我有些不好意思，拍着黄狗的脑袋，说：“阿黄，我要在这住上一段日子，我就不信抓不到凶手。”

黄阿公没有回应，扭头望着山坡，眼里生起羡慕。吴奶奶葬在那里。他也愿意和老奶奶一样安静地躺着吧？我见他不想说什么，便转身走进屋子里去生火做饭。我准备和凶手打持久战。所长同意我这个守株待兔的方案。

从那个晚上开始，我就守在屋外，盯着村旁那几棵风水树。山风刮得树叶沙沙响。我相信这些声响会把盗木贼招来。哦，不，是把杀人嫌疑犯招来。我迟早会把他们抓住。我想好了，把他们抓住后，先狠狠地抽他们，抽个半死再送到派出所。我不想顾什么纪律，对待暴徒就该以暴制暴。我越想越兴奋，盗木贼却没出现。天蒙蒙亮时，我回到屋子里，倒在木床上呼呼睡去。

一连几天，我白天睡觉，晚上就守着那几棵树木。黄阿公对此没说什么，只是每天都把卧室锁住。我不由得感到疑惑：都家徒四壁了，还有锁的必要吗？我的职业病又犯了，觉得里边有不可见人的东西。

我回了一趟小镇汇报工作，回来时买了好几斤肉，当天就把黄阿公灌醉。我把他扶到屋里，帮他脱掉鞋子，一股臭味迎面冲来。我憋不住气，用尼龙袋套住他的双脚，再用带子系住。黄阿公浑然不知，躺在床上呼呼大睡。我就四处翻找，结果什么都没找到，不由得感到纳闷。

第二天，黄阿公醒来时，想了想就把门上的锁取了下来，从此我便可以随意出入了。我想不明白他到底在干什么。我越来越觉得他隐藏着什么，只不过不再隐藏在屋子里，而是转移到别的地方了。

我暗暗地观察着黄阿公。黄阿公似乎发现我在观察他，做事变得小心翼翼，每天傍晚带着黄狗到坟前上香，跪在坟前说着许多话，似乎老奶奶端坐在坟头，满脸微笑地听着。天色向晚，他才走下山，脸色难看。

我能理解他。我不想被这种矛盾心理所左右。我告诫自己：我是警察，不能以感情左右对事物的判断。我也不再回避黄阿公，也没什么可回避的，每每吃过晚饭，黄阿公就带上狗跟着我去守树。他越是这般坦然，我越觉得他有问题。黄阿公看出我的心思，却满不在乎。

一天夜里，黄阿公突然问我："小杨啊，听说城里人都不用棺材，人死后都被烧掉，只剩下一把骨灰？"我知道他在说什么，竟有些结巴地说："城里都是这样。"黄阿公抬头望着苍茫的夜空，说："我还是愿意躺在棺材里。"我这才注意到他的棺材不见了，想必也被盗贼给偷走了。该死的盗贼。我咬着牙说："阿公，你放心，有我呢。"黄阿公默默地点头，不再说话。我也不再说话。我们一同望向村口，几棵古树在月光下身姿挺拔，透着一股莫名的忧伤。

9

那天晚上飘着细碎的雨，我吃完晚饭后，静静地立在门口，细雨飘到脸庞上，一阵冰凉。我的信心和决心跟着冰凉，在沟里守了二十来天，一无所获，所长都催我回去好几回了。黄阿公也站到门边，下意识晃了晃脑袋。我看出他在嘲笑，下意识地嘲笑，这种下意识的嘲笑是流淌在骨子里的，更让人心酸和难受。我抓起雨衣就往外走，这个黑乎乎的雨夜，又将是一个该死的失望之夜。我开始对这种方法产生怀疑。

我依然还是赌着气，紧裹着雨衣走向村口。忽然，传来一阵窸窸窣窣的声响，我和黄狗立即竖起耳朵，看到不远处闪现一丝若隐若现的微光。盗木贼出现了！哦，不，杀人嫌疑犯出现了！我浑身颤抖，渴望、激动，也掺杂着恐慌。这些夜里，我无数次假想着与盗贼狭路相逢，提着枪迎着他们手里的刀冲去，最终把他们缉拿归案。

我连忙拔出枪，抖着手给枪上膛，拍了一下黄狗，悄悄地摸过去。

我看到两个男人用电锯锯着树木。我不让黄狗叫，目光盯着他们，一步步靠近，脚下踩进一个坑，整个人往前摔去。嘣——枪走火了。两个盗木贼惊叫着，双双瘫软在地上。我边爬起来边叫喊：

“别动，谁动就打死谁。”

黄狗已经蹿到他们面前，咧着嘴，露出两根尖牙，满目凶光地对他们叫。此时，黄狗就是一匹饿狼。两个盗木贼跪倒在地，双手抱头，动都不敢动。我掏出手铐毫不费力地把他们的手铐在一起。这样一人想逃，就会被另一人牵绊，是逃不脱的。不知怎的，我对这个过程感到失望，尽管抓住了他们，却觉得缺少了什么。

我押着他们往村庄里走去，不时踢向他们的屁股。天黑，路滑，他们摔倒在地，面对我的枪和狂吠的黄狗，他们敢怒不敢言。

我押着他们回到村子里，黄阿公站在门口呆呆地望来，似乎不敢相信眼前的场景。我压抑不住内心的得意，抬脚把两个盗木贼踢倒在角落里。一个盗木贼摔倒在地，把另一个盗木贼带倒了。

“蹲好！”

我喝道。黄狗也蹿上去嘶吼。两个盗木贼畏畏缩缩地蹲着。黄阿公跟着怔了一下，脸皮抽了抽，僵住了，似乎他也是一个盗木贼。我装着没看见。我搬来一张桌子，斜着身子坐在椅子上，叭——把两把电锯丢在桌面上，说：

“你们自己交代吧。”

“要交代什么？”

“你们要交代什么？”

“是叫什么吧？我叫李俊。”“我叫杨含。”

“我们只干过这么一回。”

“这两把电锯怎么解释？”

他们伸长脖子望来，看到两把一模一样的电锯，脸上也慢慢地爬上疑虑，不约而同地摇头，说：“我们只有一把电锯，另一把不是我们的。”

“不是吗？”我把脚架到桌面上说，“那你们就蹲在地上跳吧，这样便于反省，跳吧，要像青蛙一样跳。”

两个盗木贼往前跳一下，就哇哇叫两声，乍一听，如若夜间叫唤的青蛙。黄阿公站在一旁看着我，又看着那两个人，脸色越来越难看。两个盗木贼边跳边叫，气喘吁吁，又不敢停下来。最后，其中一人坚持不住了，跟着带倒另一个。他们俩蜷缩成一团。我走过去抬脚就踢。他们连忙爬起来，往前跳，节奏乱了，再次摔倒在地。我又踢过去。他们怎么也爬不起来，干脆等着我的脚落下去。

“想起什么了吗？”

“我们，我们，真的只是今晚才来的。”“我们以前没做过。”

“想不起来，是吧？”我拔出手枪，指着他们说，“滚出去！”

他们俩相互看了看，胆怯地往门外退去。我让他们在柱子旁停住，他们就停住。又让他们背靠着柱子，他们也一一照做。他们害怕我的枪。我又掏出一副手铐，把他们背对背地铐在柱子上。俩人彻底老实了。我不再理会他们，转身进屋子，黄阿公却不见了。我四处寻找也没找到，不知他跑到哪儿去了。

直到第二天中午，依然没看到黄阿公，我顾不及去寻找他，先把两个盗木贼押到镇上审讯。我押着他们往山外走。他们不情愿，却不敢反抗。我看到他们的裤子都湿着，想必他们都尿了裤子，却感到那是对自己的嘲讽。

“所长，真的饿得走不动了。”“先给我们吃点再走吧，到镇上可要走半天路。”

“还知道饿吗？”

出门前，我吃了一碗冷饭，却让他们饿着肚子，以此消磨他们的意志，到了镇上就什么都倒出来了。

快到镇上时，我解开他们手上的手铐，换成每人戴一副，然后让他们脱下上衣盖在手铐上，这样走过街道时就没什么人注意他们了。我很得意地跟街上的人打招呼。人们才注意到他们的异样，似乎明白什么，却没人道破。

两个盗木贼看着街边的米粉店，不住地咽着口水。我笑着说：“把一切都交代了再回来吃，不然，你们就看着办吧。”

所长看着我押回两个人，脸上没半点惊喜，反而满脸不满意。我不免纳闷，说：“所长，这两个是盗木贼，有重大嫌疑。”所长白了我一眼，说：“把他们放了。”我问：“为什么？”所长脸色更冷了，说：“凶手自首了，不是他们，快放人吧，不然会给你惹麻烦。”我怀疑地问：“谁自首？”所长说：“你自己去看吧。”

我往派出所大门跑去，突然折回身，给两个盗木贼解开手铐，说：“你们吃碗粉去吧！”掏出二十块钱抛给他们，我扭头就往拘留室里奔去。

我赫然看到黄阿公蹲在墙角里，不由怔在那里，怎么会是这样？怎么会是黄阿公干的？这不符合逻辑啊。我走到他的面前。黄阿公望见我，满脸愧疚，泪水爬下来，埋着头说：“是我干的。”

我冲过去抓起他的衣领说：“你居然下得去手？你居然对一个朝夕相处的人下手？你还是不是人啊你？”

“我……”

“你还让我在沟里守上一个月？”

“我……你阿奶太疼了，求着我那样做，她说那是我留给她的礼物。”

杀人还是礼物？

我更火了，说：“作案工具呢？老奶奶的钱呢？”

“烧了。”

我感觉自己又被戏弄了，仰头哈哈大笑，转身去找所长，说："所长，我总觉得这老头不对劲。"所长瞪起双眼说："你别又给我整事。"我说："我怀疑不是他干的，我还得去一趟云端，如果真是他干的，也要找到证据。"所长似乎想发火，结果却拍了拍我的肩膀说："那你再去一趟吧。"

云端显得落寞而凄凉，无人看管的鸡散在草丛里。黄狗出现在石板旁，两只前脚搁在石板上，嘴里叼着牌。它在跟自己打牌。我像见到久别重逢的故人，心里泛起一阵酸楚，大声地叫唤着"阿黄"。黄狗抬头瞟了我两眼，目光迷离，尾巴摇几下又垂下去，没有蹿到我脚边。黄狗是通人性的，一定感受到了什么。

我在黄阿公和吴奶奶的屋子里转了半天，没发现什么证据，不由得想起黄阿公曾上锁的里屋。我再次翻找着，还是毫无结果。我又在屋子四周查看，依然一无所获。

天黑了。我点起煤油灯，坐在屋门前，几只鸡回到屋檐下，相互拥挤取暖。黄狗蹲到我身旁，眼里却多了一丝冷漠和陌生。夜色从四面八方挤压过来，巨大的孤独感海水一样吞没这个村庄。我想象着黄阿公独自一人面对着整个夜晚的情景，当时他内心是什么样的感受？是虚空？是无望？是无处可逃？我似乎理解了他。

那天晚上，我躺在黄阿公散发着腐烂味的床上，竟很快就呼呼地睡过去了，那个纠缠着我的噩梦没有出现。我一觉就睡到了天亮。我赖在床上，想多躺一会儿，回味着安然的夜晚。这种安然竟在沟里遇到。我内心里不由得感慨万千。

我看到墙上有一块突出的木头，觉得与墙面不搭调，便伸手攀住。木头有些松动，我用力一拧——轰啦啦——床板突然迸开，我裹着被子掉下去。

那是一个陷阱。我的腰被撞得酸疼，想爬都爬不起来。我干脆躺着，眼睛慢慢适应陷阱里的昏暗，发现自己正躺在一具棺材里。那是黄阿公的棺材。原来他没把棺材丢掉。

棺材里存着一万块钱和一条绳子。这是吴奶奶的钱和杀死她的凶器?！我浑身猛地震颤，既而明白黄阿公为什么这么做：他可以给吴奶奶送葬，可谁会给他报丧和送葬呢？唯有他自己——在临死之前按下开关，死在他自己事先备下的棺材里。

我抱头大哭。